ISBN 979-1-094-67703-2

Les Enquêtes de Thomas Russ

Deuxième Enquête :

LES PIRATES DE L'ESTUAIRE

Alain Bosc

Du même auteur :

Les Loups du Pontet

(Première enquête)

Personnages principaux :

Aymon Tullier : Marchand et jurat de la commune bordelaise.

Thomas Russ : Neveu Franco-Anglais d'Aymon , commis de celui-ci.

Paula Van Eyck : Amie de Thomas qu'il a aidé à fuir Bruges. Elle vit cachée sous une identité d'homme.

Juan : Espagnol vivant à Bordeaux, au service d'Aymon Tullier.

John et Mathilda Russ : Parents de Thomas.

Richard Neville comte de Warwick : Personnage historique . Au moment du roman, Warwick n'est déjà plus aussi influent auprès de Edouard IV. Ce dernier vient de se marier avec Elisabeth Woodville qui cherche à l'évincer au profit de sa propre famille. De plus, elle penche pour la Bourgogne, alors que Warwick est de plus en plus partisans d'un rapprochement avec la France.

Edouard IV : Personnage historique. Roi d'Angleterre.

Anaëlle Le Cloarec : Fille d'un patron marin Breton.

Marticot de Fins : Marchand Bordelais. Contrairement à son frère il penchait pour les Français pendant la période où les Anglais tenaient l'Aquitaine.

Gaillard de Fins : Frère de Marticot. Son engagement aux côtés des Anglais l'a contraint à émigrer en Angleterre après la guerre de Cent Ans.

Bridget, son épouse.

Sir Edmond Stanton : Notaire anglais.

Margery : ancienne fille de joie, maintenant secrètement maîtresse de Stanton.

Charles Lann : Capitaine Anglais au service de Edouard IV, ancien adversaire de Thomas dans « Les Loups du Pontet ».

Hugh : ami de Sir Stanton.

Sir Throkmorton : gouverneur du château de Cardiff, possession du comte de Warwick.

La Guerre des Deux Roses

En 1466, la guerre des Deux Roses divise l'Angleterre depuis déjà plus de dix ans.

Tout commence en 1450 lorsque les troupes anglaises chassées de Normandie à la toute fin de la guerre de Cent Ans errent dans le sud de l'Angleterre, semant désordre et pillages. L'Angleterre déjà lasse des abus de l'entourage du roi Henri VI entame une longue période de troubles et de révoltes qui aboutit en 1455 au face-à-face de deux factions : Les Lancastriens, dont le roi est le dernier représentant, leur emblème est la rose rouge, et les Yorkistes, la rose blanche, menés par le duc d'York dont les droits à la couronne sont mieux fondés que ceux du roi. Les escarmouches et les batailles se succèdent jusqu'en mars 1461 quand Edouard d'York est proclamé roi à l'âge de dix-neuf ans. Le principal acteur de son accession au trône est Richard Neville, comte de Warwick, alors âgé de trente-trois ans, un homme habile issu d'une puissante famille. Henri VI, la reine Marguerite d'Anjou et leur unique héritier fuient en Ecosse. Le roi sera finalement capturé, errant dans le Lancashire en 1463, tandis que Marguerite d'Anjou et son fils s'exilent en France en 1465.

Sitôt au pouvoir, Edouard IV et Warwick s'attachent à restaurer la paix et la prospérité du royaume, sans négliger de renforcer le pouvoir royal en affaiblissant la baronnie, ce qui somme toute était dans l'air du temps, Louis XI s'attelant à la même tâche au même moment (faisant face pour sa part à la résistance de la ligue du bien public).

Warwick, qui n'a pourtant pas la moindre velléité de renverser le roi en fait cependant un peu trop à sa guise. Edouard IV entend gouverner comme bon lui semble et commence en 1464 par épouser secrètement la belle mais impitoyable Elisabeth Woodville, alors que Warwick négociait un mariage qui scellerait une alliance avec Louis XI. Dès ce moment, le clan de la famille de la reine n'a de cesse de briser la puissance de Warwick, s'attaquant à ses frères peu à peu privés de leurs charges. En 1467, Georges Neville est démis de sa charge de chancelier du royaume.

En outre, sous l'influence de son épouse, Edouard choisit de s'allier au duc de Bourgogne, Charles le Téméraire, le plus puissant membre de la ligue du bien public.

Warwick, par dépit peut-être, finira par s'allier avec le frère du roi, le duc de Clarence, en 1469.

Louis XI parviendra même à réconcilier Marguerite d'Anjou et Warwick qui réussira un débarquement à la fin de 1470 et remettra sur le trône Henri VI qui croupissait dans sa prison de la tour de Londres.

Edouard IV contre-attaqua et, le dimanche de Pâques 14 avril 1471, Warwick était tué à la bataille de Barnet. Le 4 mai l'héritier d'Henri VI et de Marguerite d'Anjou mourait à son tour à la bataille de Tewkesbury. Le 21 mai, Edouard IV entrait dans Londres et Henri VI mourait cette même nuit.

Le Pays de Galles

Vers 700 av. JC, les Celtes arrivent en Grande Bretagne.

Vers 50 apr. JC, les Romains commencent la conquête, et vers 60 la plus grande partie de l'Angleterre et du Pays de Galles sont romaines.

Ils quittent le pays de Galles vers la fin du 4ème siècle.

À cette époque débute l'invasion saxonne.

Jusqu'au IXe siècle les Saxons s'installent petit à petit en Angleterre, c'est la lutte des Bretons contre les Saxons que raconte la légende du roi Arthur. Les Saxons ne parviendront pas à conquérir les petits royaumes gallois.

Vers la fin du VIIIe siècle commencent les incursions Vikings qui établissent sur l'île de nombreux villages et petits royaumes, certains au Pays de Galles.

En 1066, Guillaume le conquérant envahit l'Angleterre et occupe le pays de Galles.

Il crée des baronnies dans la région des Marches galloises pour contrer les incursions celtes. Très vite, les barons anglo-normands occupent le sud du Pays de Galles. Le nord résiste jusqu'à la fin du XIIIe siècle et la mort du dernier prince de Galles qui ne soit pas anglais, tué lors d'une bataille par Edouard 1er.

Edouard 1er superpose le système féodal aux clans des princes gallois. C'est l'époque de la construction de la plupart des châteaux.

L'église galloise, trop indépendante est réformée par les seigneurs des Marches.

Cependant, les régions des princes gallois restent peu touchées, gardant leurs droits coutumiers et leur culture.

C'est une riche période pour la littérature et la poésie galloise, protégées par les Princes gallois au nord du pays principalement.

Mais à la toute fin du XIIIe siècle, en représailles à une révolte, Edouard 1er appesantit le joug anglais.

Le XIVe siècle s'écoula entre phases de révolte et d'acceptation, la noblesse galloise tentant de prendre le meilleur de la situation.

C'est aussi le siècle de la peste noire et de conditions climatiques difficiles. Ce n'est qu'un siècle plus tard que l'économie du pays se redressera, essentiellement grâce à l'élevage de moutons et de bétail vendus sur les marchés anglais de la frontière.

La fin du 14e et le début du XVe siècle voient la dernière révolte importante, celle d'Owain Glyndwr. Avec son échec, l'emprise des Anglais se resserre durement jusqu'à ce que l'Acte de l'Union de 1536 rétablisse la justice entre les citoyens anglais et gallois.

Tout au long de ce siècle d'oppression, la poésie galloise, dont l'expression ne fut jamais aussi identitaire, connut un véritable âge d'or.

Pendant la première enquête…

Lorsque les Anglais doivent quitter l'Aquitaine en 1451, Thomas Russ, fils de John Russ, marchand anglais, et de la sœur d'un marchand bordelais, Aymon Tullier, reste en Aquitaine au service de son oncle alors que ses parents s'exilent à Bristol, ville d'origine de John.

En 1463, le village abandonné qu'il avait obtenu à ferme de la jurade pour le repeupler est confronté à de graves accusations de sorcellerie.

Thomas en compagnie de Paula, une Flamande qu'il avait aidée à échapper au couvent lors d'un voyage à Bruges, innocente son village et met en fuite Charles Lann, un espion anglais venu attiser le mécontentement grandissant de la noblesse contre Louis XI.

Craignant que quelque marchand flamand ne la reconnaisse, Paula vit à Bordeaux en se faisant passer pour un jeune homme, Paul. Elle vit ainsi aux côtés de Thomas, qui rêve mieux que cette dangereuse clandestinité, à une époque où se travestir en homme est un motif suffisant pour subir les foudres de l'inquisition…

- 1 -

"... Ce jour, douzième de février de l'an mille quatre cent soixante-six, Marticot de Fins, marchand bordelais reconnaît prendre de Aymon Tullier, marchand de la même bonne ville, douze pipes et cinq mesures de pastel de la meilleure qualité et dix-sept barriques de vin du pays de Gascogne. Les coques de pastel iront à John Russ, cunhat[1] d'Aymon Tullier qui les paiera en bon drap de Bristol au dit Marticot de Fins, selon les bénéfices réalisés par la vente de la teinture et après qu'un maître teinturier en a approuvé la qualité selon l'usage. Maître De Fins disposera de la cargaison de vin à sa guise et reconnaît devoir à Maître Aymon Tullier la somme de cent trente-cinq francs bordelais ou l'équivalent en pièces de draps d'Angleterre, payables avant la Saint Michel.

Marticot de Fins accompagnera le chargement sur son navire *L'Anaëlle* de Penmarc'h, et reconnaît en sus devoir trente écus à Maître Tullier, en prix du sauf-conduit du roi d'Angleterre par lui obtenu..."

Maître Pey Palus, notaire public, essuya distraitement l'encre qui maculait ses doigts tout en étirant son dos douloureux. Les cinq hommes qui occupaient son bureau semblaient pressés d'en finir. Encore deux ou trois contrats de ce genre et il pourra quitter son échoppe sous les murs du château de l'Ombrière pour se trouver un banc ensoleillé devant sa taverne préférée du port.

- Nous sommes bien entendus qu'il s'agit d'une vente *à la bonne aventure*, dit Marticot de Fins, si la mer ou les pirates devaient disposer de ma cargaison tout en ayant la miséricorde de m'épargner, je ne vous serais redevable en rien, Maître Tullier...

- N'est-ce pas l'usage ? Ce n'est pas parce que vous devez vous rendre précipitamment à Bristol pour recouvrer certaines créances que je vais traiter avec vous plus durement qu'avec mes acheteurs habituels ! C'est

1 Cunhat : Beau-frère en gascon

au contraire une chance pour moi de commercer avec un confrère en qui j'ai toute confiance. Il se tourna vers l'homme vêtu de rudes étoffes délavées le désignant à coup sûr comme marin : Vous ne voyez rien à ajouter Maître Le Cloarec ?

- Rien de plus Messire, si ce n'est pour vous rappeler de vous hâter de finir le chargement. Le convoi part à la marée descendante après-demain et nous devons nous y joindre. C'est maintenant folie de se jeter seul sur les mers... Une drôle d'époque que nous vivons, où les navires doivent voyager groupés comme pèlerins en chemins pour se défendre des voleurs...

Comme chacun hochait la tête en silence et que personne ne semblait avoir d'autre considération philosophique à énoncer, le notaire conclut :

- Je termine donc avec les noms de ces Messieurs qui ont bien voulu rester avec nous en qualité de témoins...

- Nous vous faisons confiance pour terminer la bonne rédaction de cet acte. Je vous enverrai un commis demain qui réglera vos frais et prendra les copies pour Maître de Fins et moi-même. Pour l'heure nous vous abandonnons à votre plume, il nous reste assez de travail avec ce chargement pour occuper les dernières heures du jour...

Sitôt dans la rue, ils se dirigèrent vers les quais au milieu de la multitude qui peuplait comme toujours à cette heure le quartier du port. Les invectives des manœuvriers aux commères qui ne s'écartaient pas assez vite devant la charrette poussée tant bien que mal sur les pavés disjoints, se mêlaient aux meuglements des bœufs traînant de plus lourds chargements, tandis qu'une foule de marmots se glissait entre les passants à la recherche d'un menu service qui leur rapporterait un sou ou deux. De tout cela résultait un vivant brouhaha d'expressions gasconnes que le soleil printanier rendait encore plus vif et joyeux qu'à l'accoutumée.

Ils reconnurent au milieu du tohu-bohu une charrette destinée à leur navire, en fâcheuse posture devant un attroupement. Un moine mendiant haranguait la foule, vilipendant la richesse et ceux qui perdaient leur âme à courir après. Il leur fallut beaucoup de diplomatie, et dix sous, pour le convaincre de prêcher ailleurs la pauvreté et pour pouvoir accompagner le chariot chargé de barriques jusqu'au navire breton. Ils s'accordèrent quelques instants de répit au bord de l'eau quand les fûts, chargés sur la gabare et accompagnés du breton, s'éloignèrent vers la petite caravelle au milieu du fleuve.

- Mes chais ne sont pourtant pas bien loin, mais cette foule est chaque année plus pénible à traverser…

- Ce travail ne sied pas à votre âge, Aymon, vous pourriez laisser cela à votre neveu, chacun ici loue sa gentillesse et ses qualités…

- Il ne peut hélas être partout à la fois ! Et je ne pensais faire partir ce chargement que par un prochain convoi…

- Je vous suis bien obligé d'avoir accepté pour moi d'accélérer vos projets… Votre cargaison me permet d'ajouter quelques profits à un voyage dont je me serais volontiers passé mais auquel je ne peux me soustraire.

- Des soucis d'argent ? Vous avez parlé de créances… Il est parfois bien difficile de retrouver un débiteur en Angleterre… Mon beau-frère doit pouvoir vous aider s'il le faut… Mais je suis bête, votre frère aussi a dû s'établir à Bristol.

- Oui, oui, dit pensivement le marchand, mon frère est là-bas…

Aymon suivit le regard de son confrère sans remarquer ce qui semblait le troubler.

- Cet homme, fit Marticot, entre les charrettes que l'on décharge près de ce navire…

- Le rapace au nez tranchant dont l'épée soulève la cape ?

- C'est cela, un vautour… Ne l'avez-vous pas déjà vu lorsque nous sommes entrés chez le notaire ? Nos regards se sont croisés alors qu'il nous observait…

- Vous voilà soudain bien effrayé ! En êtes-vous seulement sûr ? Avec cette presse…

- Il ne doit s'agir que de quelque tire gousset, murmura le marchand d'une voix un peu fébrile. Ce voyage me rend nerveux, j'ai quelque mauvais pressentiment, je n'aime pas devoir réclamer mon dû, encore moins loin de chez moi…

- Livrez alors mon beau-frère dès votre arrivée ! Plaisanta Aymon Tullier, venez, oublions cela et allons boire un godet au frais, le soleil chauffe tant qu'on dirait l'été déjà là !

* * *

Le convoi d'une dizaine de navires leva l'ancre dès l'étale du lendemain. La brise était faible, mais le courant du fleuve et la marée qui commençaient à s'inverser étaient suffisants pour les emmener au moins jusqu'au mouillage situé sous les imposantes murailles du château de Blaye. La marée suivante les conduirait ensuite facilement jusqu'à l'océan.

Ils avaient finalement pu charger toute la cargaison sans encombre, et tout aurait été au mieux pour Marticot de Fins s'il ne lui avait semblé apercevoir le mystérieux individu de la veille au bastingage de l'un des autres navires du convoi.

Il s'absorba dans la contemplation des fortifications de la rive droite, d'où Charles VII avait repris la ville aux Anglais quinze ans plus tôt, accordant généreusement un mois à ceux qui avaient trop soutenu le parti des Anglais pour réunir quelques biens et s'exiler en Angleterre. Les sombres forêts entrecoupées de rares zones habitées et plantées de vignes qui ne tardèrent pas à défiler le long du fleuve le ramenèrent à ses inquiétudes. Il passa une main furtive sur la ceinture cousue de pièces d'or qui pesait à sa taille et frissonna. Les marins, désœuvrés alors que les navires glissaient paisiblement dans le chenal au milieu du fleuve, entretenaient arbalètes, piques et coutelas qui faisaient partie de l'équipement indispensable des navires et les rendaient suffisamment dissuasifs pour des pirates la plupart du temps encore mal armés. Il ne restait plus qu'à prier qu'une tempête n'isole pas le navire en dispersant le convoi. La vue d'une petite pièce d'artillerie à la proue le rassura et il regagna l'étroite cabine que le capitaine lui avait laissée sous le pont surélevé de l'arrière du bateau.

* * *

Le convoi atteignit Blaye sans encombre en milieu d'après-midi. Vues du fleuve, les tours de la forteresse bâtie plus de trois siècles avant sur une butte dominant le port étaient impressionnantes et d'ordinaire rassurantes pour les bateaux qui choisissaient d'y attendre la marée suivante. Marticot, un peu plus serein s'appuya au bastingage pour regarder les pèlerins et les voyageurs venant du nord embarquer sur une flottille de gabarres qui s'éloignèrent bientôt vers Bordeaux, profitant de la marée montante pour se laisser glisser vers la capitale aquitaine, à quelques lieues de là sur l'autre rive. Une petite baleinière sur le pont de laquelle une poignée de soldats se tenait, piques à la main, se dirigea vers le convoi. Après avoir serpenté entre les navires ils accostèrent brutalement contre le flanc de *L'Anaëlle* et grimpèrent à bord. Marticot depuis l'autre extrémité du navire ne put entendre la vive conversation qui s'éleva entre le capitaine et l'officier commandant le détachement, mais il vit avec inquiétude le soldat se diriger vers la proue et arracher la toile qui protégeait le petit canon qui le rassurait tant. La discussion se fit plus véhémente lorsque les soldats le descendirent avec des cordages dans leur barque, non sans difficulté. Le capitaine, Maître Le Cloarec, furieux, les rejoignit encadré par deux gardes. La baleinière se dirigea sans tarder vers le quai devant les yeux stupéfaits du marchand. Il s'approcha d'un jeune matelot qui s'était tenu aux côtés du capitaine durant l'incident.

- Que se passe-t-il demoiselle Le Cloarec ? Pourquoi votre père descend-il à terre avec ces soldats ?

La jeune fille, habillée des mêmes rudes vêtements que le reste de l'équipage, lui répondit sans cacher son inquiétude.

- Ils disent que nous aurions dû laisser le canon ici avant de monter sur Bordeaux... Ils l'ont confisqué et menacent d'emprisonner mon père... Ajouta-t-elle en accompagnant ses paroles d'un geste du menton vers la baleinière qui atteignait déjà le quai.

- Mais pourquoi n'ont-ils pas demandé à me parler ? Le propriétaire du chargement est aussi responsable que le capitaine, c'est incompréhensible !

- Ils n'ont pas même cherché à savoir ce que nous transportons... Ils sont allés presque directement à ce maudit canon...

- D'ailleurs comment en connaissaient-ils l'existence ? Questionna le marchand.

- Tout le monde ou presque sait que nous l'avons... Ce n'est pas si fréquent... et mon père en est si fier qu'il n'a de cesse d'en faire la démonstration à chacun...

- Alors on ne peut plus s'armer pour se protéger des pirates ? Explosa maître De Fins, je vais voir le gouverneur de cette place, il doit y avoir une méprise.

- Si c'est le cas, mon père saura s'en dépêtrer, fit la fille avec une confiance un peu exagérée, peut-être pour rassurer les matelots qui faisaient cercle autour d'eux, je crois que vous feriez mieux de rester à bord. Laissons-lui le temps de résoudre ça à sa guise, il ne s'agit sans doute que de quelques pièces que l'on cherche à nous extorquer...

Chacun retourna à ses occupations ou plutôt à son oisiveté forcée.

La marée ne recommencerait pas à descendre avant le milieu de la nuit, et pour l'heure ils avaient tout le temps d'attendre patiemment le retour de leur capitaine.

Marticot regarda s'éloigner pensivement la jeune femme qui avait pris avec naturel le commandement en l'absence de maître Le Cloarec. Son aisance au milieu de ce monde d'hommes lui rappelait son épouse décédée de la peste bien des années plus tôt, avant même de lui avoir donné un enfant. Pendant les quatre trop courtes années de leur mariage, elle avait tenu à l'accompagner à chacun de ses voyages, l'émerveillant par son courage et son inlassable énergie. Depuis que la funeste épidémie la lui avait enlevée, aucune autre ne lui avait paru supporter la comparaison… Anaëlle était pourtant loin de la grande femme aux longs cheveux bruns et aux hanches larges qu'il avait épousée. Plutôt petite, ses yeux bleus sous les boucles châtains encadrant un visage un peu anguleux, mais non dépourvu de charme, dévoilaient sans erreur possible son origine bretonne. Il la regarda encore quelques instants commander la dernière remise en ordre du pont puis, sa nostalgie ayant ravivé ses craintes, il regagna sa cabine tandis que le soleil finissait de descendre sur le fleuve.

* * *

Il se réveilla en sursaut lorsque l'inversion du sens du courant fit chasser brusquement le navire sur son ancre. Encore mal réveillé, il se traîna sur le pont pour voir avec consternation les autres bateaux du convoi appareiller, alors que rien n'indiquait, sur *L'Anaëlle*, un départ imminent. Anaëlle le rejoignit alors qu'il la cherchait des yeux parmi les marins massés contre le haut bord et fouillant des yeux la pénombre du quai.

- Il nous faut partir, s'affola-t-il, nous ne pouvons abandonner le convoi…

- Mon père n'est pas rentré, Messire, je ne peux le laisser là…

- C'est une catastrophe ! Seuls nous serons à la merci des pirates…

- Nous attendrons un prochain convoi…

- Je dois être au plus vite à Bristol, mon frère a besoin de moi… Descendez-moi à terre, il me faut convaincre au plus vite le capitaine qui commande cette place du danger qu'il nous fait courir…

* * *

Il ne parvint à récupérer son capitaine, séquestré dans une cellule du château dans l'attente d'une entrevue avec un notable introuvable, qu'au milieu de la matinée. Après une réprimande pour avoir enfreint un édit royal interdisant de dépasser Blaye avec un bateau armé ils furent autorisés à regagner le bord, hélas dépouillés de leur petite pièce d'artillerie. Ils décidèrent malgré le danger de tenter de rattraper le convoi dès la prochaine marée. Après tout, les pirates qui hantaient épisodiquement l'embouchure ne s'étaient pas manifestés depuis plusieurs mois et une fois sur l'océan *L'Anaëlle* comptait parmi les navires les plus rapides de son temps. Quelques pièces d'argent suffirent donc à convaincre un Breton quelque peu furieux contre le roi de France de quitter leur mouillage avant que la garnison de Blaye ne s'avise de les tourmenter de nouveau.

Mal leur en prit.

À peine arrivés devant Talmont, une flottille de barques qui semblaient tout d'abord paisiblement occupées à pêcher se dirigea vers eux, faisant force de rames. En un instant *L'Anaëlle,* incapable de manœuvrer dans l'étroit chenal fut repoussée sur des hauts-fonds où elle s'échoua. Chacun s'empara de ses armes. Une pluie de flèches s'abattit sur les pirates qui parvinrent pourtant à les aborder. L'équipage de *L'Anaëlle,* bien que nombreux et honorablement armé, ne tarda pas à être submergé sous la multitude des assaillants. Marticot de Fins, qui s'était emparé d'une épée, fut parmi les derniers combattants. Il se démena comme un beau diable aux côtés de maître Le Cloarec jusqu'à ce que le marin ne tombe, le crâne fracassé. Avant de succomber à son tour, il eut le temps de voir le visage désespéré d'Anaëlle, solidement immobilisée par trois gaillards hilares. Puis une ultime blessure le mit à genoux et le visage de son épouse disparue se superposa à celui de la petite Bretonne. Un coup de botte dans le dos le fit basculer par-dessus bord.

À trente-deux années tout juste passées, Marticot de Fins, marchand bordelais renommé, abandonna dans l'eau glacée du fleuve une courte vie de labeur bien mal récompensé pour rejoindre prématurément l'épouse qu'il regrettait tant.

* * *

Le froid tira Anaëlle de l'inconscience. Il faisait sombre. Un terrible élancement lui traversa le crâne, et elle se souvint des yeux tout proches de celui qui l'avait assommée d'un terrible coup de tête en plein front. Et de son rire cynique s'estompant tandis qu'elle s'enfonçait dans les ténèbres. Elle voulut toucher son front douloureux et découvrit ainsi que ses mains étaient liées, ainsi que ses chevilles. Puis le contact rugueux du sol contre son dos lui apprit qu'elle était nue, allongée sur le sol de ce qui semblait être une grotte. Elle tenta de savoir si d'autres marins se trouvaient près d'elle, mais ne distingua qu'un tas informe de vêtements et d'objets divers, au nombre desquels devaient être les siens, abandonnés en attendant d'être répartis entre les pirates. Elle frissonna en réalisant qu'elle ne se trouvait là que comme une pièce de butin parmi d'autres. Que la seule femme présente sur le bateau soit probablement la seule survivante suffisait à lui laisser imaginer le sort qui lui était réservé. Elle tira sur ses liens tout en surveillant l'extrémité de la caverne, mais leur solidité la fit vite changer de stratégie. Elle essayait de s'asseoir contre la paroi, après une pénible reptation, pour tenter d'user la corde lui entravant les poignets contre une arête rocheuse quand la silhouette d'un homme se découpa en contre-jour. Elle allait parler mais il lui intima de se taire, la menaçant d'un couteau qu'il posa contre sa gorge. Avant qu'il ne l'oblige à se tourner, elle eut le temps de le voir jeter un coup d'œil prudent vers l'issue de la grotte. Deux mains calleuses saisirent ses hanches et dans un grognement il se planta en elle. L'homme semblait pressé d'en finir. Il se libéra en quelques coups de reins et repartit aussi vite qu'il était arrivé. Anaëlle ne ressentait ni désespoir, ni angoisse, ni humiliation. Elle était au contraire incroyablement calme et lucide. Quand sa mère était morte alors qu'elle avait douze ans, son père n'avait eu d'autres choix que de l'emmener avec lui sur l'océan. La fréquentation des tempêtes avait forgé en elle un caractère combatif et peu enclin à l'apitoiement sur elle-même. Elle se releva et recommença à frotter ses liens contre la paroi. Hélas un autre homme surgit, tout aussi furtif que le premier, tout aussi décidé à l'utiliser de la même façon que le précédent. Le troisième la surprit en train de tenter de se libérer et lia ses poignets à un anneau scellé dans le plafond de la grotte avant de la violer une nouvelle fois dans cette inconfortable position, les pieds effleurant à peine le sol. Il l'abandonna enfin ainsi, les bras douloureusement étirés, incapable maintenant de continuer à tenter de se libérer. Elle lutta pour ne pas se laisser gagner par le découragement, parvint à rapprocher du bout du pied un petit rocher sur lequel elle se hissa, soulageant un peu ses épaules douloureuses.

Il lui fallait réfléchir. Elle avait découvert qu'un homme gardait l'entrée de la caverne. Au-delà, un lointain ressac lui apprit qu'elle devait se trouver dans les grottes calcaires sous les falaises tout près de l'embouchure. Si seulement elle parvenait à se libérer, il lui faudrait atteindre le fleuve, peut-être alors pourrait-elle leur échapper en se laissant emporter par le courant, que cela soit vers Blaye au montant ou vers Royan et la mer, au descendant. Des bribes d'une conversation entre un homme et son gardien lui parvinrent, lui apprenant que celui-ci avait enfin compris que ses visiteurs ne venaient pas seulement pour lorgner la prisonnière dénudée. Ils se mirent hélas d'accord sur le prix du silence du gardien. Ne craignant plus d'être surpris, son nouveau visiteur laissa s'exprimer des instincts plus brutaux que les précédents. Meurtrie, épuisée, Anaëlle commença à se demander combien de visites de ce genre elle allait encore pouvoir supporter avant de ne plus être capable de faire le moindre pas vers la liberté.

* * *

- 2 -

Comme chaque jour ou presque Mariette venait creuser la vase découverte à marée basse en quête de coquillages qui apporteraient quelques protéines au maigre menu qu'elle avait à proposer à ses huit enfants. À peine fut-elle descendue sur le sable qu'une masse informe attira son regard. Les courants jetaient parfois sur la grève des marchandises tombées des bateaux et la masse sombre à quelques pas d'elle lui paraissait une prise prometteuse. S'approchant, elle fut un peu déçue en découvrant que le tas de chiffons n'était que le corps horriblement mutilé d'un marin. Elle s'agenouilla dans le sable et murmura dévotement la prière des morts. Elle arracha ensuite furtivement la petite croix d'argent qui pendait au cou du malheureux, vérifia qu'il ne possédait aucun autre bijou et se releva vivement. D'un regard circulaire elle s'assura que personne ne l'avait vue commettre son larcin. Un autre corps gisait à quelque distance ! Puis un autre un peu plus loin, et d'autres encore, pitoyables petits tas disséminés dans les rochers. Elle se signa, saisie d'horreur. Mais la vie est rude et la misère grande. "Mon Dieu, juste une petite bourse avec quelques pièces d'or... Parmi toutes ces pauvres âmes il y en a tout de même bien une qui va faire mon bonheur... Ils n'ont plus besoin de rien maintenant, tandis que mes enfants meurent de faim". Elle se hâta vers le corps le plus proche. Le troisième "noyé" émit un faible appel lorsqu'elle s'approcha.

- Mon dieu ! La peur que vous m'avez faite ! Que vous est-il donc arrivé ? Non, ne me répondez pas, ne bougez pas, dit-elle étourdiment, je vais chercher des secours.

* * *

Aymon Tullier et son neveu s'approchèrent de la triste rangée de corps allongés dans la grange du hameau. Depuis trois jours que cela durait, le courant avait maintenant déposé sur la plage la quasi-totalité de l'équipage massacré. L'unique survivant avait eu la force de demander que l'on prévienne le marchand avant de sombrer dans un sommeil fiévreux qui durait depuis. Maître Tullier furieux de la perte probable de la cargaison confiée à Marticot de Fins avait tenu à venir lui-même reconnaître le corps de son confrère. Accompagné de son neveu Thomas toujours flanqué de son inséparable Paul, et de Juan, un émigré espagnol à son service, il avait pris la première gabarre descendant vers Blaye, et de là une chevauchée d'une demi-journée les avaient conduits jusqu'à ce triste endroit.

- C'est lui, fit le marchand, pauvre homme, la vie n'aura pas été tendre avec lui..., il soupira, finir comme cela... Et celui-ci est maître Le Cloarec, le patron du navire, tout aussi couvert de blessures... Ceux qui les ont attaqués n'ont pas fait de quartier...

- Ils sont presque tous nus, ils ont même été dépouillés de leurs vêtements, fit Paula, la voix blanche, affligée par le pitoyable spectacle.

- Les pirates qui vivent sur l'estuaire sont pour la plupart des pauvres gens, qui ajoutent le pillage aux maigres gains de leur pêche... Au fil du temps des malandrins se sont joints à eux, les rendant plus féroces encore...

- Il nous faut demander au gouverneur qu'il envoie ici une troupe punir ces hommes comme ils le méritent ! Gronda Thomas, ils seront faciles à confondre, la cargaison doit encore être en leur possession...

- Ils ont peut-être même encore le bateau, la mer n'a rejeté que des corps, pas le moindre espar ne s'est échoué sur la plage...

Une femme entra en coup de vent dans la grange, prenant à peine le temps d'esquisser un signe de croix.

- Messires, venez vite, le blessé est réveillé, il vous demande !

Ils suivirent la femme jusqu'à l'une des pauvres masures du hameau. Couché près du foyer, le rescapé, le visage creusé par la fièvre marmonnait des sons incompréhensibles à une jeune paysanne qui tentait de l'apaiser.

- Je ne le comprends pas, fit-elle, il m'a désignée, puis a fait signe vers la mer... Je crois qu'il veut dire qu'il y avait une femme sur le bateau...

Il répétait sans cesse la même phrase, comme une triste litanie.

- C'est du breton, fit Aymon, *L'Anaëlle* venait de Loctudy...

- Il dit que la fille de Le Cloarec était sur le bateau... et que... oui, c'est bien ça... La pauvre enfant ! : Les pirates ne l'ont pas tuée, ils l'ont emmenée...

Un silence pesant s'installa tandis que chacun pensait au calvaire que devait endurer la prisonnière.

- Ce n'est pas pour demander une rançon qu'ils l'ont prise, fit Paul, nous n'avons plus le temps de retourner à Blaye essayer de convaincre l'imbécile qui les a retardés de nous adjoindre des renforts. Il nous faut y aller, Thomas, il faut délivrer cette malheureuse.

Thomas acquiesça. Paul, en fait Paula, ressentait sans doute mieux qu'aucun d'entre eux ce que la pauvre fille devait endurer.

- J'irai avec Juan, dit-il en jetant à Paula un regard lui signifiant l'irrévocabilité de sa décision.

Lors de son arrivée à Bordeaux quelques années plus tôt, ils avaient imaginé lui faire endosser la personnalité de Paul, pour la mettre à l'abri des recherches de son père. Peu après ils étaient devenus amants sans pour autant révéler à quiconque la véritable identité de Paula, pour qu'elle puisse, à une époque ou une jeune femme était irrémédiablement condamnée à attendre sagement son époux à la maison, continuer à partager la vie aventureuse de Thomas. À de nombreuses reprises, Paula s'était montrée aussi habile que lui à cheval ou l'épée à la main, mais il répugnait à lui faire partager les épisodes les plus dangereux des affaires qu'il traitait pour son oncle, cela provoquait immanquablement entre eux des querelles, heureusement bien vite oubliées.

- Tous les deux, Messire ? Seuls ? S'inquiéta Juan. Je n'ai pas peur, je sauverai mon âme en mourant pour libérer cette fille, mais le bateau ? Si nous la délivrons, ils seront sur leurs gardes et jamais ensuite nous ne pourrons récupérer la cargaison…

- Il a raison, fit Aymon, il nous faut un équipage… Nous devons commencer par découvrir où sont le bateau et la fille de Le Cloarec… Ensuite, nous la délivrerons et reprendrons *L'Anaëlle* pour déguerpir sans traîner.

- Ces affaires ne sont plus pour vous mon oncle, nous irons ce soir avec Juan découvrir où ils se cachent… Tâchez de décider ces pêcheurs de nous aider, ils semblent si misérables que votre bourse les convaincra sans peine… Il observa du coin de l'œil son amie qui affichait évidemment une mine furieuse.

- À notre retour il nous faudra un équipage pour reprendre le bateau et je doute que ce village puisse nous fournir la quarantaine de marins dont nous aurons besoin…

- Royan n'est pas bien loin, fit Aymon Tullier, j'y ai un confrère qui m'avancera l'argent nécessaire et nous aidera à trouver des hommes. Il faudra les choisir gaillards, ils devront sans doute se battre contre ces brutes pour reprendre le bateau... M'accompagnes-tu Paul ?

- Bien sûr, Messire, puisque messire Thomas préfère la compagnie de Juan !

* * *

Un gamin conduisit Juan et Thomas à travers une lande de ronces et de frêles arbustes jusqu'au repaire des pirates. Il n'existait pas de chemin reliant les deux hameaux, qui avaient tous deux grandi au bord de l'estuaire, à l'écart du chemin allant de Blaye à Royan, dernière place importante du fleuve, face à la tour de Cordouan plantée au large.

Les deux villages n'entretenaient aucune relation. La mauvaise réputation des habitants de Talmont tenait à l'écart même leurs plus proches voisins. Ils longèrent péniblement le fleuve, tantôt griffés par les ronces, tantôt se tordant les chevilles dans les éboulis au pied de la petite falaise creusée à cet endroit par le courant. Le soleil pendant ce temps descendait rapidement sur l'embouchure derrière eux.

- Il faut nous arrêter, Messires, fit le gosse, nous sommes tout près maintenant, les grottes sont derrière cette pointe, il faut attendre la nuit.

- Tu vas rentrer, ils sont dangereux, nous retrouverons notre chemin, dit Thomas en lui glissant une pièce dans la main.

Le gamin ne se fit pas prier et disparut silencieusement dans la pénombre.

- Messire Thomas, regardez ! Chuchota Juan.

Une silhouette se découpa brièvement sur une petite proéminence rocheuse devant eux, s'étira, avant de disparaître.

- Au moins nous savons qu'ils ne nous ont pas encore repérés, répondit Thomas.

- Cela veut aussi dire qu'ils se méfient, grommela l'Espagnol, comment allons-nous faire ?

- Il va falloir approcher assez pour voir si cette grotte est la seule qu'ils gardent, et surtout il faut trouver *l'Anaëlle*, je ne pense pas qu'ils aient débarqué le chargement. Si le bateau est encore là et utilisable ils voudront vendre le tout dans quelque port du sud…

- Cela doit se voir une caravelle…

- Peut-être l'ont-ils tirée dans un petit affluent pour qu'elle ne soit plus visible du fleuve… Dès que la nuit sera là, tu vas essayer de contourner ce cap jusqu'à rencontrer une rivière, ensuite tu la suivras jusqu'au fleuve…

- Il ne va pas être facile de vous approcher des grottes…

- La marée remonte, j'irais à la nage…

La nuit était maintenant complètement tombée. Le léger ressac clapotait dans les blocs de rochers à leurs pieds.

- Allons-y. Retrouvons-nous ici tout à l'heure. Si tu entends que cela tourne mal, ne viens pas à mon secours, retourne prévenir maître Tullier au village.

Il descendit silencieusement jusqu'au bruissement du flot qui remontait maintenant rapidement vers l'amont. D'un amas de branchage posé un peu plus haut par une précédente crue il dégagea avec mille précautions un énorme bois flotté. Juan l'aida à le pousser dans l'eau glaciale. Tandis qu'il gravissait la falaise, Thomas s'éloigna dans le courant, accroché à son rondin.

* * *

Juan était égaré. Il avait fait tant de détour pour se frayer silencieusement un chemin dans le fouillis inextricable d'une lande désordonnée, qu'il avait perdu tout repère. Il avait finalement atteint une forêt d'arbres rabougris et quelques détours plus loin il n'était plus de tout sûr de la direction qu'il devait prendre. Il s'arrêta un instant, perplexe. L'absence de lune, tout en ne les obligeant qu'à être silencieux, était un avantage à double tranchant ! Il perçut une faible lueur entre les buissons. Le fanal ! Sur l'autre rive, le feu entretenu par un ermite au sommet de la tour marquait l'entrée du fleuve. En le gardant derrière lui, légèrement à sa droite, il devrait être dans la bonne direction. Bénissant au passage les Anglais et le Prince Noir qui avaient décidé sa construction un siècle plus tôt, il reprit son chemin silencieusement pour tomber très vite sur un chemin profondément creusé entre les arbres. Sans doute celui qui menait au village depuis la route de Blaye. Il le traversa rapidement. Encore quelques pas et il se retrouva presque sans transition au bord de la falaise. Un instant désorienté, il comprit qu'il n'avait fait que couper à travers bois derrière le cap qu'il avait observé avec Thomas. À ses pieds, le fleuve glissait des flots si limoneux qu'ils paraissaient épais et un village s'étalait, un peu plus loin au fond d'une petite anse. De la hauteur où il se trouvait à présent, il n'eut aucun mal à repérer *L'Anaëlle,* derrière un îlot boisé qui devait la dissimuler des bateaux passant dans le chenal sur le fleuve. À sa gauche, il y eut soudain une brève agitation du côté des grottes. Quelqu'un passa en courant sur le chemin, le contraignant à se tapir au sol. Il était préférable de ne pas moisir là. Inquiet pour Thomas, il resta un moment caché dans les arbres sitôt qu'il eut franchi de nouveau le chemin qui devait en fait simplement relier les grottes au village. Retournant vers celles-ci, deux hommes passèrent encore.

-... Habillé comme un messire je te dis... Il s'est échoué sur le banc de sable, juste devant nous... Il dit qu'il est tombé d'un bateau mais j'en ai pas vu la queue d'un depuis l'autre jour ! Alors d'où il sort, il est tout de même pas venu à la nage depuis Royan ? Moi j'te dis qu'on devrait renforcer les gardes...

- Bah ! Répondit l'autre, manifestement peu enclin à se retrouver en train de faire le pied de grue au bord de l'eau, c'est peut-être un naufragé tout de même, avec les courants qu'y a par ici...

Aie ! Thomas était pris. Juan eut un instant envie de les suivre pour lui prêter main-forte, mais Thomas voulait qu'il rentre... Et puis qu'allait-il faire, seul contre une bande de malfaiteurs sur leur propre terrain... Angoissé, il se hâta à regret vers le village où l'attendait Aymon Tullier.

* * *

Thomas avait joué de malchance. Alors qu'il battait désespérément des pieds pour regagner la berge sous la grotte occupée par les naufrageurs, il s'était lamentablement échoué sur un banc de vase à quelques brasses du bord. Le tronc d'arbre auquel il s'accrochait lui avait échappé, emporté par le courant, le laissant à découvert et bien vite repéré par le guetteur assis sur un rocher quelques mètres au-dessus de lui. Sous la menace d'arbalètes sans doute prises aux marins de *L'Anaëlle,* grelottant et couvert de vase nauséabonde, il n'avait eu d'autre solution que de se livrer aux hommes accourus soudainement de toute part.

Malgré son air pitoyable, ils avaient bien vite compris qu'il était plus qu'un simple paysan égaré, ne serait-ce que par les pièces trouvées dans sa bourse, et, après quelques coups de pure intimidation, ils en étaient maintenant à décider s'il constituait une possible rançon ou s'ils devaient le tuer sans attendre.

Ils l'avaient traîné dans le fond de la grotte, qui s'élargissait après quelques mètres en une salle impressionnante. Jeté au sol dans un coin, il avait rapidement compris qu'il était tombé au beau milieu d'une réunion, organisée à la veille du départ du bateau vers une mystérieuse destination. A la veille surtout de récolter les fruits de leur forfait. Thomas cherchait maintenant désespérément le moyen d'échapper à ses geôliers, tout en essayant de repérer la fille qu'ils détenaient depuis quatre jours.

La soirée était en train de tourner à l'orgie. Des tonneaux avaient été mis en perce. Les flammes du grand feu qui brûlait au centre de la caverne illuminaient les regards fiévreux des hommes. Des filles de mauvaise vie avaient été amenées, provoquant des disputes bruyantes entre les plus excités, tandis que les rires nerveux et vulgaires de celles-ci éclataient à tout bout de champ.

Un hurlement jaillit derrière lui, tout proche. Dans la pénombre il aperçut une forme pâle, attachée bras et jambes en croix sur une mauvaise paillasse.

La femme allongée là était totalement dévêtue. Sa tête dodelinait de droite à gauche tandis qu'une faible plainte sortait de ses lèvres serrées. Une brute torse nu, dressée près d'elle lui décocha un mauvais coup de pied dans les côtes, lui reprochant on ne sait quelle désobéissance.

Malgré son visage tuméfié et les traces de coups qui couvraient son corps, Thomas ne put s'empêcher de penser qu'elle devait être une bien jolie fille.

- Notre petite amie te plaît ? Fit l'homme qui surveillait Thomas en s'enfilant une large rasade de vin, elle n'est plus très fraîche, elle est tombée amoureuse d'une douzaine d'entre nous et court le guilledou depuis son arrivée, mais si ça te tente…

Il appela ses plus proches compagnons :

- Notre invité veut faire connaissance ! Venez m'aider vous autres !

Deux hommes le prirent sous les bras et le traînèrent jusqu'à la malheureuse, le jetant à ses pieds. Une bourrade le projeta en avant. Les mains liées dans le dos il s'étala sur elle, le visage entre les seins de la

Bretonne.

Une rafale de gros rires salua la précision de son atterrissage.

- Allez, amusez-vous bien, et surtout ne faites pas de bêtise ! S'esclaffa une voix.

Ils s'éloignèrent, vite lassés de leur jeu ou plus attirés par l'exubérance des filles qui les appelaient un peu plus loin.

Malgré sa situation désespérée, peut-être même à cause du danger de mort où il se trouvait, Thomas ne put s'empêcher d'être troublé par le corps écartelé sur lequel il était allongé.

- Vous aussi avez envie de me prendre, souffla-t-elle la voix vibrante de haine, ne vous gênez pas, un de plus…

Il se tortilla pour basculer à ses côtés :

- Pardonnez-moi… Chuchota-t-il. Êtes-vous damoiselle Le Cloarec ?

Elle hocha imperceptiblement la tête.

- Je suis venu pour vous délivrer, hélas ! Ils m'ont pris… Des amis vont venir, cette nuit peut-être… Il faut que nous soyons prêts à nous échapper… Vous pourrez courir ?

- Je ne sais pas… Je crois, oui, fit-elle d'un air las…

- J'ai dans ma botte une petite dague qu'ils n'ont pas trouvée… Quand ils seront ivres nous entamerons nos liens…

* * *

Aymon et Paul revenaient tout juste de Royan, ayant eu plus de réussite que Juan et Thomas. Une trentaine d'hommes les avaient accompagnés et attendaient maintenant un peu en arrière, certains bravaches parlants haut et fort, d'autres un peu déboussolés d'avoir été si vite arrachés à la taverne pour se retrouver dans un hameau entouré d'arbre en pleine obscurité, ayant à peine eu le temps de passer chez eux embrasser une femme, une maîtresse ou une mère… Tous ou presque avaient un grand coutelas à la ceinture, un gourdin à la main, ceux qui savaient s'en servir tenaient les arbalètes ou les épées dénichées à grand-peine chez l'unique armurier de la petite ville.

Juan déboucha enfin de la lande, le visage et les bras couverts de griffures, essoufflé, épuisé, l'épée dont il s'était servi pour se frayer un chemin à la main.

- Messire, ils ont pris Thomas... Jeta-t-il, il faut y aller, il est en grand danger...

- Raconte, vite, fit Paula tandis qu'il se jetait sur la gourde de vin qu'une femme lui tendait.

- Je sais où ils sont et j'ai vu le bateau... C'est à peine à une lieue... Il faut y aller ! Répéta-t-il.

Cachant mal son inquiétude, le marchand essaya de garder la tête froide.

- Il ne sert à rien de se précipiter... S'ils ont choisi de lui faire subir le même sort qu'à ces pauvres gens il est déjà trop tard... Nous allons nous séparer en deux groupes, un s'occupe de reprendre le bateau et d'y attendre les autres qui les rejoindront sitôt Thomas et la fille de Le Cloarec délivrés, s'ils sont encore en vie.

- De grâce, restez ici Messire, vous tombez de fatigue et n'avez plus l'âge de participer à la bataille qui nous attend... Il faudra nager jusqu'au bateau et le fleuve est glacé...

Maître Tullier dut se résoudre à l'admettre. Il n'avait que cinquante-quatre ans, mais la bonne chère et le manque d'exercice l'avaient doté d'un bel embonpoint et quelque peu rouillé ses articulations.

- Quoi qu'il advienne, vous partirez directement vers Bristol. Marticot semblait fort inquiet pour son frère établi là-bas, et l'affaire semblait des plus urgentes. Nous lui devons bien de tenter de poursuivre sa tâche. Le marchand se tourna vers Paul, et continua, ne réussissant pas tout à fait à empêcher sa voix de trembler : Les parents de Thomas vous accueilleront s'il n'est pas parmi vous, Paul il est temps que tu apprennes toi aussi à commercer, cette cargaison est redevenue la mienne puisque ce pauvre Marticot ne devait me la régler qu'à son retour. Mon beau-frère et ma sœur doivent acheter le pastel, et t'aideront à trouver preneur des quelques barriques de vin qui sont peut-être encore à bord. Juan, je te confie la sécurité de Paul qui sera le maître de ce navire si vous ne parvenez pas à les délivrer... Prenez bien garde à vous. Allez vite, maintenant, reprenez mon bien à ces monstres et tâchez de sortir cette fille et mon neveu de ce mauvais pas.

* * *

Contournant le village des pirates, le premier groupe, Paula à sa tête, se rassembla en lisière d'un bosquet, observant le bateau mollement agité par le courant à quelques brasses d'eux. Il leur restait quelques minutes pour préparer l'attaque. Quand la marée serait étale, il leur faudrait nager silencieusement, s'en emparer et mettre les voiles, profitant du courant presque nul et de la brise du sud qui les porterait vers la mer. Aucune présence ne se manifestait à bord. Piège ou incroyable confiance des pirates en la peur qu'ils inspiraient à leurs voisins ? Dans quelques instants ils allaient être fixés.

Le deuxième groupe, emmené par Juan, se composait qu'une dizaine d'hommes seulement, choisis parmi les plus combatifs. Eux aussi progressaient silencieusement à proximité de la grotte. L'aube était proche. Une lueur blafarde éclairait le ciel au-dessus des arbres. Ils s'arrêtèrent au bord de la falaise juste à l'aplomb de l'entrée. Il n'y avait pas de guetteur visible. Juan, allongé sur la mousse releva prudemment la tête. Des volutes montaient paresseusement du fleuve dont l'autre rive, à plus de trois lieues, était à peine visible. Il se plaqua au sol, invitant d'un geste les autres au silence. Devant lui, une masse sombre sortait majestueusement de la brume.

- *L'Anaëlle* ! Ils ont réussi ! Allons-y ! S'ils la voient, nous perdrons l'avantage de la surprise !

Ils se laissèrent tomber sur l'étroite corniche devant la grotte et s'engouffrèrent sans bruit dans les profondeurs. Tout fut incroyablement facile. Les pirates cuvaient leur vin, vautrés çà et là, émettant des ronflements sonores. Le seul qui essaya de se mettre sur ses pieds tituba lamentablement jusqu'à ce qu'un coup de gourdin le réexpédie au pays des songes.

- Ici ! Fit Thomas, venez m'aider à porter la fille…

L'enveloppant dans sa cape, Juan la souleva dans ses bras et ils refluèrent vers l'entrée.

- Faites vite ! Murmura Anaëlle, ceux-ci ne sont que des brigands qui vivent dans les grottes, le matin j'avais aussi à subir les pêcheurs du village qui passaient me "saluer" avant de sortir sur l'estuaire… Ces vermines rendaient visite à leurs complices avant d'aller travailler pour me foutre en cachette de leurs épouses…

Ils se regroupèrent sur l'étroite corniche, saluant le navire stoppé devant les grottes.

Sur *L'Anaëlle* les marins avaient habilement jeté une ancre à l'arrière, évitant au navire de pivoter dans le courant. Tandis qu'une partie d'entre eux affalaient les voiles, d'autres mettaient à l'eau un canot pour les recueillir. Ils s'entassèrent à bord et gagnèrent *L'Anaëlle* tandis qu'une flottille de barques apparaissait, venant du village. Enfin réunis sur le navire, ils parvinrent à repousser l'abordage et à s'enfuir, les voiles claquant dans le vent tandis qu'une brise favorable les gonflait les unes après les autres.

Quelques minutes plus tard ils les avaient distancés. Tandis que Paul mettait Anaëlle à l'abri des regards dans l'étroite cabine du capitaine, ils passèrent dans le chenal longeant la plage où les corps s'étaient échoués. La silhouette bonhomme d'Aymon Tullier se découpait sur l'éperon rocheux où il attendait anxieusement leur passage. Une bordée de hourras jaillit du navire. Le marchand répondit distraitement à leurs saluts, cherchant anxieusement son neveu parmi les hommes qui se pressaient le long du bordage. Il l'aperçut enfin sur le château arrière, levant le poing en signe de victoire. Satisfait, il regarda le navire s'éloigner rapidement vers le large, priant silencieusement pour que les malheurs de *L'Anaëlle* s'arrêtent là.

* * *

Depuis qu'ils étaient en mer, l'état d'Anaëlle avait empiré. Malgré les soins de Paula qui s'était enfermée avec elle entre les cloisons de l'étroite cabine réservée au capitaine du navire, elle oscillait entre de violentes crises d'agitation où elle se débattait comme saisie d'une terreur sans nom, et un effrayant abattement qui la laissait comme morte, les yeux grands ouverts impressionnants de fixité. Paula l'avait lavée, enveloppée dans la cape de Juan et profitait de chacune de ses périodes de calme pour glisser quelques gouttes d'eau entre ses lèvres serrées, la réconfortant de son mieux de paroles apaisantes.

Il commençait à faire chaud dans le réduit du château arrière où elles se trouvaient. Elle poussa le battant de bois, se retrouvant immédiatement sur le pont. Le soleil était maintenant haut dans un ciel d'un bleu parfait, et pour peu que l'on fût à l'abri de la brise, on se serait cru en juin. Installés un peu plus loin, deux ou trois groupes trompaient leur ennui en jouant paisiblement aux dés les quelques pièces distribuées par Aymon Tullier à leur engagement. La mer était belle, la brise régulière, il n'y avait plus grand-chose à faire à bord. Ici et là d'autres dormaient, calés comme ils pouvaient sur le pont. Elle avisa Thomas, accompagné de Juan près de l'homme accroché au gouvernail. Elle le rejoignit.

- Elle va mal, dit-elle, elle est épuisée mais la fièvre l'empêche de se reposer… Elle a besoin d'un bon lit, d'une chambre fraîche et confortable et de soins plus complets que ce que nous pouvons lui offrir…

- Si ce vent continue à nous être favorable nous serons dans peu de jours à Bristol…

- Je crains que cela ne soit une question d'heures, Thomas…

- D'heures ? Tiendra-t-elle jusqu'à La Rochelle ? Nous devons de toute façon nous y arrêter, hormis les barriques de vin de la cale, il n'y a plus le moindre vivre à bord et les tonneaux d'eau douce sont déjà infestés de vermine…

- C'est parfait, je craignais que nous ne soyons en route pour Bristol… Elle n'a même pas une chemise… Son seul vêtement est la cape de Juan, ces ordures ont pris tout ce qui pouvait l'être…

- Nous la laisserons à Maître Pibraye, il est en bonne relation avec Aymon et son épouse prendra soin d'elle. Nous ne pouvons faire mieux : même si personne n'attend notre cargaison, je voudrais être vite à Bristol.

- Pressé de revoir tes parents ou pressé d'être de retour dans ton cher Bordeaux ?

- Il est vrai que cela fait bien longtemps que je ne les ai vus, mais il s'agit d'autre chose : Messire de Fins était fort pressé de retourner à Bristol pour y secourir son frère. Je ne sais pourquoi, mais l'attaque du bateau me semble arrivée bien à point pour l'en empêcher…

- Ton oncle m'a parlé du frère de ce marchand. Mais il attendra s'il le faut. Tu me sembles, toi aussi, avoir besoin de repos et de soins…

- Ça va, juste quelques coups, la rassura-t-il, passant sous silence les circonstances scabreuses de sa rencontre avec Anaëlle qui pourtant lui laissaient un désagréable goût de remords mêlés de trouble.

Des gémissements montèrent de la cabine où était Anaëlle, bientôt remplacés par des cris aigus.

- Je retourne près d'elle. Mène-nous vite à La Rochelle, elle est en train de perdre la raison et ces cris vont nous rendre, nous aussi, tous fous…

* * *

-... Les gens réagissent parfois de façon tellement prévisible que l'on a du mal à y croire, fit Paula, c'est à peine si elle me parle ! Pour elle je suis un homme et ce simple fait me rend complice de tout ce que les pirates lui ont fait subir... À croire qu'elle n'a perçu aucun des soins que je lui ai prodigués avant La Rochelle, continua-t-elle avec amertume.

- Ce qui était moins prévisible, c'est son brutal retour à la réalité quand on a voulu la laisser à La Rochelle : "C'est mon bateau, il n'est pas question que je le quitte ! Mon père est mort, c'est à moi de continuer, c'est ce qu'il voulait !" fit Thomas.

- Elle est encore faible, mais au lever du jour, tu verras qu'elle sera sur le pont à mettre tout le monde au travail !

- Nous verrons bien si elle y parvient... Elle me semble avoir une telle haine des hommes qu'elle ne va pas être une patronne facile... S'inquiéta Thomas, il ne faudrait pas qu'elle nous les énerve trop...

- Le voyage ne sera pas long. Et après tout, le propriétaire de la cargaison décide tout autant de la conduite du navire que le capitaine... Fit Paula maintenant aussi au fait des usages qu'un marchand confirmé, en outre, tu as toi-même été maltraité dans la grotte, elle ne peut t'associer à eux...

- J'en doute. Ce qui s'est passé dans la grotte..., commença-t-il avant de se raviser, laissons cela. Nous avons fait le plein de provisions, elle a ordonné que ces cloisons qui nous octroient un semblant d'intimité soient montées et nous quitterons La Rochelle à l'aube si le vent continue de le permettre... Tout va pour le mieux et dans quelques jours nous serons à Bristol...

- À ce propos, ton oncle ne m'a pas dit grand-chose sur ce frère que Messire de Fins aurait à Bristol, en sais-tu davantage ? Il ne va pas nous être facile de le secourir, s'il est en danger il sera méfiant...

- Marticot a dit qu'il devait aller à Bristol encaisser une créance. Son frère devrait tout aussi bien pouvoir le faire à sa place, mais il semble que cela ait été un peu plus compliqué qu'il n'y paraît. Aymon m'a demandé de chercher le frère de Marticot de Fins, une fois à Bristol, et de lui proposer notre aide. Je crois qu'il avait beaucoup d'amitié pour ce pauvre homme...

- Il va me falloir être très prudente à Bristol, les marchands brugeois sont nombreux à y commercer la laine et les étoffes...

- Tu as fui il y a maintenant plus de cinq années, dit-il doucement, qui reconnaîtraient en ce séduisant marchand bordelais la fille du commerçant brugeois ?

Elle eut un triste regard nostalgique :

- Mon père, s'il vit encore... L'idée de ne plus jamais le revoir me peine souvent... Il m'aimait, enfant... C'est cette femme qui l'a fait me désaimer... Elle voulait me faire enfermer dans un couvent. Voilà notre lot de femme, à la merci de la première marâtre dont vous offensez la vue en lui rappelant que votre père a aimé avant elle... Et les malheurs de cette pauvre Bretonne... Comprends-tu pourquoi je me sens plus libre, travestie en homme ? Même si les bandages sous lesquels je cache le relief de mes seins m'oppressent parfois...

- À Bristol je chercherai de ses nouvelles. Il bouscula les boucles rousses de la tignasse qui les faisaient se ressembler tant, comme pour en chasser les idées noires, sais-tu que Jehan, le marin de Royan qu'ils se sont choisi pour chef, nous croit frères ? Chuchota-t-il en déposant un rapide baiser sur sa joue.

- J'aime que tu aimes les garçons, murmura-t-elle, mais les cloisons de cette cabine sont si fines que Jehan va vite comprendre son erreur si tu ne vas pas prendre le frais sur le pont sans attendre !

- Tu as raison, je te laisse cette étroite couchette, peut-être en trouverai-je une plus accueillante par-là, fit-il en montrant du menton le battant de planches grossières qui fermait leur réduit.

Paula fronça les sourcils :

- La seule autre couchette de ce bateau est celle d'Anaëlle, je doute qu'elle ne te reçoive fort aimablement pour l'heure...

* * *

Tout se passa étonnamment bien le lendemain. Anaëlle commanda la sortie du port sans déclencher de mutinerie et le vent qui semblait définitivement établi au sud les poussa rapidement vers le large.

Au bout de quelques heures, la routine reprit son cours. L'océan à peine ondulé d'une longue houle régulière laissa aux hommes le loisir de reprendre leurs parties de dés, et une ambiance de tranquille oisiveté s'installa sur le pont.

Paula émergea de leur réduit alors que le soleil était déjà haut. Elle trouva rapidement Thomas, assis dans un coin d'ombre à la proue du navire et le rejoignit, savourant avec délice la tiédeur des rayons du soleil.

- Bien dormi ? Fit-elle en s'installant à ses côtés, j'étais si fatiguée que je n'ai même pas senti que nous étions partis ! Nous sommes loin ?

Thomas engloba l'horizon d'un geste vague.

- Regarde...

Elle se souleva à demi. Aucune terre n'était plus visible.

- Elle nous conduit où ? Fit-elle, désignant du menton Anaëlle, qui tenait mollement le cap à l'autre extrémité du navire.

- Pas demandé, répondit-il, laconique.

- Il va falloir, non ?

- J'attends... Elle est bizarre. Hier, elle avait l'air d'avoir définitivement perdu l'esprit, puis elle refait surface pour refuser de quitter son navire, et depuis elle n'a pas décroché un mot excepté pour diriger les manœuvres...

- Que lui est-il arrivé, là-bas ?

- Je te l'ai dit, violée, pendant quatre jours. Je n'en sais pas plus...

- Allons la voir.

Ils se levèrent. Se dirigeant vers elle, ils sinuèrent entre les groupes de marins qui ne leur prêtaient pas la moindre attention. Quand elle les vit arriver vers elle, Anaëlle héla un des joueurs et lui fit signe de venir la remplacer à la barre. Elle descendit vivement du château arrière et ils s'arrêtèrent, croyant qu'elle allait esquiver la rencontre en se réfugiant dans sa cabine. Mais elle les rejoignit, les saluant brièvement :

- Messires... Vous semblez inquiets. Si c'est de ma santé que vous comptiez m'entretenir, sachez une fois pour toutes que je suis en état de conduire ce navire...

Thomas secoua la tête :

- Si vous le dites, Damoiselle...

- Maîtresse Le Cloarec. Je commande cette caravelle qui m'appartient. Lorsque l'équipage est à portée de voix, faites-moi la grâce de m'appeler Maîtresse Le Cloarec. Vous vous demandez où nous allons ? À Bristol bien sûr, n'est-ce pas là que la cargaison est attendue ?

Ils acquiescèrent en silence.

- Nous y serons dans peu de jours. Mais j'ai à mon tour une question à vous poser : pourquoi mon père est-il mort ? Dit-elle abruptement.

Thomas et Paula échangèrent un regard perplexe.

- Que voulez-vous dire, Maîtresse?

- Cessez de me regarder comme une malade ! On nous a volontairement retardés à Blaye pour nous séparer du convoi et nous priver du canon dont mon père était si fier. Ensuite ces pirates (sa voix eut une dissonance sur le mot) nous ont attaqués avec tant d'à-propos qu'il est certain qu'ils nous attendaient… Alors, je me demande pourquoi. Je *vous* demande pourquoi, rectifia-t-elle.

- Êtes-vous bien sûre de ce que vous dites ? S'étonna Paula, les navires isolés sont des proies faciles, vous vous êtes mis vous-même en grand danger en quittant Blaye seul.

- Que transportons-nous de si précieux ? Ce n'est pas pour du vin et du pastel que l'on nous a tendu ce guet-apens, reprit Anaëlle.

- C'est pourtant ce que vous trouverez dans les cales.

- Vous savez quelque chose, Messire Russ, et je veux le savoir aussi, fit-elle avec un soupçon de menace dans la voix, tout en jetant un regard perçant à Paula, vous ne pouvez me cacher les raisons pour lesquelles mon père et plus de quarante hommes sont morts.

- Nous le découvrirons peut-être à Bristol, fit Thomas évasivement. Selon mon oncle, Marticot de Fins semblait inquiet, c'est tout ce qu'il m'a dit.

* * *

Même pour contourner la Cornouaille ils restèrent au large, hors de portée des pirates qui guettaient depuis les côtes. Ce n'est qu'en entrant dans le Bristol Channel qu'ils virent de nouveau la terre. Ils continuèrent à avancer à bonne allure, inquiets à chaque voile se découpant sur le fond verdoyant des collines du Vermont.

Enfin les côtes du Pays de Galles et de Cornouailles se resserrèrent et ils entrèrent dans l'estuaire de la Severn avant de s'engager finalement entre les falaises de l'Avon. Ils sinuèrent lentement, remontant la rivière pendant quelques miles, habilement guidés par Anaëlle dans l'étroit chenal.

Au confluent de la Frome et de l'Avon, la ville apparut soudain devant eux. Ils traversèrent une vaste zone marécageuse inhabitée, s'approchant prudemment des quais entre les dizaines de navires ancrés au beau milieu de la rivière tout comme à Bordeaux. Devant la première tour des remparts, à l'extrémité des quais, un pendu tournoyait lentement dans la brise.

- Sympathique accueil ! Fit Juan, venu les rejoindre.

- Un avis aux visiteurs animés de mauvaises intentions sans doute…

Un canot se détacha du quai et Thomas quitta un instant Paula pour s'expliquer avec les hommes du shérif venus lui indiquer un endroit où s'amarrer afin de décharger sa cargaison. Il put constater à cette occasion que maîtresse Le Cloarec n'avait nul besoin de lui pour converser avec les soldats montés à bord.

- Vous me semblez aussi bien connaître ma langue paternelle que les passes de l'Avon, la complimenta Thomas.

- J'ai accompagné mon père ici si souvent, répondit-elle, c'est une bien triste expérience de conduire à mon tour la manœuvre… Nous ne pouvons rester à quai longtemps, il faut décharger au plus vite… Continua-t-elle pour chasser sa mélancolie, que comptez-vous faire ?

- Je vais aller prévenir mes parents de notre arrivée. Ils s'occuperont du transport du Pastel vers leurs entrepôts, et pourront sans doute aussi débarrasser *L'Anaëlle* de sa cargaison de vin. Vous êtes bien entendu leur invitée, maîtresse Le Cloarec, vous allez enfin pouvoir vous reposer de votre cruelle mésaventure dans une chambre confortable…

- Je dors mal lorsque la mer ne berce pas ma couche, le reprit-elle sèchement. Ma cabine sur *L'Anaëlle* est l'endroit où je me sens le mieux au monde.

- Les marins vont profiter des tavernes de Bristol, vous serez seule à bord et après ces longs jours de mer je ne me sens pas capable d'imposer à Juan de rester veiller sur vous. Avec les menaces que semblait redouter maître De Fins, je ne crois pas qu'il soit prudent de rester là…

Elle réfléchit un instant, avant de céder avec agacement.

- Soit… J'accepte… Quant à ma… mésaventure, je ne vois pas à quoi vous faites allusion.

Il la regarda avec étonnement, se demandant si elle ne perdait pas de nouveau la raison.

- Il ne m'est rien arrivé, comprenez-vous ? Pas plus à moi qu'à vous ! Nous ferions bien d'oublier l'un et l'autre cet épisode, se radoucit-elle.

Thomas s'inclina en signe d'acceptation.

- Mon aide, Paul, va rester avec vous. N'hésitez pas à le prévenir si vous remarquez quoi que ce soit.

Thomas s'éloigna à travers la foule affairée des docks, se frayant un chemin vers Saint-Léonard gate, la porte de la ville la plus proche. Leur fortune étant maintenant établie, John et Marie Russ avaient quitté leur maison de March Street un peu trop voisine des marécages du sud de la ville pour habiter à l'intérieur de la plus ancienne enceinte de la ville. Il s'engagea enfin dans Small Street, où beaucoup de marchands résidaient, non loin de la Maison de la Guilde des marchands. Chemin faisant, il remarqua que les soldats étaient plus nombreux qu'à l'accoutumée sur les remparts et dans les rues.

La nouvelle demeure des parents de Thomas n'était guère différente de celle de son oncle à Bordeaux : deux étages de colombages noircis formaient l'ossature d'épais murs de torchis surmontés d'une solide toiture de tuiles. Il frappa à la porte de bois massif qui s'ouvrit presque aussitôt sur la vieille gouvernante qui avait suivi sa mère en Angleterre. La brave dame parut sur le point de s'évanouir de plaisir avant de courir vers les pièces du fond en rameutant toute la maisonnée. Thomas resta abandonné dans le hall, tandis que des portes s'ouvraient sur des serviteurs curieux de voir la cause de cette soudaine agitation. Un garçon d'une douzaine d'années surgit dans l'escalier de pierre menant aux étages. Quand il reconnut Thomas, un large sourire éclaira son visage.

- Thomas ! Quelle surprise ! Personne ne m'a dit que tu venais ! Thomas serra dans ses bras le garçon avant de l'écarter de lui à bout de bras pour le détailler :

- Tu as encore grandi depuis ma dernière visite. Te voilà presque un homme !

- Maman ne va bientôt plus pouvoir me refuser de t'accompagner à Bordeaux, fit l'enfant avec un regard malicieux, tu m'emmèneras bientôt voir oncle Aymon, n'est-ce pas ?

Thomas promit en riant, chaque fois émerveillé des progrès de son jeune frère, né à Bristol peu après l'exil de ses parents. Des cris d'enfants et la voix de sa mère tentant de les calmer lui firent lever la tête alors que sa sœur et son plus jeune frère dévalaient l'escalier. La mère de Thomas étreignit enfin son fils, renonçant à calmer les deux petits qui trépignaient, impatients d'être soulevés dans les bras puissants de leur trop rare grand frère.

- Comme ils ont grandi ! Cela fait pourtant à peine deux ans que je suis venu… Quant à vous, vous êtes rayonnante, ma mère ! Pas d'autre petit frère en vue ? La taquina-t-il.

- Ah non ! Je remercie chaque jour le ciel de m'avoir laissé quatre enfants, ne m'en prenant que deux, mais cela fait bien assez de soucis pour moi répondit-elle, et tu n'es pas le dernier à m'inquiéter ! Mais quand es-tu donc arrivé ? Les bateaux de Bordeaux sont là depuis plusieurs jours, es-tu venu en compagnie d'un autre convoi ?

- C'est une longue histoire que je vous raconterai ce soir, mais je dois aller à la Maison de la guilde, déclarer les marchandises de *L'Anaëlle,* père n'est pas là ?

- Tu le trouveras à la guilde justement, il avait à y discuter avec des confrères... Je te fais préparer ta chambre par Emeline et je vais mettre tout le monde aux fourneaux...

- Justement, fit Thomas avec un regard faussement contrit, peux-tu recevoir deux hôtes de plus ? Paul, mon aide, m'accompagne, et maîtresse Le Cloarec, la patronne de *L'Anaëlle* a besoin de reprendre des forces dans un endroit plus confortable qu'une chambre d'auberge...

- Trois invités, quelle chance ! Répondit Mathilda Russ sans montrer d'étonnement à propos de ce navire mené par une femme. Va vite retrouver ton père au Guildhall, sans lui l'inspection de ta cargaison et l'établissement des taxes d'importation vont prendre des heures ! Elle se tourna vers les enfants serrés près d'elle comme une nichée de poussins : quant à vous, je vais avoir besoin de vous, Mary, suivez-moi, essayons de voir s'il nous reste de quoi nourrir trois voyageurs, affamés sans doute... Mark, vous aiderez Emeline à préparer les chambres, allons ! Laissez Thomas partir retrouver son père et mettons-nous au travail...

* * *

Tandis que maîtresse Russ, organisait la visite impromptue de son fils et que Thomas se rendait à la Maison de la Guilde des Marchands, la nouvelle de l'arrivée de *L'Anaëlle* faisait déjà le tour des tavernes du port. Interrogés par les équipages des navires du convoi dont faisait partie *L'Anaëlle* à son départ de Bordeaux, les nouveaux marins de la caravelle bretonne découvraient la bière anglaise en racontant la tragédie qui avait anéanti leurs prédécesseurs.

Attablé près d'une fenêtre, un homme vêtu d'un manteau de drap bleu sombre regardait d'un air faussement distrait *L'Anaëlle* tout en écoutant les récits des marins charentais. Sa barbe grisonnante soigneusement taillée ne réhabilitait pas un nez étroit et des prunelles étrangement claires, presque délavées, que l'on sentait on ne sait pourquoi promptes à s'assombrir. Ce qui était précisément le cas. Il fit discrètement signe à un garnement qui rôdait entre les tables.

- Tom, file trouver Sir Stanton, et amène-le-moi ici au plus vite, même s'il est aussi saoul qu'il a coutume de l'être... Il glissa un penny dans la main du gamin qui disparut comme une flèche.

L'homme se replongea dans la contemplation de *L'Anaëlle*, essayant de faire abstraction des agaçants récits, de plus en plus terribles pour la première phase et épiques pour la reprise du navire aux pirates, qui enflaient derrière lui, pichet après pichet.

Le gamin n'était pas encore de retour lorsque Thomas, accompagné de Maître John Russ et du contrôleur de la Guilde monta à bord. Le montant de la taxe fixé, le contrôleur quitta *l'Anaëlle* et sur un coup de sifflet strident les marins abandonnèrent la taverne pour participer au déchargement. Les barriques de vin et les tonneaux de pastel s'entassaient déjà sur le quai quand Stanton fit son entrée. Il repéra bien vite l'homme assis près de la fenêtre et laissa tomber en soupirant son imposante carcasse sur le banc d'en face.

- Qu'y-a-t-il, mon ami, qui mérite de me faire abandonner la dame de mon cœur et une soirée qui commençait si bien ?

- Nous avons un problème, fit l'homme en désignant *l'Anaëlle* du menton, ce bateau qui ne devrait pas être là...

- Bon sang ! Fit Sir Stanton, *l'Anaëlle*...

* * *

- 3 -

Le repas servi par maîtresse Russ était à l'image de la vaste et confortable salle bien fournie en bougeoirs et surchauffée par une imposante cheminée ronflante : copieux et raffiné, mais surtout chaleureux et familial. Les tourtes de poissons aux amandes et aux raisins secs, les pâtés de viande dorés au safran, un lièvre rôti accompagné d'une sauce épicée, gingembre, cannelle, poivre, liés dans un jus de vinaigre épaissi au miel et à la chapelure, garnissaient une table qui témoignait de la prospérité du couple Russ. Même Maîtresse Le Cloarec, échauffée par le vin et la bière brassée à la maison par les serviteurs des Russ, était détendue et avait paru un moment sur le point de sourire. Tout au moins jusqu'à ce que Thomas n'entreprenne de raconter les péripéties de leur voyage. Bien qu'il eût naturellement évité toute allusion aux circonstances précises de sa rencontre avec la jeune patronne de *L'Anaëlle*, et bien sûr passé son calvaire sous silence, elle était redevenue depuis lors, maussade et renfermée.

- C'est une bien triste histoire et nous compatissons à votre peine, tenta de la réconforter Mathilda, je ferai dire une messe dès demain pour le repos de l'âme de votre père et de ces pauvres gens…

Maîtresse Le Cloarec la remercia d'un pâle sourire.

- Nous ne savons même pas votre prénom après tous ces jours passés ensemble en mer, fit Paula pour changer de sujet.

- Anaëlle, répondit-elle tandis qu'une larme roulait sur sa joue en reflétant l'éclat des bougies, Anaëlle, comme sa caravelle… Maître Le Cloarec en avait fait l'acquisition l'année de ma naissance… De l'intérieur de son poignet elle écrasa la larme avec un air farouche sans chercher à dissimuler sa peine. - Mais j'attriste vos retrouvailles. Permettez-moi de me retirer dans ma chambre, avec encore mille mercis pour ce repas et pour votre hospitalité, Maîtresse Mathilda…

Ils restèrent silencieux tandis que les pas d'Anaëlle résonnaient dans l'escalier de pierre menant à l'étage.

- Elle a vécu de biens mauvais instants depuis l'attaque de son bateau… Il lui faudra du temps… Fit Paul pour l'excuser.

- Nous comprenons, répondit John Russ, elle peut rester autant qu'elle le désire. Vous dites qu'elle a conduit sa caravelle jusqu'ici ?

- En ne quittant la barre que lorsqu'elle était saoule de fatigue, fit Thomas, et sans paraître craindre les pirates qui sont pourtant bien trop nombreux lorsqu'on entre dans le Bristol Channel…

- Il va falloir avertir Maître de Fins de la triste fin de son parent, fit le père de Thomas, nous irons ensemble demain, veux-tu ?

- Je vous avoue que je suis curieux de connaître les raisons qu'avait son frère d'être si pressé de venir ici… Et de savoir ce qui semblait tant l'inquiéter…

- Ne va pas encore t'attirer quelque ennui… La ville est redevenue plus calme depuis trois ou quatre ans, depuis qu'Edouard a défait Henri à Towton et que la reine Marguerite s'est réfugiée en France… Même les deux querelleurs de la région, le comte de Berkeley et Lord Lisle semblent se tenir tranquilles… Mais il ne faudrait pas grand-chose pour que tout recommence. On dit qu'une bande de partisans des Lancastre[2] est passée non loin, aussitôt les fidèles d'Edouard ont levé une petite armée pour défendre la ville et écumer la campagne à leur recherche… Les lainiers et les drapiers anglais ont déjà suffisamment à faire avec la concurrence des Flamands, la reprise des combats réduirait à néant les efforts d'Edouard pour relever le commerce…

- Votre roi et Louis XI en somme sont faits pour se comprendre : Louis aussi veut mettre au pas ses turbulents seigneurs et mise sur le commerce et l'artisanat pour rendre son royaume prospère…

- Ils feraient bien de t'entendre ! Pour l'heure ils sont ennemis et Edouard penche plutôt pour une alliance avec Le duc de Bourgogne, la plus grosse épine de la botte de Louis !

- Mais Le comte de, le puissant allié d'Edouard est ami de Louis…

---

2 Nous sommes dans une période relativement calme de la guerre des deux roses. Sommairement, Edouard d'York, s'est fait couronner roi avec l'aide du puissant clan des Neville mené par Warwick, en chassant du trône Henri VI, à la santé mentale chancelante, et son épouse Marguerite d'Anjou soutenus pour leur part par le clan des Lancastre. La guerre des deux roses dura de 1451 à 1487. Malgré plusieurs batailles meurtrières, le peuple fut assez peu touché par la guerre, rares sont les villes par exemple qui eurent à en souffrir.

- Qu'importe le comte ! Edouard, comme Louis, veut le pouvoir absolu, il n'en fera qu'à sa tête. Si Warwick prend un peu trop ses aises, il s'en débarrassera dès qu'il se sentira assez puissant pour le faire…

- Ce confrère, De Fins, vous le connaissez ? Reprit Thomas, je veux dire, vous le fréquentez ?

- Peu… Les Gascons bannis sont arrivés nombreux ici quand j'ai dû revenir commercer avec mon père… Ta mère aurait sans doute souhaité recevoir ses compatriotes plus souvent au début, mais les fréquenter était plutôt mal vu, il a fallu un peu de temps pour que les marchands de Bristol acceptent de partager le pâté ! De Fins de toute façon ne cherche pas à sympathiser avec qui que ce soit. Ils travaillent dur, vivent chichement ; sa femme surveille les tisserands qu'ils ont installés dans leur manoir hors de la ville pour échapper aux strictes règles de la guilde, lui bat la campagne et peine à vendre leur production, pourtant honnête, mais dépourvue de la garantie de qualité que la guilde offre aux tisserands de la ville…

- Vous ne voyez donc pas pourquoi son frère semblait si pressé de venir ici… Il a parlé de créance à recouvrer…

- Avec son frère ? Ils n'étaient pas dans les mêmes affaires… Marticot ne commerçait que le vin et n'achetait ni drap ni laine, ses bateaux repartaient pour Bordeaux toujours chargés de tonneaux de morue et de harengs pêchés par nos marins au large de l'Islande… Gaillard, c'est le prénom du frère de Marticot, échange ses draps contre des fruits et des épices dans de petits ports espagnols… Son drap est ordinaire, mais les oranges qu'il ramène sont les meilleures de Bristol !

- Pourquoi ne pas avoir utilisé l'opportunité de leurs deux commerces ici et à Bordeaux ? Ne pas profiter d'un tel atout est stupide !

- Ils étaient si différents ! À Bordeaux, lorsque nous gouvernions encore la Guyenne, Gaillard était de ceux qui ont tout fait pour que nous restions, puis pour que Talbot revienne délivrer les Bordelais des rigueurs de la rancune de Charles VII. Marticot pour sa part se refusait à prendre parti. Leur brouille a duré des années, mais cet hiver ils nous ont fait la surprise de paraître en ville ensemble ! Mais…

Un hurlement suivi d'une course précipitée leur parvint, provenant de l'étage. Ils se ruèrent dans l'escalier. Sur le palier, tremblante, en chemise, Anaëlle leur désignait le fond du couloir en abreuvant d'injures bretonnes un invisible personnage.

- Il est entré là-bas, par cette porte, il a essayé de me tuer, fit-elle d'une voix aiguë, nerveuse, en montrant une estafilade qui zébrait sa gorge.

Les deux hommes se précipitèrent vers la porte encore entrouverte.

- C'est notre chambre, fit messire Russ, la fenêtre donne sur le toit d'un appentis derrière la maison, il est reparti par où il est entré... Il est déjà loin, reprit-il en se penchant par l'ouverture, regarde, il a forcé le volet.

- Retournons voir maîtresse Le Cloarec, qui que cela soit, elle seule pourra nous en dire plus, si elle n'est pas trop gravement atteinte.

- Ce n'est rien, les rassura Mathilda, venez, descendons soigner cela, il s'en est fallu d'un rien qu'il ne vous égorge...

Anaëlle tremblait tandis que maîtresse Le Cloarec la conduisait vers un siège au coin de l'âtre, dans la grande salle.

- Ce n'est rien Anaëlle, tenta de la réconforter messire Russ, il s'est enfui sans demander son reste, je vais faire renforcer ce volet et placer un homme devant votre porte pour la nuit, tout va bien, vous ne craignez plus rien...

- Je n'ai pas peur, fit-elle en essayant de maîtriser le tremblement de ses mains, j'enrage de tous ces hommes qui ne pensent qu'à exercer leur puissance à mon détriment ! Qu'ont-ils donc tous après moi ? J'ai laissé ma dague sur *L'Anaëlle*, sinon ce couard qui attend qu'une femme soit endormie pour l'égorger passerait la nuit à pleurer la perte de ses attributs ! Peut-être cela l'aurait-il rendu plus pacifique ?

Ils baissèrent tous les yeux, gênés de la crudité de ses propos. Thomas brisa le silence en affrontant le premier le regard flamboyant de colère de la jeune bretonne :

- Soyez assurée que nous aimerions, nous aussi, le tenir au bout d'une épée... À propos, l'avez-vous vu ?

- Je m'endormais difficilement, comme toujours maintenant... Elle ferma les yeux pour échapper aux visions qui l'empêchaient chaque soir de trouver le sommeil ; non, ce ne sont pas celles que vous pourriez imaginer, Messire Thomas : Lors de la prise de *L'Anaëlle*, nous avons été les derniers à nous battre, Messire de Fins, mon père et moi... Je les ai vus tomber tous deux, bravement, mon père en se jetant sur une hache d'abordage dont le coup m'était destiné... C'est ce combat que je refais chaque soir et parfois le jour aussi. Je revivrai ce combat jusqu'à mon dernier souffle et c'est une terrifiante perspective... Elle reprit le fil de son récit : J'étais à me tourner dans mon lit quand un craquement du plancher m'a fait ouvrir les yeux... Juste à temps pour éviter une ombre qui fondait sur moi. J'ai poussé un tel hurlement qu'il s'est immédiatement enfui sans demander son reste !

- Mais le reconnaîtriez-vous ?

- J'avais soufflé ma bougie, je n'ai rien vu de son visage... Sa silhouette lorsqu'il a franchi ma porte... Assurément grand et mince... et agile ! En un bond il était hors de ma chambre.

- Nous ne le retrouverons pas avec ça, fit John Russ en se tournant vers son fils.

- Demain je retournerai sur *L'Anaëlle*, ma présence semble devoir attirer le désordre sur votre maison, fit Anaëlle.

- Vous y seriez bien vulnérable ! Non, vous resterez ici, si nous côtoyer vous semble tolérable. Je demanderai à un des gardiens de mes entrepôts de venir passer la nuit prochaine ici. Et nous finirons bien par mettre la main sur cet individu. On ne peut le laisser semer le trouble impunément.

Thomas sembla soudain pensif :

- C'est curieux, dit-il, voilà la deuxième fois que j'entends cette remarque : c'est à peu près ce que m'a dit Aymon en me demandant d'essayer de comprendre ce qui a pu arriver à son confrère... Il avait de l'estime pour Marticot et il attend de moi que je ne laisse pas sa mort impunie. Mais il m'a également dit s'inquiéter de la sécurité des bateaux qui entrent dans l'estuaire et redoute que cet abordage ne soit pas seulement dû au hasard d'une malheureuse rencontre avec une bande de pirates...

- Mais que soupçonnes-tu donc ? Fit John Russ, comment pourrait-il en être autrement ?

- On nous a volontairement retardés à Blaye pour nous séparer du convoi, intervint Anaëlle, on a prétexté un règlement interdisant de dépasser Blaye armé pour nous confisquer notre canon, puis on a prévenu les pirates de notre possible passage, sachant que Messire de Fins avait grande hâte d'être à Bristol et qu'il n'attendrait pas la protection d'un prochain convoi !

- Mais qui ? Pourquoi ? L'attaque qui vient d'être conduite contre Maîtresse Anaëlle laisse plutôt à penser que c'est après eux qu'on en avait...

- Peut-être... À moins que quelqu'un n'ait voulu empêcher Marticot d'arriver jusqu'ici... Son créancier peut-être... et que le meurtre d'Anaëlle n'ait été destiné qu'à nous persuader de repartir sans mettre notre nez là où on ne veut pas que nous le glissions... Paula laissa son regard s'attarder sur Anaëlle, le visage rouge de colère, serrant contre elle de ses bras crispés la cape qu'elle avait revêtue à la hâte. Elle nota aussi les regards furtifs que

Thomas jetait à ses jambes nues et son trouble lorsqu'un mouvement dévoila un peu plus que raisonnablement un genou entre les pans du vêtement.

Thomas se tourna vivement vers ses parents :

- C'est à vous de décider si nous devons céder à ces brutes, dit-il, indiquant ainsi clairement son propre choix, il ne faut pas que cette histoire mette en danger la quiétude de votre vie ici...

- Il est trop tard, répondit John, maintenant je ne peux plus laisser cette menace planer sur ma maison. Demain nous irons visiter Gaillard de Fins comme prévu. Nous jugerons ensuite de ce qu'il convient de faire. Pour l'heure, allons dormir, vous êtes épuisés...

- J'ai envoyé les enfants chez leur grand-père, fit Mathilda, leur chambre avec un grand lit, vous attend, juste à côté de celle de maîtresse Le Cloarec.

Paula sourit intérieurement. Si la mère de Thomas avait su qu'elle n'était pas exactement le fidèle assistant de Thomas qu'elle feignait d'être, l'aurait-elle laissé partager le lit de son fils[3] aussi volontiers ?

La nuit s'écoula sans nouvel incident. Seules les plaintes émises par Anaëlle du fond d'un mauvais sommeil, troublèrent le silence de la nuit. Dans la chambre voisine, allongés l'un près de l'autre, Thomas et Paula ne mirent pas à profit le confort et l'intimité de leur chambre. Thomas, immobile, tendu, feignait de dormir, éloigné dans des pensées qui durcissaient ses traits. Paula, serrée contre lui, observa sans le questionner ce nouvel aspect de son compagnon. Elle finit par s'endormir, frustrée, attribuant la disparition des ardeurs de Thomas aux épreuves subies lors de sa capture par les pirates.

Au matin, on ne savait lequel des occupants de la maison de Maître Russ avait l'air le plus pitoyable. Même les hôtes, sans doute inquiétés par l'attaque menée sous leur toit, affichaient des yeux ayant peine à s'ouvrir et c'était à qui se décrocherait le plus la mâchoire en bâillements lamentables. La table couverte de victuailles et embaumée par un pain odorant tout juste sorti du four, parvint à grand-peine à les extirper de leur silencieuse torpeur.

3 Même le lit conjugal se partageait souvent avec les hôtes de passage tout simplement parce que la chambre principale était la plus confortable. Il était tout à fait habituel que deux (ou plus !) voyageurs partagent le même lit. De même la plupart des foyers (même aisés) n'avaient qu'un unique lit où les enfants dormaient avec leurs parents..

* * *

John Russ tint à accompagner son fils jusqu'au manoir de Gaillard de Fins. Ils chevauchèrent au pas à travers les rues de Bristol déjà encombrées de charrettes, de villageois affairés, de l'habituelle agitation d'une opulente cité. Le siècle précédent la peste avait pourtant décimé le tiers de la population anglaise. Ceux qui avaient survécu, profitant peut-être des biens mis en déshérence par les victimes, avaient repris le travail et rendu à la ville sa prospérité. En passant devant un pré où quelques moutons paissaient, John se signa, suivi silencieusement par Thomas. Sous l'herbe méthodiquement rasée par les paisibles ruminants, des centaines de pestiférés avaient été inhumées à la hâte, comme sous nombre de terrains à l'intérieur de la cité. Ils étaient là, chacun le savait et se signait en passant, le terrible souvenir du siècle passé d'autant plus vif encore que l'épidémie ressurgissait régulièrement ici ou là en Angleterre. Le château se dressa bientôt devant eux, fermant l'étroit passage entre l'Avon et la Frome. Longeant la berge de celle-ci, ils le contournèrent pour aboutir au beau milieu du marché où la ville entière semblait s'être donnée un rendez-vous matinal.

- Paul ne semblait guère heureux de devoir rester, fit le père de Thomas.

- L'agresseur de maîtresse le Cloarec peut avoir envie de recommencer… Encore que je ne comprenne pas que l'on s'en soit pris à elle…

- Puisque je te dis que Maître de Fins n'était pas visé par l'attaque si visiblement préméditée de *l'Anaëlle* ! Ce n'est pour moi qu'une stupide histoire de rivalité entre marin ou une rancune – amoureuse peut-être -, c'est cela, la folie d'un amoureux éconduit, cela expliquerait son enlèvement par les pirates et l'attaque dont elle a été victime hier…

Ils poussèrent les pas de leurs chevaux au milieu de la joyeuse agitation du marché, entre les commères chargées de paniers débordant de légumes, les étals plus ou moins richement garnis des paysans venus vendre poules et canards et la foule remuante des colporteurs, mendiants et chapardeurs en tous genres. Il se tenait dans un faubourg, juste à l'extérieur des murailles, au pied même du château, traversé par la route conduisant vers Londres. Aussi, le marché dépassé, les habitations se raréfièrent rapidement pour faire place à des vergers de pommiers puis, sans transition à une forêt sombre et dense.

- Cesse de te tourner ainsi sur ta selle, cette route sinue tellement entre les arbres qu'une armée pourrait nous suivre sans nous alerter…

- Nous n'avons guère quitté la ville discrètement… Si l'attaque de l'*Anaëlle* était destinée à empêcher la venue de maître de Fins à Bristol, son adversaire ne va pas manquer d'être alerté par notre visite à son frère…

- Pourquoi courir ce risque ? Fit le père de Thomas, que nous importent les créances de cet homme ? Il est mort et n'en a plus besoin maintenant !

- Mon oncle a souhaité que je rende cette visite au frère de Marticot… Comme un dernier service à un homme qu'il estimait… Maître de Fins était soucieux pour son frère… Son empressement à revenir ici en disait long sur son inquiétude. Aymon m'a demandé de m'assurer qu'il n'a pas besoin d'aide, voilà tout.

Un trait passa en sifflant à deux doigts de la tête de John Russ qui maîtrisa à grand-peine sa monture qui bronchait, surprise.

Thomas cingla la croupe du cheval de son père :

- Un carreau d'arbalète ! Au galop, vite, ne restons pas là ! Et couchez-vous sur l'encolure !

Un deuxième carreau vrombit un peu plus loin tandis qu'ils fuyaient en une course folle entre les arbres.

- Le manoir de Gaillard de Fins n'est plus très loin, fit John Russ lorsqu'ils se sentirent suffisamment loin du danger pour ralentir l'allure. Nous y serons en sécurité. Cette forêt est infestée de hors-la-loi… Mais détrousser les voyageurs si près de la ville est une nouveauté dont le shérif va entendre parler ce soir !

- Il ne s'agissait pas de brigands, fit calmement Thomas. Le tireur était seul, il y a eu juste le temps nécessaire à mettre un nouveau carreau sur son arme entre les deux premiers tirs. Les outlaws eux vous tombent dessus en bande.

- Alors, il ne nous suivait pas, il nous attendait ! Tout d'abord mon hôte, moi-même maintenant, notre ami dépasse cette fois les bornes de ce que je puis supporter ! Éclata John Russ.

Souriant brièvement de la fureur de son père et secrètement heureux de partager avec lui l'aventure, Thomas se fit prévenant :

- Je ne devrais pas vous entraîner dans ces périls…

- Il fallait y penser avant ! Rugit-il. Cette affaire est aussi la mienne, maintenant ! Et cesse tes regrets hypocrites, nous allons mettre la main sur le gredin qui vient de nous faire fuir comme deux pucelles et je vais le livrer au shérif pour qu'il en décore le gibet qui orne les quais non loin de St John Chapel justement ! Et qu'il aille griller en enfer, je n'irai pas y prier pour le repos de son âme !

Thomas attendit prudemment que la colère de John Russ retombe, ce qui dura jusqu'à l'entrée du domaine de Gaillard de Fins.

- Nous y sommes, fit John, Ils habitent là.

La forêt s'interrompait sur une demi-lieue, laissant place à une prairie qui couvrait les flancs d'une petite colline. Ils s'engagèrent sur un chemin creusé d'ornières qui menait à quelques bâtisses frileusement regroupées au centre de la vaste clairière. Un jeune berger les regarda passer sans descendre de la branche basse du pommier sur lequel il était perché. Quelques moutons égarés sur le chemin s'enfuirent à leur passage en une brève panique, avant de reprendre leur tonte méthodique.

Ils débouchèrent enfin entre les bâtiments. À cette heure de la matinée, chacun était en pleine activité. Les portes ouvertes d'une longue grange laissaient voir des hommes et des femmes tous ou presque occupés au travail de la laine. Ici on vidait des sacs dans une grande cuve pour débarrasser la laine du suint, là un homme cardait, à cette autre porte trois femmes filaient. Plus loin dans le clos à rames, le vent défroissait mollement des pièces de drap blanches, bleues sombre, rouges, jaunes ou encore d'un noir d'encre, témoignant de la vitalité de la fabrique.

John salua un ouvrier qui poussait une charrette de laine filée vers la bâtisse principale.

- Nous cherchons maître de Fins…

- Le maître est au manoir, répondit-il brièvement, au tissage…

Ils mirent pied à terre devant une maison qui ne se différenciait des autres que par son étage. Comme elles, elle était en torchis soigneusement chaulé entre ses croisillons de bois sombre. L'épais toit de chaumes fraîchement retaillés lui donnait un air soigné et confortable. Thomas fit un tour sur lui-même pour admirer la vue dont jouissaient les propriétaires. Ainsi installée au sommet de la petite colline, la famille du drapier avait sous les yeux à chaque instant son domaine : le modeste hameau bien tenu qu'ils venaient de traverser et quelques dizaines d'acres de prairie, encerclés par la forêt et où paissaient çà et là trois ou quatre troupeaux de moutons.

- Un bien tranquille endroit, fit Thomas.

-… Que nous allons devoir troubler par nos questions et l'annonce de la mort violente du frère de Maître Gaillard, répondit John, maussade.

- Que dites-vous, fit un homme qu'ils n'avaient pas vu sortir, mon frère est mort ?

-, Hélas oui Gaillard... Répondit le père de Thomas, j'aurai préféré vous annoncer cela plus délicatement, mais oui, votre frère nous a quitté il y a maintenant deux semaines passées...

- Comment est-ce arrivé ? Mais entrez, entrez, cette triste nouvelle me fait oublier la moindre hospitalité.

- Vous ne connaissez pas mon fils Thomas, Maître de Fins ? Il en sait plus que moi sur ce malheur...

Tandis que Gaillard de Fins disposait devant eux sur une massive table de bois un pichet rafraîchissant de bière coupée d'eau, Thomas raconta ce qu'il savait de la fin de Marticot. Bien peu de chose, tout compte fait, et en parlant, il observait le maître drapier, guettant ses réactions, fixant les yeux sombres pour y surprendre la moindre trace de trouble ou de culpabilité. Il n'y vit que de l'inquiétude quand il relata l'attaque dont ils venaient d'être victimes, et quand l'artisan se détourna brusquement, feignant de fouiller à la recherche d'on ne sait quoi dans le tiroir d'une commode, il eut le temps de voir les larmes qui embuaient soudain ses yeux.

- Nous nous sommes mal aimés, Marticot et moi... La politique est une bien imbécile chose quand elle met la discorde entre deux frères... Nous avions fini par enterrer nos querelles ces derniers temps... Et maintenant le voici assassiné alors qu'il venait ici, me croyant en danger...

- Vous êtes en danger, Gaillard ? S'enquit John, saisissant l'occasion d'en savoir plus, n'hésitez pas à demander notre aide, je sais que les marchands de Bristol ne sont pas tendres avec ceux comme vous qui fabriquent et commercent hors les murs, mais pour ma part je suis d'avis qu'il doit être possible de vivre chacun à sa guise sans nuire à ses voisins...

- En danger ? Je ne crois pas... Il y a eu cette histoire de créance bien sûr, mais maintenant que Marticot est mort... il n'en est plus question, n'est-ce pas ?

- Votre frère venait pour toucher cette créance, c'est bien cela ?

- Oui, je crois... mais...

- Mais ?

- Ce sont des choses difficiles à dire, personnelles...

- Vous devriez leur parler, mon ami, encouragea une voix de jeune femme depuis la pièce qui s'ouvrait derrière le drapier, vous ne dites rien, sans doute pour ne pas m'inquiéter, mais je sais que vous craignez quelque chose...

Gaillard de Fins les contempla longuement en hochant la tête, encore hésitant :

- Venez, finit-il par soupirer, en les invitant à le suivre dans une grande pièce largement éclairée où trois métiers à tisser occupaient tout l'espace, Maître Russ, vous connaissez Bridget, mon épouse ? Ce solide gaillard est Thomas, le fils de Messire Russ, dit-il en se tournant vers sa femme assise devant un des métiers.

Thomas s'inclina courtoisement, intérieurement surpris par la douceur des traits de la compagne de messire de Fins. Elle devait être très jeune, beaucoup plus jeune que son époux, sans doute à peine vingt-cinq ans alors qu'il en accusait facilement dix de plus, mais de ses traits lisses encadrés de longs cheveux blonds émanait une calme assurance qui l'auréolait tout entière d'un charme puissant et un peu mystérieux. Elle se leva du tabouret ou elle était assise pour tisser et vint se placer au côté de son époux. Celui-ci fit signe au couple qui continuait de tisser sur les deux autres métiers de cesser leur travail.

- Allez boire un bol de soupe à la cuisine, nous avons à parler... Il plongea ses yeux dans ceux de sa femme et avoua :

- Vous m'avez bien deviné, comme toujours du reste : est-il besoin de vous cacher quelque chose ? Cette banale histoire de dette m'a dès son commencement causé un malaise indéfinissable qui s'est peu à peu transformé en la certitude que tout cela allait mal finir... Mais il me faut vous la raconter par le menu. Lors de son dernier voyage, Marticot a débarqué à Londres un chargement de vin. Beaucoup de vin. Et du meilleur ! En provenance attestée des vignes de l'Archevêque de Bordeaux en personne qui attendait de lui en retour des épices pour agrémenter sa table si brillamment, et fréquemment, garnie. Mon frère savait trouver auprès des épiciers de Londres de quoi le satisfaire. L'épicier avec qui il a fait affaire a su le convaincre de lui laisser la totalité de son vin. La quantité d'épices cédées à Marticot représentait une valeur très inférieure au chargement de vin, Il l'a donc accompagné à Bristol où deux morutiers appartenant à l'épicier étaient attendus. Marticot comptait trouver ici un navire qui le ramènerait à Bordeaux avec ses précieuses épices et les tonneaux de morue salée cédés pour compléter l'échange.

- Il n'y a donc pas eu dette...

- Hélas si ! Écoutez : Les morutiers ne sont jamais arrivés…

- Une tempête ?

- Non, les Islandais sur les côtes desquels ils pêchent sont un peu las de leur présence. Ils leur ont causé cette fois assez de désagréments pour les retarder d'un bon mois. L'archevêque attendait ses épices, mon frère est rentré.

- Et ?

- Avant de quitter Bristol, mon frère et l'épicier sont allés chez le notaire signer un acte précisant la somme restant due à cause du retard des pécheurs, soit cent vingt écus à me régler avant la Noël.

- Une jolie somme, fit Thomas, il fallait que Marticot eût une belle confiance en cet épicier…

- Certes… Que serait le commerce sans la confiance entre confrères… Marticot m'a dit qu'il tenait une échoppe des plus respectables à Londres, le risque était honnête.

- Vous deviez garder cette somme jusqu'à son prochain passage ?

Le drapier resta silencieux, jetant un regard interrogateur à sa femme, un autre, plus hésitant, à John Russ. Il se décida enfin, semblant risquer sa fortune en un coup de dés :

- Je m'en remets à vous, Messire… Je traverse une passe difficile, j'ai besoin d'argent, je m'en suis ouvert à mon frère avant son départ, il avait accepté de me prêter ces écus le temps de me tirer de ce mauvais pas… Comme les cent vingt écus se sont volatilisés, il revenait me porter de quoi sauver mon domaine quand il est mort…

- Il avait de l'argent sur l'*Anaëlle* ? S'exclama Thomas.

- Plus de cent écus sans doute, c'est le minimum dont je lui ai dit avoir un besoin pressant.

- Ces maudits pirates n'auront donc pas tout perdu, siffla rageusement Thomas, à mon retour je vais leur rendre une petite visite avec un groupe de miliciens, il faudra bien qu'ils crachent les écus de votre frère !

- Il sera trop tard pour nous, chaque jour qui passe creuse un peu plus la tombe de notre domaine…

- À le voir, on ne le croirait pas si mal en point… De quel mal souffrez-vous qui vous fait voir l'avenir si sombre ?

Gaillard de Fins eut un dernier regard inquiet vers le père de Thomas et se résigna à se confier, avec un haussement d'épaule fataliste :

- Lorsque je vends un drap, le mouton qui m'a fourni la laine a vécu sur mes terres et cette laine a été lavée, cardée, teinte, filée, tissée sur le domaine. Il n'y a qu'une opération pour laquelle je doive faire appel à un tiers, c'est le foulage. De nos jours on ne peut raisonnablement espérer faire un drap digne de ce nom sans un moulin à foulon perfectionné, s'échauffa-t-il, et ce maudit moulin, c'est Bornsby qui le détient ! Et savez-vous quel est le problème avec Messire Bornsby ?

Thomas, que messire de Fins avait choisi comme interlocuteur à qui déclarer sa fureur eut un geste impatient pour signifier son ignorance.

- Vous ne le savez pas bien sûr ! À Bristol tout le monde pense que les tisserands des environs s'engraissent sur le dos des pauvres artisans de la ville pressurés de taxes et accablés de chartes contraignantes... Mais personne ne connaît les prix que messire Bornsby pratique pour fouler nos draps ! Ah ça non ! Et personne ne s'offusque non plus lorsque le sire de Bornsby décide d'installer une fabrique dans son manoir ! Et que je te fais venir des maîtres tisserands, et que je t'installe tout ce beau monde dans les communs du manoir et pour finir le moulin n'a plus de temps pour fouler les draps des pauvres gens comme nous !

- Ne pouvez-vous aller ailleurs ?

- La belle réponse ! Ailleurs, c'est la même chanson ! On dirait que tous les seigneurs du pays ont décidé de se faire fabricants !

- La petite rivière qui longe le chemin en bas du domaine n'est-elle pas suffisante pour y établir votre propre moulin ? Rien ne vous en empêche!

- Si, Messire, cent écus m'en empêchent ! C'est à cela que devaient servir les écus de l'épicier, puis ceux que Marticot m'apportait, les premiers s'étant envolés !

- Je vous concède qu'une opération contre les pirates mettrait trop de temps... Mais l'argent de l'épicier, n'y-a-t-il pas moyen de le retrouver ? Fit Thomas.

- Regardez-moi ce fier jeune homme ! Il se tourna vers John Russ : Votre fils ne doute de rien ! Par dieu, comment voulez-vous vous y prendre ? Qui peut savoir ce qu'ils sont devenus ?

- Que s'est-il passé ? L'épicier n'est pas venu régler sa créance ?

- Pas si simple ! Je vous ai dit que la réputation de ce marchand est sans tache. Il fournissait la table d'Henri VI, il garnit maintenant celle d'Edouard. Il est venu ! Avec une belle bourse bien gonflée des cent écus qu'il devait me remettre... Il s'est rendu chez le notaire où il s'est enquis de moi. Ce gros clerc est un fieffé fainéant, plus à l'aise à l'auberge un gobelet à la main qu'à tailler ses plumes pour rédiger un contrat ! Alors, faire deux lieues pour venir me chercher ! Il a envoyé un gamin qui lui est revenu avec un homme prétendument mandaté par moi pour toucher la créance...

- Et ce marchand si talentueux a donné ses écus au premier filou venu !

- Pourquoi se serait-il méfié ? L'homme détenait une des copies de l'acte rédigé par le notaire, en tout point semblable à l'original détenu par lui, d'ailleurs parfaitement identique à celle que m'avait laissée Marticot. Il a dû lui sembler un commis vraisemblable...

- Sait-on à quoi il ressemblait ?

- Je ne suis allé à Bristol que la semaine suivante, profitant de quelques visites que j'avais à y effectuer pour m'enquérir auprès de ce notaire de malheur du retard que prenait notre affaire. Je ne m'inquiétais pas : l'homme était de confiance et les pénalités de retard confortables, chaque jour qui passait faisait mon moulin plus beau. Encore quelques jours et il serait plus gros que celui de Bornsby ! Las ! Il m'a fallu déchanter bien vite...

- Mais ce commis... !

- Que pensez-vous qu'il reste dans le crâne d'un clerc qui passe ses journées à la taverne, après une semaine ? Je vais vous répondre, mon jeune ami : rien ! Il ne se souvient que de l'acte écrit de sa propre main que lui a présenté l'homme ! Mais pour celui-ci, il m'en a donné une demi-douzaine de signalements différents !

Thomas souffla, un peu moins sûr de lui. Il pouvait aller à Londres demander au marchand de lui décrire le voleur... Cela prendrait une ou deux semaines et à coup sûr pour une description qui s'appliquerait à n'importe quel commis de Bristol...

- Le gamin, envoyé par le notaire, l'a-t-on interrogé ? Sait-on comment il a trouvé votre voleur ?

- Il est mort, Messire, le jour même... Une charrette l'a heurté sur les quais, assommé, il est tombé dans la Frome et s'est noyé...

- Votre filou n'a pas hésité à tuer un enfant... Fit John Russ... Il est dangereux...

- Vous pensez qu'il l'a tué ? Fit la femme du drapier, horrifiée, ce n'est pas possible, on ne tue pas un enfant pour cent vingt écus !

- Pour bien moins, hélas, j'en ai peur répondit amèrement John Russ. Ils restèrent muets un long moment, les pensées tournées vers ce gamin qu'ils ne connaissaient ni les uns ni les autres mais qu'ils n'avaient aucun mal à imaginer, effronté, gai et débrouillard, trop tôt lancé seul dans les ruelles des alentours du port en quête de quelques piécettes pour améliorer l'ordinaire d'un couple incapable de nourrir une trop nombreuse famille…

- Pourtant vous n'avez pas tort, Maîtresse Bridget, dit pensivement Thomas, quelque chose me dérangeait dans cette histoire sans que je puisse mettre la main dessus. Vous venez de m'en donner la clef : l'équipage de l'*Anaëlle* a été massacré avec votre frère, ce pauvre gosse a été tué pour avoir vu l'homme qui a volé les écus, Anaëlle elle-même a été agressée hier, enfin on nous tire dessus ce matin… Cela finit tout de même par faire beaucoup pour cent vingt écus !

La jeune femme debout près de la table posa une main discrète sur l'épaule de son époux qui avait plongé sa tête entre ses mains, les coudes posés sur la table.

- Dans quel pétrin nous ai-je mis, se lamenta-t-il, nous avions tellement besoin de cet argent… Et ce pauvre Marticot, si sincèrement heureux de nous venir en aide, mort par ma faute…

L'épouse de Gaillard sembla partager la culpabilité de son époux, ses épaules s'affaissant imperceptiblement. Elle se reprit bien vite avant de s'écrier d'un ton énergique un peu forcé :

- Allons mon ami, vous n'avez aucune raison de vous accuser, sans le retard de ces morutiers rien de tout ceci ne serait arrivé. Et quelle faute auriez-vous commise pour que l'on vous en punisse ?

- Vous dites sans doute vrai, soupira-t-il, mais comment venir à bout d'un tel mauvais homme ? Si seulement nous savions qui il est !

- Tôt ou tard il commettra une erreur, fit Thomas. Hier nous avons été bien près de le prendre. Pour le moment, je ne peux que vous conseiller la prudence, ne quittez le domaine que si vous y êtes obligé et placez des gardes autour de la maison. Je ne pense pas qu'il tente de s'en prendre à vous. Il a peur de moi et de ceux qui sont arrivés avec l'*Anaëlle,* il redoute peut-être notre désir de vengeance… Vous ne connaissez rien de lui et il le sait : il a assez fait pour cela ! Il ne redoute donc rien de vous. Je suis, hélas, plus inquiet pour le marchand qui lui a si imprudemment donné son argent - l'argent de Marticot – s'il a tué le gamin pour qu'il ne puisse le décrire, je crains fort qu'il n'en ait fait de même pour ce pauvre homme. Il est inutile de perdre de précieuses journées à aller à Londres…

- Ce dont nous pouvons être sûrs c'est qu'il n'est pas loin… Peut-être juste sous le couvert des arbres à guetter votre départ… Comment allez-vous retourner à Bristol ?

- Thomas, même si le temps n'est pas le meilleur pour cela, je crois le moment venu de te faire visiter notre beau comté, fit John. Si nous continuons vers Londres en tournant le dos au chemin de Bristol où nous attend sans doute notre ami, nous trouverons à notre droite un chemin qui rejoint les bords de l'Avon. En longeant sa rive nous rentrerons tranquillement chez nous, avec en plus l'agrément d'une superbe promenade…

Ils prirent congé de messire de Fins, qui se hâta de donner des ordres pour la protection du manoir. Bridget les raccompagna jusqu'à leurs chevaux.

- Coupez à travers le pré jusqu'au chemin, vous serez hors de portée d'un tireur même s'il est caché dans le sous-bois du côté où vous êtes arrivés. Prenez bien soin de vous, Messires, dit-elle enfin, imperceptiblement tournée vers Thomas, les draps en attente du foulage s'accumulent et l'argent ne rentre plus. Ne nous abandonnez pas, souffla-t-elle, tenant la bride du cheval de Thomas tandis qu'il mettait le pied à l'étrier. Sa main effleura, oh ! À peine, la main du jeune marchand mais assez tout de même pour qu'il lui jette un regard surpris. Le regard qu'il croisa l'étonna plus encore.

* * *

Galopant à bride abattue de crainte d'être poursuivis, ils eurent bien peu de temps pour apprécier les rives de l'Avon. En pénétrant en ville John conduisit son fils jusqu'à une taverne près du magnifique pont enjambant l'Avon à deux pas du château.

- Une pinte de bière s'impose ! J'ai la gorge aussi sèche qu'une morue salée !

Il avait surtout besoin de faire passer la rage qui l'étouffait d'avoir été encore une fois contraint de trouver le salut dans une vigoureuse galopade. Thomas tenta de l'apaiser en orientant la conversation sur le moyen de se défaire de la menace pesant sur eux. Ils débattirent une bonne heure pour conclure que le notaire était leur unique piste et surtout la seule personne susceptible de leur fournir une description du voleur.

- Ce sont ces deux dernières attaques qui me préoccupent, fit John Russ, il va y revenir, c'est sûr ! Nous n'aurons pas toujours autant de chance…

- On peut aussi imaginer qu'il n'aura pas la chance de nous échapper la prochaine fois ! Il va falloir être prudent, admit-il devant la moue peu convaincue de son père, maintenant que la cargaison est débarquée, je vais demander à Juan de nous rejoindre. Plus question, pour aucun d'entre nous, de sortir seul. Maintenant, si vous me conduisiez à l'étude de ce notaire bien peu regardant…

- À cette heure nous le trouverons plus certainement à sa taverne préférée…

- C'est un clerc bien intempérant que vous me décrivez là !

Ils quittèrent la taverne, Thomas ne pouvant s'empêcher d'admirer une nouvelle fois le magnifique pont sur l'Avon, couvert de chaque côté par de fort belles habitations de plusieurs étages sous lesquelles le flot bouillonnant frappait les arches de pierre.

Ils longèrent les anciennes murailles par Baldwin street et chevauchèrent jusqu'au quai où était encore amarrée l'*Anaëlle*. Quelques hommes s'affairaient à bord, préparant le départ vers un mouillage où le navire pourrait attendre sans encombrer le quai. Ils leur indiquèrent où trouver Juan.

Thomas était un peu embarrassé d'avoir abandonné Juan la veille pour festoyer avec ses parents, il le fut plus encore lorsqu'il le trouva seul devant une chope de bière dans une taverne de Corn Street.

- Nos recrues de Royan n'ont pas désiré s'encombrer de ma compagnie, dit-il dans son gascon teinté d'espagnol, je suis pour eux dans le camp de leur employeur ! C'est égal, je me suis fait quelques amis à la conversation fort instructive… Je m'apprêtais d'ailleurs à partir à votre recherche.

- Nous avons, pour notre part, essuyé quelques traits d'arbalète, en nous rendant chez les époux de Fins…

- Ah ! Vous les avez déjà rencontrés… J'aurais aimé vous accompagner, on m'a beaucoup parlé de la jeune maîtresse…

- Tiens donc ! Il me semblait que les de Fins ne fréquentaient guère la ville… Et que t'a-t-on dit?

- J'hésite à colporter ces ragots… Voilà, il y a en ce moment au port une caraque espagnole dont le capitaine commerce avec Messire de Fins à l'occasion. L'Espagnol amène du vin de Navarre, des oranges, et des babioles que de Fins revend à des colporteurs de passage. Ensuite la caraque repart, chargée de drap tissé par Messire de Fins ou par ses semblables des environs de la ville, qui se vendent bien moins cher que ceux de Bristol sur les marchés espagnols. Il y a deux hivers, Messire de Fins a été malade et n'a pu se rendre en Espagne comme il le fait chaque année pour y dénicher de nouveaux colifichets dont les colporteurs sont friands : rubans brodés, épingles, médailles religieuses en provenance des sanctuaires, etc. Bridget de Fins y est allée à sa place sans barguigner ! Imaginez la jeunette, accompagnée d'un jeune et beau serviteur du manoir traversant la mer sans son époux...

- Cela arrive chez les marchands... L'épouse est parfois tout aussi au fait des choses du commerce que son mari, fit John Russ.

- Bridget de Fins est bien jeune mais semble ne pas avoir froid aux yeux, reprit Juan, ni au reste : les marins du navire espagnol gardent un souvenir "ému" de la traversée...

- Ce que vous dites est scandaleux, s'indigna John Russ qui se tourna vers son fils : comment cet homme peut-il salir ainsi la réputation d'une lady ?

- Es-tu sûr de ça, fit Thomas, s'adressant d'un ton rude à Juan.

- Oh là ! Je ne fais que répéter ce que plusieurs marins m'ont dit lorsque j'amenais la conversation sur Messire de Fins ! Mais il y a plus : J'ai aussi bu quelques gobelets de cidre avec un vieux compatriote qui vit ici depuis des années, au service d'un seigneur des environs. Il est venu comme palefrenier accompagnant un lot de chevaux arabes en provenance d'Espagne et est finalement resté au service de l'acheteur. Lui aussi connaît Bridget. Il la connaît même particulièrement bien pour l'avoir épiée, lors de rendez-vous galants répétés avec le fils de son maître, devenu maintenant propriétaire du manoir ! Il en était tout échauffé rien qu'à raconter son forfait ! Je crois qu'il la trouve fort à son goût et tellement ardente lorsqu'elle fait, euh... la chose, qu'il en parle comme s'il était lui-même son amoureux...

- Scandaleux ! Scandaleux ! Je ne peux en entendre plus, fit John Russ en esquissant un signe de croix, rien ne me fera croire une chose pareille, tu l'as vue comme moi, Thomas, ressemble-t-elle à la furie décrite par ton serviteur ?

- Certes, elle m'a semblé une épouse attentionnée et travailleuse... Fit pensivement Thomas en repensant à la main de lady de Fins effleurant son poignet et au regard, tout compte fait, pas si étrange qu'elle lui avait brièvement adressé.

- N'as-tu rien appris sur le clerc qui fait office de notaire ici ? Reprit

Thomas, il ne figure pas au nombre des amants supposés ou effectifs de maîtresse De Fins ?

- Cette outre à bière ! Elle serait tombée bien bas ! Encore qu'on le dise lui aussi porté sur les jeunes et jolies filles. Échapper à ses mains un peu trop lestes semble devenir une seconde nature chez les servantes des tavernes de Bristol !

- Mais faites-le taire, Thomas ! À l'en croire, les Anglais passent leur temps à se rouler dans la débauche ! Un clerc maintenant ! Et pourvu de sa charge de notaire par l'évêque de Cantorbéry en personne !

- Restons-en là Juan. Nous avons besoin de toi. Tandis que nous nous mettrons en quête de ce respectable notaire, il sourit du rictus agacé de son père, tu vas te rendre chez mes parents où sont restés Paul et maîtresse Anaëlle. Tu te mettras au service de Lady Russ et lui diras de ma part que personne ne doit sortir sans ta compagnie. Tu as bien compris ? Je ne pense pas que notre agresseur s'en prenne à nous en ville en plein jour, mais mieux vaut être prudent…

- Et ne scandalisez pas ma maisonnée avec vos histoires graveleuses ! Ajouta John Russ, tandis que Juan finissait son gobelet d'un trait, combien de pichets de bières avez-vous bu pour tenir de tels propos ?

- Seulement du cidre, Messire, qui me rappelle celui de ma Biscaye natale, en meilleur peut-être… Votre manque de soleil ne semble pas empêcher vos pommes d'être plus douces et juteuses que celles d'Espagne… Dit-il avec espièglerie avant de s'enfuir en riant sous les menaces de John Russ.

- C'est plus qu'un serviteur de mon oncle… un ami fidèle, fit Thomas. S'il nous rapporte ces horreurs c'est qu'il les a crues… Et s'il les a crues je suis bien près de les croire moi aussi.

- Mettons-nous plutôt à la recherche de sir Stanton, le notaire, fit John, cachant mal son agacement. À cette heure il doit être attablé au Lion d'Or, ne tardons pas trop, il va commencer à être difficile de lui arracher une conversation sensée.

Ils durent reprendre Baldwin Street qui séparait le cœur de la ville du quartier plus populaire occupé par les marins, en limite des marécages du confluent de la Frome et de l'Avon. Ils jetaient sans cesse des regards derrière eux mais la foule très dense ne permettait pas de voir s'ils étaient suivis. Ils franchirent le pont sur l'Avon et continuèrent jusqu'à Saint-Thomas, mettant enfin pied à terre devant la taverne habituelle du clerc.

Le milieu de la journée était largement dépassé et la taverne regorgeait de monde. Une solide matrone s'approcha d'eux et, repérant des clients plus fortunés que ceux qui avaient coutume de fréquenter l'établissement, chassa sans ménagement deux hommes assoupis la tête entre les bras, malgré le brouhaha assourdissant, sur le bout d'une table.

- Il est là ? L'avez-vous vu ? Dit Thomas à son père.

- Là-bas, près de la rangée de fûts d'ale, comme à son habitude. Ça ne va pas être facile de converser avec lui, fit John en haussant la voix, on a peine à s'entendre.

- Qu'attendons-nous ? Dit Thomas, il me semble déjà enflé comme les tonneaux qu'il couve du regard.

- N'as-tu pas faim ? Je ne me sens pas capable d'affronter la compagnie de ce moine débauché sans avoir goûté à cette tourte qui persécute mon odorat depuis notre arrivée, répondit John montrant l'écuelle de son voisin.

- Mangeons donc sans le perdre de vue… Après tout, quelques pintes de bière supplémentaires ne peuvent que lui délier un peu plus la langue…

Ils dégustèrent leur repas tandis que le gros moine, les mains croisées sur sa panse, semblait ne sortir de sa somnolence que pour tenter maladroitement de crocher la taille de la malheureuse serveuse quand elle passait à sa portée.

- Il me vient une meilleure idée, fit John. Il va nous falloir remettre la discussion avec notre ami notaire à plus tard.

- Pourquoi cela ? Nous le tenons et le temps presse.

- Je me disais qu'une jeune femme, qui viendrait à lui - par exemple pour le compte de la famille d'un négociant disparu - serait plus susceptible d'endormir la méfiance d'un gros notaire paillard qui doit tout de même craindre les conséquences de sa négligence…

- Parfait. Et quelle jeune femme, pensez-vous, pourra nous rendre ce service ? S'il la reconnaît, et porté sur les dames comme il semble être, il doit connaître tout ce qui porte jupons dans les environs, si elle n'est pas une parfaite étrangère au comté, il éventera bien vite notre petit stratagème…

- Anaëlle. Il ne peut la connaître…

- Impossible ! S'exclama Thomas, je ne vous ai pas tout raconté de son enlèvement, mais je ne peux lui demander cela. S'il s'avise de poser la main sur elle, elle va lui éclater le crâne avec sa pinte de bière !

- Elle est plus solide que tu ne sembles le croire. Et agir pour trouver la cause du meurtre de son père ne peut que la sortir de l'état de nervosité où elle se trouve…

- Regardez !

Une grande jeune femme bien trop richement vêtue pour se trouver seule dans une taverne traversait la salle, se dirigeant droit sur le notaire. Arrivée près de lui, elle ne s'arrêta que le temps de lui glisser quelques mots avant de disparaître prestement par une porte donnant visiblement sur une ruelle derrière la taverne. Le notaire extirpa péniblement son ventre de sous la table de bois et la suivit tranquillement, se faufilant entre les tables avec une surprenante agilité.

Thomas et son père, plus loin de l'issue, et sans doute moins habitués à se mouvoir dans la foule de paysans et de marins debout entre les tables, n'arrivèrent, au prix d'une traversée ponctuée de jurons, dans la ruelle étroite et malodorante que pour constater la disparition de leur proie.

* * *

- 4 -

Le notaire dînait chaque soir au Red Lyon. Ils mirent l'après-midi à profit pour organiser la protection d'Anaëlle tandis qu'elle tenterait de gagner la confiance du gros homme. Comme prédit par John, elle n'avait pas été trop difficile à convaincre. Depuis la veille elle ne décolérait pas et avait passé la matinée en discours belliqueux, Paula ne la retenant qu'à grand-peine de sortir sillonner les rues de Bristol à la recherche de son agresseur.

Pour ne pas éveiller la méfiance du clerc qui pouvait avoir remarqué la présence de Thomas et de John le midi, ce sont Juan et Paula qui s'assirent non loin de sa table habituelle bien avant qu'il n'arrive. Anaëlle fit son entrée à la nuit tombée, escortée par Thomas jusqu'à la porte de l'auberge. Resté à l'extérieur, Thomas se rencogna dans l'ombre d'une voûte et souffla sa lanterne, enfreignant la loi qui faisait obligation de s'éclairer lorsqu'on se déplaçait la nuit dans Bristol.

Le notaire était là, fidèle à ses habitudes. Il semblait maussade, accompagnant sans plaisir chaque bouchée de l'énorme volaille posée devant lui d'une large goulée de bière. Anaëlle s'enquit de lui auprès de l'aubergiste et traversa la salle. Les regards convergèrent vers elle tandis qu'elle se dirigeait vers lui, les hommes attirés par ce que la cape d'Anaëlle laissait entrevoir d'une silhouette attrayante et par sa démarche souple et assurée, les quelques rares femmes dévisageant sans indulgence une nouvelle concurrente. Sans sembler les voir, elle se contenta d'accompagner d'un regard glacial ses écarts pour éviter quelque main trop leste, et vint se planter devant le notaire.

- Messire Stanton ? Fit-elle, masquant d'un sourire timide le dégoût que lui inspirait déjà le menton dégoulinant de gras du clerc.

Il leva les yeux sur l'intruse qui venait déranger ses pensées moroses et essuya sa bouche d'une manche déjà douteuse.

- Cette foutue journée n'est donc pas entièrement destinée à me contrarier puisqu'une jolie fille recherche ma compagnie… À moins que vous n'ayez quelque mauvaise nouvelle ? Dit-il en se rembrunissant, si c'est le cas, laissez-moi dîner en paix, sinon prenez ce siège, lever les yeux sur votre beauté me tourne la tête, continua-t-il se pensant sans doute galant. Anaëlle, qui s'asseyait devant la table couverte d'os rongés et de reliefs indéterminés pensa que la bière était plus sûrement responsable de son vertige que la beauté de ses yeux bleus, mais garda tout de même son plus angélique sourire.

- Allons, dit-il encore avec un air faussement dépité, quelque chose me dit que vous êtes là plus pour parler affaire que pour mon physique avantageux... D'ordinaire je me refuse à travailler aux heures de repas, mais si vous me laissez terminer cette oie tout en m'exposant le but de votre visite, je ferai pour vous exception. Que vous arrive-t-il, besoin d'argent ? Un héritage qui se passe mal ? Jeta-t-il avec un air profondément ennuyé, mais imaginant sans doute déjà comment il pourrait faire tomber la poulette dans son lit pour prix de ses services.

Anaëlle lui servit alors la fable imaginée l'après-midi :

- Une femme éplorée m'a demandé de mettre à profit mon passage à Bristol pour chercher des nouvelles de son époux...

L'argument était simple : Anaëlle était passée à Londres. L'épouse d'un épicier avec qui elle y avait commercé avait appris qu'elle devait se rendre à Bristol par la suite. Pouvait-elle se renseigner sur son époux venu à Bristol lui aussi quelques semaines plus tôt pour honorer une créance et qui n'était pas reparu à son domicile ? Évidemment, l'époux recherché par Anaëlle était le marchand ayant fâcheusement remis l'argent de Marticot de Fins à l'imposteur qu'ils recherchaient. Il ne lui resterait plus qu'à jouer la compagne morte d'inquiétude à la recherche du moindre indice pour retrouver son tendre époux. Avec un peu de chance ses charmes feraient retrouver la mémoire au notaire qui lui fournirait une description de leur voleur.

- Nous ignorons complètement si ce marchand a réellement disparu, avait objecté John, et si ce notaire de malheur venait de le rencontrer ? Ou d'avoir de ses nouvelles ?

- Je feindrai la surprise, l'incompréhension et je me retirerai dans la plus grande confusion voilà tout, avait répondu Anaëlle.

Assis à quelques tables de là, Paula et Juan tentaient sans succès de saisir des bribes de leur conversation. Anaëlle avait fini de parler et Sir Stanton, gobelet en main, s'était reculé sur son siège. Le dos calé entre deux tonneaux contre le mur, il la considérait en silence, un imperceptible sourire au fond des yeux.

- Quelque chose ne va pas, Messire Paul, fit Juan, il ne ressemble pas à quelqu'un qui essaie de se souvenir... On dirait plutôt qu'il hésite à parler...

- Comment peux-tu voir cela, je distingue à peine ses yeux ! Il me semble à moi qu'il est fin saoul ! La petite aurait dû venir plus tôt ! Répliqua Paula.

Le notaire s'était rapproché, se décidant à parler. Sa grosse main emprisonna celle d'Anaëlle, abandonnée sur la table. La salle était enfumée, chichement éclairée par quelques torches accrochées çà et là sur les murs et les éclats de voix des dîneurs de plus en plus sonores. Impossible de comprendre quoi que ce soit. L'autre main d'Anaëlle était venue à son tour se poser sur la grosse patte velue du notaire.

- Regarde là ! Où trouve-t-elle la force de faire ça, après ce que lui ont fait subir les pirates ? À sa place je lui enverrais plutôt mon pied dans les... S'exclama Paula.

Ils se crispèrent, prêt à bondir : Le notaire avait repoussé le tabouret où son large postérieur avait miraculeusement trouvé place et tendait une main galante vers la jeune bretonne. Comme deux amis, ils se dirigèrent vers la porte du fond et disparurent dans la ruelle. Paula se leva vivement, retenue par Juan :

- Doucement. Il ne faudrait pas qu'un compère de notre ami lui raconte demain qu'il était suivi...

- Qu'importe, je n'aime pas la savoir ainsi sans secours...

Quand ils sortirent à leur tour, l'étroite venelle était, cette fois encore, totalement déserte.

* * *

Ils perdirent trop de temps à fouiller les ruelles avoisinant la taverne, puis à se résoudre à retourner au foyer de Messire Russ. Réveillé, le père de Thomas s'habilla à la hâte et les conduisit à travers les sombres ruelles de la ville jusqu'au logis du notaire. Las ! Ils eurent beau frapper sa porte au point de provoquer l'apparition de voisins indignés par le tapage, celle-ci resta désespérément close. Soit l'homme était déjà rentré et restait sourd pour quelque inquiétante raison, soit il n'était pas là et son absence à cette heure de la nuit était en elle-même alarmante.

Ils se résolurent à attendre, père et fils rencognés sous une voûte sombre, enroulés dans leurs capes de drap épais pour se protéger d'une petite pluie fine que le vent dispersait à tout va. Paula et Juan pour leur part s'en furent sillonner silencieusement les ruelles, s'en remettant à la providence pour les guider vers Anaëlle.

Ces deux-là réapparurent au matin, alors que le notaire n'avait toujours pas regagné son logis, courant comme s'ils avaient le diable aux trousses, leurs talons claquant sur le pavé glissant.

- Messire ! Thomas ! Venez vite ! L'*Anaëlle* n'est plus là !

Ils se précipitèrent vers les quais. Réveillé, un sergent du guet leur apprit que la caravelle bretonne avait profité de la marée pour partir pendant la nuit. Son énergique petite patronne était apparue un peu plus tôt, avait retrouvé son équipage revenu dormir à bord comme chaque soir après que l'angélus avait sonné le couvre-feu et la fermeture des tavernes. Le calme s'étant installé rapidement, le garde avait cessé de s'y intéresser pour continuer sa ronde un peu plus loin. À son retour, le navire n'était plus là.

- Inutile d'espérer les rejoindre en descendant le fleuve, la marée ne va pas tarder à s'inverser, fit John Russ, découragé.

- Ne peut-on galoper vers la côte et trouver là-bas un navire pour lui couper la route ? Fit Paula.

- J'en doute... Mais il nous faut essayer tout de même, Paul a raison.

Une heure plus tard, tandis que le petit jour éclairait d'une triste lueur grise le chemin boueux conduisant vers la côte, ils sortaient de la ville au grand galop. Une dernière colline gravie, la mer s'étala enfin à leurs pieds. Ils s'arrêtèrent, accordant un instant de répit aux chevaux essoufflés par la montée. La vue était splendide. À leur droite le soleil se levait au-dessus de l'estuaire de la Severn, tandis que devant eux l'Avon déversait une langue d'eau chargée de limon dans le Bristol Channel. La pluie avait cessé, et la brume chassée par le vent avait laissé un air si limpide que l'on pouvait voir les côtes du Pays de Galles au loin et même deviner des collines verdoyantes au-delà. Hélas ! Déjà bien loin des côtes, ils reconnurent sans doute possible *l'Anaëlle* qui s'éloignait, toutes voiles dehors, poussée par une bonne brise.

- Inutile. Elle a trop d'avance. Mais que lui a-t-il pris ? S'emporta Thomas.

- J'ai peine à croire qu'elle fasse cela de son plein gré... Murmura Paula, je ne peux imaginer qu'elle ait prémédité de nous abandonner ainsi...

- En tout cas la Bretagne n'est pas sa destination, fit pensivement John, elle pourrait filer vers l'ouest avec un joli vent arrière et pourtant elle continue plein nord. Le Pays de Galles, c'est là qu'elle va, sans doute à Newport que l'on entraperçoit là-bas...

Ils la regardèrent s'éloigner jusqu'à n'être plus qu'une minuscule tache de couleur qui se confondit bientôt avec la ligne sombre de la côte.

- Rentrons, fit Thomas, c'est à Bristol que nous découvrirons pourquoi elle est partie si vite.

* * *

- 5 -

Le retour fut morne et silencieux. Chacun, bercé par sa monture et réchauffé par les rayons d'un soleil généreux, était plongé dans ses pensées. Amertume pour Thomas et Paula qui ne parvenaient pas à comprendre le départ de la jeune bretonne, rêveries moins passionnelles pour John et Juan, si tant est que la fatigue leur permettait de réfléchir raisonnablement.

Ils s'accordèrent la matinée pour effacer la lassitude d'une nuit sans sommeil. À midi, ils tentèrent d'ordonner leurs idées tout en se jetant sur la copieuse collation que l'épouse de John Russ avait fait servir. Il fallait déjà savoir si l'imposant notaire était du voyage ou encore à Bristol. Envoyé à tout hasard à la taverne habituelle du clerc, Juan le trouva, attablé comme à son habitude, pichet de bière à la main et ne semblant pas plus indolent que de coutume. Revenu avertir ses compagnons il se vit attribuer la tâche de ne pas quitter Sir Stanton d'une semelle et de dresser la liste des gens qu'il rencontrerait au cours de la journée.

John Russ n'avait que trop négligé ses affaires. Il abandonna son fils et Paula pour l'après-midi, la rage qui ne le quittait pas depuis la veille heureusement distraite par la visite d'un acheteur de vin.

Thomas resta seul avec Paula dans la grande cuisine du logis. Sa mère était chez l'épouse d'un confrère marchand miraculeusement rescapée de couches difficiles. La vieille servante avait disparu dans la remise au fond de la cour où l'on brassait la bière familiale. Paula se leva en s'étirant comme une chatte laissant à plaisir s'exprimer la féminité qu'elle était contrainte de dissimuler d'ordinaire. Le regard que Thomas leva sur elle l'arrêta dans son geste.

- Te voilà bien maussade, fit-elle, comme toujours sans détours, fatigué ?

- Un peu…

- Remontons nous reposer… Après tout que nous importe cette fille ? Qu'elle aille au diable avec son bateau, nous n'avons nul besoin d'elle.

- J'ai promis à Maître Tullier de dénouer cette affaire et elle me semble chaque jour plus embrouillée...

- Oublions-la pour l'après-midi... Nous n'avons d'autre piste que ce douteux notaire, que faire sinon attendre qu'il bouge...

- Nous ne sommes même pas certains qu'elle soit sur son bateau...

- Le sergent du guet l'a vue monter à bord...

- Sous la contrainte peut-être...

- Entourée des marins de Royan, impossible !

- Nous avons déjà évoqué tout cela... Peut-être Stanton, le notaire, lui a-t-il proposé une affaire urgente...

- Urgente au point de lever l'ancre sans nous en avertir... Je l'espérais plus reconnaissante des bienfaits qu'elle nous doit, fit-il amèrement.

Paula vint se placer derrière lui, appuyant son ventre contre l'épaule de son compagnon en une invite sans équivoque, tout en lui encerclant le cou de ses bras.

- Elle te plaît donc tant ? Quel genre de reconnaissance attendais-tu donc d'elle ?

- Ne sois pas sotte, fit-il en lui caressant la main d'un geste apaisant mais de pure forme.

Paula s'écarta d'une pirouette souple, repassa de l'autre côté de la table, face à lui.

- D'accord, messire Russ, vous savez ce que vous perdez... Dit-elle d'un ton léger qui cachait mal son impatience, cette bruine glaciale me semblait la meilleure des raisons pour passer le reste du jour sous les couvertures en votre charmante compagnie, mais nous avons sans doute mieux à faire... Après qui courons-nous à cette heure ?

- Pardonne-moi, je ne peux que tourner sans cesse ce mystère dans ma tête... Et tu as sans doute raison, Stanton doit en savoir plus qu'il ne veut nous en dire... Je finis toujours avec l'image de ce gros paillard de notaire... Mais quel rôle joue-t-il dans la mort de messire de Fins ? Et comment le contraindre à se dévoiler ?

Des coups violents résonnèrent dans l'entrée. Le temps de parvenir à la porte, d'autres coups précipités retentirent. Ils ouvrirent, la main sur la dague, et furent presque repoussés contre les murs par l'irruption de maître de Fins, les cheveux collés au front en mèches désordonnées par la pluie.

- Il lui est arrivé malheur ! Aidez-moi, je ne sais que faire !

- Anaëlle ? Vous savez quelque chose ? Fit Thomas, comprenant sa méprise les paroles à peine sorties de la bouche tandis que Paula lui décochait cette fois un regard excédé.

- De quelle Anaëlle me parlez-vous ? Du navire sur lequel est mort mon frère ? Fit le marchand, c'est de mon épouse dont je vous parle bien sûr, elle devait être rentrée à midi...

Ils le firent asseoir près du feu à la longue table de bois épais de la cuisine. Il avala un gobelet de vin chaud. Peu à peu le tisserand désemparé reprit des couleurs et assez de forces pour tenir un discours cohérent. Ils comprirent enfin que Bridget, son épouse, avait quitté le manoir au matin pour se rendre chez un prêtre vivant non loin du domaine.

- C'est un vieux prêtre sans paroisse qui cultive quelques acres gagnées sur la forêt... Il est si dénué de tout... Nous l'aidons du mieux que nous pouvons... Un peu lollard[4] il est vrai, mais comment ne le serait-il pas devenu, voyant les richesses inouïes que nos évêques étalent si effrontément ? Croyez-vous qu'elle ait été arrêtée pour cela ? Si cela est, elle est perdue, le destin des hérétiques l'attend !

- Êtes-vous allé chez lui ?

- Ils n'y sont point...

- Où ce clerc a-t-il sa ferme ? Sur votre domaine ?

- Ferme est un bien grand mot, mais vous la trouverez un peu plus loin au bord d'un petit chemin qui monte vers les Cotswolds...

Ils restèrent tous trois silencieux. Gaillard de Fins semblait réellement très inquiet, mais Thomas ne put s'empêcher de ressentir une impression de malaise : quelque chose n'allait pas, quelque chose qu'il fallait découvrir vite, pendant que la détresse de de Fins le rendait vulnérable.

- Pourquoi venez-vous nous chercher, nous, pour nous raconter cela ? Que pouvons-nous faire ? C'est au château qu'il vous faut aller chercher du secours. Si lady de Fins a été arrêtée avec votre ami lollard, ils vous le diront, sinon ils dépêcheront des sergents fouiller les environs, dit Paula.

C'était cela. Thomas ne put une fois encore qu'admirer la vivacité d'esprit de sa compagne. N'étant pour tous qu'un serviteur, un écuyer en somme, Paula pouvait tout à loisir observer les interlocuteurs de Thomas

---

4 Lollard : Tenant d'une doctrine religieuse qui depuis la fin du XIVème siècle stigmatisait les abus de l'église. Une chanson lollard disait " Quand Adam chassait et qu'Eve tissait, qui donc était gentil-homme ? " Tout au long du XVème siècle les Lollards, clercs pauvres où petits artisans, étaient jugés hérétiques et impitoyablement brûlés.

tandis qu'ils s'adressaient à lui et parvenait bien souvent à comprendre ce que lui ne faisait que pressentir.

- Je ne sais... Les malheurs s'accumulent sur moi depuis que ce maudit Bornsby ne nous laisse presque plus de temps pour le foulage de nos draps à son moulin... Nous nous sommes crus sauvés en acceptant les écus de mon frère, mais voilà maintenant que ma pauvre Bridget a disparu tout comme les écus...

- Vous pensez que la disparition de votre épouse est en rapport avec le vol de ces écus ? Vous ne croyez donc pas à votre histoire d'hérétiques ! S'exclama Paula qui recula aussitôt sous le regard étonné que Gaillard jeta à un aide aussi insolent. Le temps presse, Messire, si vous craignez autre chose, il ne faut rien cacher à Thomas, pour que nous puissions vous aider, il nous faut tout savoir...

- C'est que... Voyez-vous, Thomas, je suis resté des années sans rencontrer Marticot, j'avais de ses nouvelles par des confrères qui commerçaient avec lui mais je ne le voyais pas. Lorsque les draps se sont mis à s'entasser dans l'attente d'être foulés, il est devenu certain qu'il me fallait au plus vite construire ce moulin. Oh ! J'y pensais depuis longtemps, lorsqu'on est tisserand et qu'on a une rivière qui traverse son domaine, comment ne pas y penser ? Nous mettions depuis longtemps de côté tout ce que nous pouvions dans ce but, mais la nécessité a crû plus vite que notre pécule... C'est Bridget qui a voulu chercher de l'aide auprès de Marticot. Elle savait qu'il regrettait notre brouille, elle l'avait rencontré l'an dernier. J'étais malade, elle a peiné tout l'hiver et une bonne partie de l'année suivante pour éviter que le domaine ne meure, apprenant à commercer en quelques semaines, vous rendez-vous compte, une jeune femme de vingt-cinq ans à peine ! Mais je m'égare et le temps nous est compté, hélas ! Lorsque nous l'avons su de passage à Bristol à l'automne dernier, Bridget a arrangé une rencontre. Il avait bien changé... Peut-être à cause de la mort brutale de sa jeune épouse peu après mon exil de Bordeaux. Il semblait pris par une frénésie de travail : il se tuait en voyages incessants, quittait la ville son chargement à peine débarqué pour prospecter Dieu sait où, paraissait toujours poussé par le temps... Mais il semblait tellement seul... Nos retrouvailles l'ont comblé de bonheur, j'ai honte de l'avouer... Dire que j'avais refusé de le revoir tout ce temps pour une bête querelle politique... pire encore, je ne le revoyais que parce que j'étais dans le besoin...

- A Bordeaux, vous teniez pour les Anglais et lui pour Charles VII, c'était ça votre discorde ? Fit Thomas.

- Ne me jugez pas, Messire, j'en suis bien puni... même si je ne regrette rien de ce que j'ai fait alors car je savais que Charles nous ferait amèrement regretter l'époque bénie où les princes anglais nous couvraient de leur mansuétude... Je suis exilé ici depuis la prise de Bordeaux par Charles en 1453... J'ai eu le bonheur d'y trouver mon épouse et j'y ai fait ma vie, mais les gens d'ici sont fiers et n'aiment pas que des étrangers entrent en concurrence avec eux sur leur propre terre... La douceur de Bordeaux me manque aussi, Messire, chaque fois qu'un rayon de soleil parvient à percer leur fichue brume, je me dis que là-bas il doit être plus chaud, plus caressant, plus lumineux !

- Je ne vous juge pas, Gaillard, j'ai renoncé depuis longtemps à savoir si je suis anglais ou français...

Messire de Fins leva sur lui un œil surpris mais, tout à sa narration, ne chercha pas à en savoir plus.

- C'est vrai, j'ai soutenu les Anglais jusqu'à leur départ et je faisais partie de l'ambassade que nous avions tenue à Londres pour supplier Henri VI de nous envoyer Talbot chasser les Français et nous délivrer de la vengeance dont Charles nous accablait depuis qu'il avait pris le Bordelais en 1451. Mais ses troupes ont été battues et j'y ai gagné l'exil...

- Cela est bien loin maintenant, Louis XI accorde son pardon à des seigneurs bien plus compromis...

- Nous y venons... Je vous disais que nous avions revu mon frère plusieurs fois l'an passé et cet hiver. Je n'ai pas même eu à lui demander un prêt, il m'a proposé son aide dès que je lui ai dit mes difficultés. Il allait toucher une forte somme, il tenait à m'en faire profiter, "en l'honneur de nos retrouvailles et des bénéfices que notre association allait nous procurer"... Pauvre Marticot, le commerce était devenu sa seule raison de vivre... Ah oui ! Le pardon royal, disiez-vous... Lors d'une autre visite, je lui ai dit combien je me languissais de Bordeaux... Lui aussi m'a parlé de pardon... "Ce sont des choses qui peuvent maintenant s'arranger, a-t-il dit, Louis pardonne plus facilement qu'on ne le croit, un repentir sincère et la conviction de ta fidélité lui suffiraient sans doute". Bel et bon ! Mais comment faire quand on se débat ici pour sauvegarder le bien de sa famille ? "Un peu de patience" m'a-t-il répondu sans vouloir en dire plus...

Thomas s'impatienta, lassé de l'étalage des préoccupations intimes du tisserand :

- Tout cela n'explique pas la disparition de votre épouse ni pourquoi vous semblez penser qu'elle est en rapport avec la mort de Marticot...

- Ne voyez-vous pas que l'on s'acharne à nous priver de ce bonheur que notre réconciliation semblait promettre ? Comme si quelqu'un en ce pays complotait ma perte...

- Nous ne pouvons retrouver Lady Bridget avec de si piètres indices, fit doucement Paula. Nous connaissons certes mieux votre frère, mais les écus ? Cette somme qu'il attendait, l'a-t-il perçue finalement ?

- J'ai déjà raconté à Messire Thomas ce qu'il en était, mais vous n'étiez pas là il est vrai, Messire Paul. Marticot est allé à Londres en novembre, le vin qu'il y a vendu était le plus fin, le plus savoureux que l'on puisse trouver à Bordeaux. Il a fait affaire avec l'épicier fournisseur de la cour car il s'y était rendu pour acheter des épices rares pour l'archevêque de Bordeaux.

- Et ils sont revenus ici ensemble pour compléter l'échange avec des tonneaux de morue d'Islande qui ne sont jamais arrivés, j'ai raconté tout cela à Paul, fit Thomas. Cet épicier, l'avez-vous vu ? Connaissez-vous son nom ?

- Il est écrit sur la créance qu'il se nomme Garding, mais je ne l'ai pas rencontré lors de son passage. Marticot et lui ont voulu séjourner dans une auberge de la ville en attendant leurs imbéciles de morutiers qui ont si bien su se faire détester des Islandais au lieu de pratiquer avec eux un honnête commerce...

- Vous ne l'avez donc pas vu à Bristol et il n'est pas plus venu à votre domaine...

- Non...

- À ce propos, Marticot fréquentait-il d'autres personnes lorsqu'il séjournait à Bristol ? Des confrères, bien sûr, mais en voyait-il certains plus régulièrement ou encore rencontrait-il des gens qu'il n'ait normalement pas à côtoyer pour son commerce ?

- Il venait ici depuis si longtemps ! Il avait ses habitudes, il logeait toujours aux *Vergers du Roi*, une auberge près du château et pas très loin du Guildhall[5]. Il était toujours seul, pas de femme, pas d'excès de bière ou de

5 Guidhall : maison de la guilde. Les corporations prenaient en Angleterre le nom de guilde et se réunissaient la plupart du temps chaque semaine dans un local réservé à cet usage. Les plus riches corporations de Bristol étaient sans doute celle des marchands et celle des tisserands.

vin… Il invitait parfois le pauvre breton qui commandait le bateau dont vous parliez tout à l'heure, l'*Anaëlle*, il venait très souvent à Bristol sur cette caravelle. Je ne l'ai vu qu'une fois au Red Lyon ayant bu plus que de raison, encore était-il très digne, totalement inconscient mais tout de même droit comme un piquet sur sa chaise… Il était pourtant si saoul que nous avons dû le porter jusqu'à son hôtel le couvre-feu venu, moi et Sir Stanton, le notaire, avec qui il dînait au *Red Lyon*.

- Il fréquentait donc ce curieux notaire… Fit Thomas.

- Simple relation d'affaires sans doute… Il est parfois des invitations que la courtoisie, et le bon sens, nous interdisent de refuser.

- Pour y finir saoul comme un gallois, répliqua Thomas…

- C'est la seule fois… Insista Gaillard.

- D'un autre côté, vous avez un foyer hors de la ville, une jeune épouse charmante, vous ne deviez pas traîner les tavernes de Bristol bien souvent… Ironisa Paula.

- Le tisserand gémit à l'évocation de son épouse. Thomas ne lui laissa pas le temps de se lamenter de nouveau.

- Mais venons-en aux écus. Combien déjà ?

- Cent vingt…

-… Cent vingt écus. Donc, Marticot qui s'était engagé à livrer à l'archevêque les épices promises contre le vin de ses vignes, quitte Bristol pour Bordeaux et abandonne notre épicier londonien. Celui-ci attend ici le retour de ses morutiers. Il est parti quand, Marticot ?

- À la Saint Nicolas[6]. Pensez si je m'en souviens, il y avait des processions dans toutes les rues de la ville et les portes étaient presque aussi couvertes de guirlandes qu'à la Fête-Dieu !

- Et Garding, l'épicier, il a attendu ses barils de morue jusqu'à quand ?

- Que m'importe ! Il peut bien être encore à attendre ! Ce que je sais, c'est que la Noël était passée quand je me suis décidé à aller voir Messire Stanton !

Paula l'arrêta d'un geste :

- Il est impossible qu'un épicier de son importance soit resté si longtemps loin de son commerce !

---

6 6 décembre. Saint Nicolas est le saint patron des marchands de vin, des tonneliers, des navigateurs, des épiciers, toutes corporations riches et puissantes au moyen-âge.

- Stanton m'a pourtant assuré qu'il avait envoyé le gosse me chercher à peine les écus en sa possession. Le gosse n'est jamais arrivé jusqu'à moi comme je vous l'ai déjà dit et je ne me suis rendu chez Maître Stanton que la semaine suivante trouvant le temps long… Cela nous fait trois bonnes semaines pour l'épicier de Marticot à se morfondre dans l'attente de son poisson islandais…

- C'est trop long, il ne peut avoir attendu si longtemps, insista Paula, vous le savez aussi bien que moi ! Le Londonien a dû charger quelqu'un de la vente du poisson et lui a demandé de porter les cent écus à sir Stanton. Il est étrange que ce négociant local, qui devait pourtant avoir la confiance de Maître Garding, n'ait pas exigé de vous remettre l'argent en main propre.

- Il est surtout incroyable que Sir Stanton ait donné cent écus à un inconnu ! S'exclama Thomas.

- Il s'est présenté comme un neveu du côté de mon épouse. Nous ne sommes pas en ville, Stanton avait toutes les raisons de le croire, d'autant qu'il avait cette fichue copie de la créance, en tout point semblable à la mienne…

- Et comment est-elle entrée en sa possession cette copie si parfaite ? Plus encore, comment ce mystérieux neveu pouvait-il être juste sur le chemin du gamin envoyé par le notaire vous chercher ?

Le tisserand s'était levé et arpentait la pièce en tous sens. À moins d'être un formidable acteur, son impatience à agir pour retrouver son épouse n'était pas feinte, Thomas en aurait mis sa main au feu. Et dans la détresse où il se trouvait, il était plus que probable qu'il ne leur avait rien caché de ce qu'il savait concernant les écus disparus. Il ne pouvait rien leur apprendre de plus.

- Allez au château, Gaillard, il nous faut déjà savoir si Bridget y est enfermée en compagnie de son prêtre lollard. Retournez ensuite chez vous. Il n'est pas bon de laisser sa fabrique sans maître…

* * *

Paula qui l'avait raccompagné à la porte le contempla pensivement, se hâtant, misérable, au milieu d'un attroupement qui s'était formé autour d'un porc éventré par une charrette et qui obstruait la voie. John Russ surgit près d'elle, venant de l'autre extrémité de la rue.

- Thomas est encore ici ? Fit-il sans préambule, fort agité lui aussi.

- Maître de Fins nous quitte à peine, répondit-elle montrant la foule d'un geste vague.

- Venez, j'ai à vous entretenir d'une étrangeté…

- Je suis ici, fit Thomas, traversant le hall, des ennuis avec votre acheteur ?

- Non, non, mais une autre chose m'a étonné… Je n'ai pu en détacher mon esprit sur le chemin du retour. En attendant l'homme qui devait m'acheter du vin, j'ai goûté celui arrivé sur l'*Anaëlle*. Tes marins de fortune l'ont entreposé bien à l'écart des marchandises qui me restaient, avec les quelques tonneaux de guède[7] confiés à Marticot par Maître Tullier. Cela fait en tout vingt-neuf tonneaux, 17 de vin, 12 de guède…

- C'est bien ce qu'il m'a dit lui avoir donné…

- À ton arrivée, je t'ai accompagné sur le quai pour guider le premier voyage de tes marins vers mes nouveaux entrepôts. L'*Anaëlle* était si basse sur l'eau que je m'en suis étonné : ses cales devaient être pleines au-delà du raisonnable. C'est une jolie petite caravelle ; chargée comme elle l'était, elle contenait au moins vingt tonneaux de plus que ce qui se trouve à l'entrepôt, j'en jurerais !

- On aurait donc volé ces barriques ?

- Le gardien que j'y loge n'a rien remarqué, je l'ai questionné. Pire, il a surveillé l'arrivée de la cargaison, ces vingt-neuf tonneaux sont les seuls livrés.

- Anaëlle aurait détourné une partie du chargement ? Impossible ! La défendit Thomas, elle ne peut avoir trouvé un acheteur si vite.

- Alors c'est que tout n'a pas été déchargé. L'un de vous deux est-il retourné à bord ? Non ? N'avez-vous pas remarqué si l'*Anaëlle* flottait comme un bouchon à la surface de l'Avon ? Non, bien sûr. Mais cela ne nous avance pas, elle pouvait avoir aussitôt chargé ses cales de pierres de lest en vue du départ…

- Juan ! S'exclama Paula, lui, dormait à bord avec l'équipage ! Il doit

---

7 Guède : autre nom pour pastel. Les feuilles de la plante servant à faire le précieux colorant bleu, venant de la région de Toulouse, étaient pressées en grosses boules –les fameuses coques à l'origine de l'expression pays de cocagne- et transportées en tonneau.

savoir s'il restait des barriques dans les cales.

- Si cela est, pourquoi partir ainsi ? Elle aurait aussi bien pu vendre ici ses tonneaux, fit Thomas d'un ton las.

- Pour empocher discrètement le fruit de la vente d'une cargaison qui ne lui appartenait pas, répliqua John, votre amie est maintenant bien loin, et il m'étonnerait fort que l'on revoie l'*Anaëlle* avant longtemps par ici. Mais vous disiez avoir eu la visite de Gaillard ? Que voulait-il ?

- Son épouse a disparu. Le pauvre homme est totalement désemparé, mais je suis incapable de découvrir ne serait-ce que l'extrémité d'un fil qui, dévidé, me conduirait à elle ou aux écus disparus qui font tant défaut à messire de Fins. Je ne sais d'ailleurs ce qui lui manque le plus. Il vient jusqu'ici nous supplier de l'aider à retrouver Bridget, puis ne fait que nous parler de son or…

- Tu es trop sévère, Thomas, fit doucement Paula c'est toi qui lui as dit que tout ceci te semblait lié.

Thomas ne put retenir un geste d'agacement :

- N'est-ce pas la vérité ? À Bordeaux même, Marticot se sentait menacé, à juste titre, puisqu'il est mort peu après ! Ici, les bizarreries, les meurtres ou les tentatives de meurtre se succèdent à un rythme plus que soutenu. Chaque fois Gaillard est, de près ou de loin, lié aux incidents. Cette fois de plus près que les autres.

- Je pense pour ma part que ce foutu moine qui tient profession de notaire ou cette petite ingrate de Bretonne sont tout aussi présents que Gaillard aux alentours de cette affaire, rétorqua Paula, leur association dans ce départ précipité me paraît bien étrange…

- N'as-tu pas un seul instant imaginé qu'elle ne soit pas partie de son plein gré ? De même que celle de lady de Fins, sa disparition m'inquiète. Elles sont en danger, je le sens. Je n'aurais pas dû vous écouter ce matin, nous aurions dû prendre un bateau sur la côte et nous lancer à sa poursuite.

Son ton semblait si chargé d'amertume et de reproche que cette fois ce fut au tour de Paula de ne plus pouvoir cacher son irritation:

- Te voilà aussi inquiet et agité que ce pauvre Gaillard… Cesse de te lamenter sur cette fille, elle ne le mérite pas. Je ne sais ce qui s'est passé entre vous dans cette grotte, ou après, mais elle semble avoir si bien investi ton esprit que tu as perdu tout jugement. Ce que ton père vient de nous apprendre prouve, s'il en était encore besoin, sa duplicité : elle a volontairement gardé à bord une partie de la cargaison dont nous ignorions l'existence. Comprends-tu ce que cela signifie ? Alors que nous étions à la recherche des raisons de la mort de Marticot, elle savait quelque chose et nous l'a caché…

Thomas baissa la tête, buté.

- Cette cargaison ne nous appartient pas… C'est son père qui en avait la garde. Ce qu'elle décide d'en faire ne nous regarde pas. Je te dis, moi, qu'elle n'est pas partie de son plein gré, elle ne peut nous traiter de la sorte alors que je l'ai arrachée aux horreurs que les pirates lui faisaient subir.

Comme Paula ouvrait la bouche pour accabler sans doute de nouveau Anaëlle, Thomas l'interrompit avec violence :

- Demande-toi plutôt si ce n'est pas toi qui manques de lucidité dans ton jugement. Mais c'est égal, si personne ne partage mon inquiétude, j'irai sans vous à sa recherche…

- Comme c'est touchant… Ironisa Paula.

- Suffit, vous deux ! Fit John, Paul, il me semble que votre insistance dépasse la mesure, cantonnez-vous au rôle d'assistant qui est le vôtre, et laissez à mon fils le choix de ses pensées !

Paula entrouvrit la bouche, les yeux brillant de colère. C'en était assez. Elle eut envie de les plaquer là avec leur entêtement, de révéler son identité au père de Thomas, de lui dire enfin qu'elle était un peu plus que l'assistant de Thomas. Elle faillit se jeter au cou de celui-ci, le supplier d'oublier cette fille dont le sort semblait le préoccuper tant.

- Je ne pensais pas que ma découverte allait jeter entre vous une telle discorde, ajouta rapidement John Russ sentant qu'il lui fallait occuper le terrain de la conversation, le temps que chacun retrouve son calme, pardonnez ma brutalité, Paul, être planté ainsi entre les éclats d'une querelle qui ne me concerne pas m'a toujours irrité. En attendant de reprendre sans moi votre "conversation" il me semble que la seule personne qui puisse encore nous éclairer soit Sir Stanton. Allons, j'ai réussi une jolie vente tout à l'heure, je puis bien distraire le reste de ma journée pour la passer en votre agréable compagnie ! Venez, je vais vous présenter à Sir Stanton, il sera ravi de rencontrer celui qui a arraché à une bande de dangereux pirates la jeune femme avec qui il dînait hier soir. Vous verrez, c'est un agréable compagnon lorsque la bière ne l'a pas trop plongé dans la torpeur, il raffole des ragots et des nouvelles portées par les voyageurs, votre histoire va le passionner.

* * *

Ils se mirent en route, contournant à grand-peine l'attroupement du bout de la rue. Arraché sans délai à son échoppe par deux sergents, un sabotier, propriétaire du défunt porc, tentait de débarrasser la voie de l'encombrant animal. Il s'escrimait à le hisser sur une charrette à bras, sous les rires et les commentaires moqueurs de l'assistance. John Russ apostropha deux hommes qu'il employait à l'occasion comme journaliers et les envoya prêter main-forte au sabotier. Ils s'exécutèrent vivement et le calme revint dans la rue tandis que la foule se dispersait. Il leur lança une pièce et leur fit signe d'approcher.

- Si vous n'avez pas mieux à faire que rire du malheur de ce pauvre homme qui vient de perdre sa truie, venez avec nous, je vous sais suffisamment discrets pour la tâche que j'attends de vous. Il se tourna à demi vers Thomas :

- Juan sera plus utile avec nous qu'en restant planté devant la demeure de sir Stanton, ces deux-là feront cela tout aussi bien. Et si l'un doit nous avertir de quelque péripétie, l'autre pourra continuer à surveiller Stanton.

Dans Winch Street un nouvel attroupement près du pilori attira leur attention. Trois cavaliers armés et cuirassés, plastrons de fer et casques « à l'anglaise » faisaient virevolter leurs montures, tenant les badauds à distance tandis qu'un quatrième lisait une proclamation. La femme exposée là était selon lui accusée d'avoir caché dans un réduit lui appartenant un partisan d'Henri VI en fuite. La proclamation précisait que ce crime pouvait être passible de la pendaison, après que la condamnée ait vu ses entrailles brûlées sous ses yeux si elle était convaincue de trahison.

- Quelle horreur ! Fit Paula, la cruauté des hommes n'aura donc pas de limite… Pour être comprise de John dont le français était chancelant, Paula s'était exprimée en anglais. Quelques têtes se tournèrent vers eux, étonnées de sa mansuétude.

- Vous serez au premier rang si cette malheureuse était ainsi arrangée, n'est-ce-pas ? Les provoqua-t-elle, quelle admirable distraction cela fera !

Ses compagnons l'entraînèrent, lui reprochant son imprudence.

- Cela ne sent pas bon, fit John, mieux vaut éviter de se faire remarquer par ces hommes… N'as-tu pas senti combien la ville est sombre, comme vidée de sa bonne humeur habituelle ? Des nouvelles inquiétantes sont arrivées de Londres il y a quelques jours. Édouard n'en a pas fini avec Henri.

Le comte de Warwick n'est plus le proche du roi tout-puissant qu'il a été. Le mariage du roi avec cette Woodville l'a fort contrarié dans ses projets. Elle a reçu il y a quelques semaines des seigneurs venus de Bohème qui racontent qu'elle et le comte de Warwick se provoquent sans cesse. Ce mariage est venu ruiner tous les efforts de Warwick qui œuvrait à un rapprochement avec la France en faisant épouser au roi la belle-sœur de son ami Louis XI. La belle mais froide et ambitieuse Élisabeth Woodville, penche même ouvertement pour le duc de Bourgogne, l'ennemi juré de Louis XI et semble avoir réussi à faire partager ses goûts au roi… Warwick, paraît-il, ne masque plus qu'à grand-peine son hostilité envers la reine et son clan. Il est vrai que l'influence des Woodville sur le roi et sur le gouvernement du royaume est telle qu'on dit que le propre frère de Warwick va perdre son siège d'archevêque d'York. Si son dépit pousse Warwick à chercher alliance auprès d'Henri VI la guerre civile va reprendre de plus belle…

- Que nous importent ces querelles de puissants ? Elles ne les empêcheront pas de boire du vin de Bordeaux ! Fit Thomas cyniquement, pourvu qu'ils ne déclarent pas la guerre aux moutons qui permettent aux Anglais de payer en bon drap…

Paula secoua la tête sans répondre, navrée de le voir si changé. John Russ, lui, se contenta de jeter un regard interrogatif à son fils. Il décida qu'il ne pouvait être sérieux et continua son monologue :

- Nous voici en tout cas renseignés sur la raison de la présence de tous ces soldats en ville… Et s'ils sont encore là c'est que le pauvre diable leur aura échappé.

Ils arrivèrent enfin à l'échoppe de sir Stanton. Le grondement des charrettes empruntant le pont tout proche résonnait entre les façades des hautes maisons à colombage construites sur l'ouvrage lui-même. Discrètement posté à l'entrée d'une ruelle, Juan se signala d'un sifflement à peine perceptible. Ils le rejoignirent et conversèrent un moment, le temps de le remplacer par les deux hommes engagés par le père de Thomas. Juan s'éloigna aussitôt, de nouveau affecté à son emploi préféré : laisser traîner ses oreilles parmi la faune cosmopolite du port.

Fait exceptionnel, Sir Stanton était revenu tôt de la taverne. Encore plus insolite, malgré l'heure avancée, il n'était toujours pas ressorti s'humecter la gorge comme de coutume. John frappa à la porte de la boutique. La grosse tête aux cheveux emmêlés et luisants du notaire apparut furtivement derrière les vitres d'une petite fenêtre. L'huis s'ouvrit sur un visage fatigué où deux petits yeux vifs parcoururent la rue d'un regard rapide et précautionneux. Il les fit entrer vivement et referma la porte derrière eux.

- Vous allez bien, Sir Stanton ? Fit John, vous me semblez souffrant...

-... Dû prendre froid, maugréa le notaire, on ne se méfie jamais assez de ces printemps trop précoces... V'voulez quoi, Maître Russ ?

Le marchand temporisa.

- Je ne vous ai pas présenté mon fils, Thomas... Il nous vient de Bordeaux où il commerce au service d'un frère de mon épouse - qui est bordelaise, vous le savez - et ce garçon, qui lui ressemble tant qu'il pourrait être son frère, est Paul, son assistant.

Le notaire bredouilla une vague politesse de pure forme et se laissa tomber sur une vaste chaise de bois poli par les ans.

- Que puis-je pour votre service, répéta le gros notaire, n'me sens pas du tout en état de rédiger une lettre de change[8] ou quoi que ce soit... tiens même pas debout... et j'ai la gorge foutrement sèche !

John fit un clin d'œil à Paul :

- Notre ami va remédier à ça... Il y a une taverne à l'angle du pont qui ne refusera pas de nous porter quelques pichets.

Quelques instants plus tard, Sir Stanton, abreuvé, se montra plus loquace. Il ne fit même aucune difficulté à raconter une nouvelle fois les circonstances de la disparition de l'argent destiné à Gaillard de Fins.

- C'est vrai, j'aurais dû me méfier, soupira-t-il en apaisant ses remords d'une nouvelle lampée d'ale, maître de Fins vit hors les murs, je ne connais pas ses gens, je n'ai pas un seul instant imaginé que la lettre de change soit un faux et son porteur un imposteur...

- Combien de copies y avait-il ? Fit John Russ, je veux dire, combien en avez-vous faites ?

---

8 Les marchands utilisaient très fréquemment ce type de transaction : Par exemple, un marchand anglais se faisait établir une lettre de change par un banquier anglais. En France, le banquier français correspondant du banquier anglais donnait la somme au marchand anglais en argent français pour qu'il puisse acheter une cargaison. Mais il pouvait tout aussi bien payer celle-ci directement avec la lettre de change si le marchand français envisageait de venir en Angleterre acheter lui aussi des denrées et, soit récupérer à ce moment son argent ou à nouveau payer directement avec la lettre ! L'intérêt était de ne pas transporter d'argent liquide et aussi d'effectuer les opérations de change.

Le notaire compta sur ses doigts tout en se levant pour feuilleter un énorme livre posé sur une écritoire près de la fenêtre :

- Voyons : celle de Marticot - qu'il avait laissée à son frère -, celle en ma possession, quelque part par-là… Ah ! La voilà, tenez, Messires, je n'ai rien à cacher…

Paula se leva du coin de table où elle était assise, faute de s'être vu proposer un siège, et examina le parchemin. L'écriture en était ample, soignée, le texte rédigé en français comme encore beaucoup de documents commerciaux, quoique l'anglais commençât à être écrit fréquemment.

- C'est votre écriture ?

- De qui d'autre voulez-vous qu'elle soit ?

- Excusez-moi. Il y avait naturellement une autre copie, celle du débiteur qui vous a donné les cent vingt écus… Continua-t-elle.

Était-ce une impression, ou le notaire avait-il vraiment hésité un court instant ?

- Naturellement…

- Il devrait donc y avoir trois signatures, or je n'en vois que deux ?

- C'est que… Il s'agissait voyez-vous d'une transaction un peu particulière… Le notaire essuya la sueur dans son cou d'un pan du long vêtement noir qui drapait ses formes épanouies, me voilà tout en eau, geignit-il, et bien malade… Il jeta un œil sur ses visiteurs espérant manifestement que son état le dispenserait de continuer. Ils ne montrèrent pas la moindre pitié. Il reprit donc : en vérité il n'y avait pas de troisième copie à proprement parler. Le débiteur de Marticot lui avait signé une reconnaissance de dette hors de ma présence ; stipulant que la somme devrait m'être remise. Marticot ne me l'a apportée qu'ensuite, me demandant de remettre la somme à son frère en son absence car des affaires l'appelaient à Bordeaux. C'est à ce moment que nous avons rédigé ce document, fit-il en tapotant du doigt le parchemin.

Thomas s'approcha à son tour.

- Des affaires ? Il n'a parlé à Gaillard que de la nécessité de porter à l'archevêque, avant la Noël, les épices qu'il était venu acheter pour lui…

- Oui, c'est cela, les épices, il m'avait parlé des épices… Il va falloir me laisser, Messire, fit-il en s'épongeant de nouveau, je n'en puis plus…

- Encore un mot, Sir Stanton, on vous a vu hier soir avec la petite qui commande l'*Anaëlle,* vous savez, le bateau sur lequel Maître de Fins a été tué, fit Thomas, haussant le ton, elle et son bateau sont partis précipitamment dans la nuit… Ce départ nous inquiète, vous ne savez rien qui puisse nous rassurer ?

- Une gentille petite… Une commerçante de Londres lui avait demandé de s'enquérir d'un époux disparu… Comme nous nous sommes quittés tard, je l'ai raccompagnée jusqu'au quai… Je ne sais rien de plus… Écoutez, si la perte de cet argent a mis maître de Fins dans le besoin, je vais faire mon possible pour retrouver ses écus, mais pour l'heure, je vous supplie de me laisser me traîner jusqu'à mon lit…

Thomas réprima à grand-peine sa fureur :

- Les écus, nous les retrouverons, faites-nous confiance sur ce point, menaça-t-il, mais s'il devait arriver quoique ce soit de fâcheux à Anaëlle… Venez, laissons ce mauvais clerc, j'en ai assez entendu.

* * *

- Qu'avons-nous appris de plus, fit Thomas, cédant au découragement : qu'il n'a en fait jamais rencontré ce mystérieux épicier londonien dont il est incapable de nous donner ne serait-ce que le nom, pas plus que Gaillard d'ailleurs…

- Quelque chose m'étonne, fit Paula, tandis que tu retenais son attention en lui parlant de ta Bretonne, j'ai tourné quelques pages de son livre. Achats, ventes, testaments, dettes, on n'y trouve que les copies d'actes passés en présence de sir Stanton, mais aucun reçu, aucune note personnelle, aucune comptabilité. Il doit pourtant avoir quelque bien ou quelque argent placé dans le commerce ou ailleurs…

- Qu'avons-nous à faire de ses revenus ? Jeta Thomas.

John le fit taire d'un geste apaisant.

- Il a sans doute un autre livre pour sa propre comptabilité, mais qu'y apprendrions-nous ?

- Je me disais que ses clients doivent être nombreux, et nombreuses aussi les occasions de les aider dans leur détresse…

- Un clerc pratiquer l'usure ! Impossible… D'autres font cela… Même s'il semble vêtu du meilleur drap et que son échoppe est vaste et confortable…

- Laissons cela. Je pensais surtout que s'il a si peu de mémoire qu'il le prétend, il doit prendre des notes dans un autre livre et l'absence de comptabilité dans celui-ci m'incite à croire qu'il existe...

- Comme le Livre Secret que nous tenons tous, nous autres marchands, pour y noter nos rencontres, nos projets, les associés qui nous relaient dans d'autres villes... Et Sir Stanton aurait le sien ? Possible... Il pourrait nous apprendre bien des choses, dit John, mais il ne faut pas espérer qu'il nous propose aimablement de le consulter ! Ils restèrent silencieux, personne n'osant suggérer l'étape suivante qui s'imposait : une visite de l'échoppe du notaire, débarrassés de son encombrante présence.

- Comment n'y avons-nous pas pensé plus tôt ! S'exclama John, attirant tous les regards sur lui, je me demandais ce qui, hors son côté un peu trop bon vivant, nous le rendait suspect, bien que nous n'osions nous l'avouer. Ce livre vient de me le faire comprendre. Ici, toutes les transactions commerciales se font dans le cadre de la Guilde et les notaires sont bien moins nombreux qu'à Bordeaux. Pour émettre une lettre de change ou pour signer un contrat, nul besoin de notaire, un banquier ou un clerc de la guilde suffit. Un notaire comme Sir Stanton, même si parfois il officialise les dettes d'un paysan ou d'un artisan, est plutôt concerné par les successions, les contrats de mariage, bref tous les actes de la vie ordinaire... Ce qui aurait dû nous alerter, ce qui me le rendait suspect sans que je le comprenne précisément c'est que Marticot a fait le choix inhabituel de faire porter cette reconnaissance de dette chez sir Stanton alors qu'en toute logique il aurait dû secourir sans tarder son frère en usant de son crédit auprès de la Guilde des Marchands, où il était bien connu et qui ne lui aurait pas refusé cette avance, la guilde se serait ensuite remboursée directement avec l'argent de l'épicier londonien.

- Marticot et Stanton étaient amis, il est naturel qu'il emploie ses services, fit Thomas.

- En tout cas, Stanton, tout aisé qu'il soit, ne lui a pas avancé de quoi sortir Gaillard de son embarras... Malgré l'urgence ! Fit Paula.

- Il nous faut donc tâcher d'en savoir plus sur ce mystère, soupira John, avec la plus grande prudence... Je n'ose imaginer le sort réservé à qui se fera prendre en train de visiter nuitamment les registres d'un notaire...

Le risque était grand, il est vrai, mais Stanton était leur seule piste, et le temps pressait. Deux jeunes femmes avaient disparu ce jour et leur devenir était des plus incertains. Anaëlle paraissait la moins en danger, les informations recueillies par Juan sur le port indiquaient que Stanton l'avait effectivement raccompagnée jusqu'à sa caravelle, suite à quoi elle semblait avoir quitté le port en la seule compagnie de son équipage charentais. Mais l'épouse de Gaillard était toujours introuvable, il était passé le confirmer à la gouvernante des Russ juste avant leur retour, le constable du château en personne lui ayant assuré qu'il allait envoyer quelques sergents parcourir les environs de la masure de l'ermite qu'elle avait visité. Elle n'était donc pas en train de croupir dans quelque cellule du château, mais cette nouvelle n'enlevait rien à l'angoisse du tisserand.

On toqua timidement. Sur le pas de la porte, tandis que le jour tombait derrière lui, John échangea quelques mots avec l'un des deux journaliers qu'il avait placés dans la ruelle face au domicile de sir Stanton. Le grand malade venait de sortir de chez lui. Les deux hommes l'avaient suivi jusqu'à une ruelle près de Saint-Thomas, où la porte d'une petite demeure s'était ouverte pour lui. Le plus vieux des deux hommes était resté frileusement abrité du crachin sous le porche de Saint-Thomas d'où il pouvait apercevoir la porte bien vite refermée derrière Stanton.

John déclara forfait pour l'expédition, c'était jour de réunion hebdomadaire au Guildhall et il lui restait tout juste le temps de passer son riche habit de Gardien de la guilde des marchands avant de retrouver ses respectables et opulents confrères pour la messe qui précédait le conseil.

Paula et Thomas emboîtèrent donc le pas du messager. Quittant assez vite les voies plus larges du riche quartier habité par les Russ, ils se retrouvèrent rapidement en train de sinuer dans d'étroites ruelles, se fiant à leur guide à travers un Bristol plus populaire que celui qu'ils parcouraient habituellement. Le soleil était déjà bas sur l'horizon et le jour pénétrait à grand-peine entre les maisons tant les rues étaient étroites. Ils parcoururent ainsi le quartier des cardeurs : odeur de suif de la laine brute et puanteur des bains d'urine chauffée utilisés pour dessuinter la laine. Des odeurs pires encore les accueillirent dans le quartier des bouchers : quelques chiens bien gras se disputaient les déchets que la pluie n'avait pas entraînés. Pour finir, ils sautillèrent entre les flaques colorées de la ruelle qui traversait le quartier des teinturiers et arrivèrent en un temps record sous le porche de Saint-Nicolas.

- C'est là, fit l'homme qui sortit de l'ombre à leur arrivée, une femme l'a fait entrer là-bas, il y est toujours…

Thomas s'orienta rapidement, avançant de quelques pas en longeant le mur.

- Cette entrée un peu plus loin est bien la porte de derrière du Red Lyon ? Dit-il.

Le journalier se contenta d'un hochement de tête.

- Tu comprends maintenant comment Stanton disparaissait si facilement, sitôt la taverne quittée ? Dit-il à Paula.

- Et il y a fort à parier qu'il se trouve en ce moment en compagnie de la sculpturale beauté avec laquelle il est sorti la première fois qu'il nous a faussé compagnie, continua celle-ci. Que fait-on ? On gâche leur petite soirée ? On porte un vin chaud à ce pauvre notaire terrassé par la maladie ?

Thomas sourit de la hargne de sa compagne.

- Cela fait longtemps que je ne t'ai vu sourire, fit-elle doucement. Thomas… Cette fille, Anaëlle, tu y tiens… beaucoup ? Si c'est cela…

Il l'interrompit tout aussi doucement mais avec quelque chose de las dans la voix :

- Elle est forte et courageuse, elle a vécu un calvaire que tu ne peux imaginer, sans parler du massacre de son père et de tous ses amis sur l'*Anaëlle* où elle s'est sans doute battue, les voyant tomber un à un… Je sais qu'elle court un grand danger, je ne serai tranquille que lorsque je la saurai de retour chez elle, c'est tout… Finit-il, lui passant une main un peu trop impersonnelle dans les cheveux.

Elle s'écarta d'un sursaut d'épaule.

- Sa vie est sur son bateau, pas chez elle, Thomas, elle ne rentrera en Bretagne que pour recruter un nouvel équipage… Toi qui t'ennuies tant en mer, voudras-tu en être ? Rétorqua-t-elle plus méchamment.

Il secoua la tête sans qu'elle sache s'il lui répondait non ou s'il s'agissait d'un geste de découragement.

Ils passèrent prudemment devant la coquette petite maison où était entré Stanton, d'où ne filtrait nulle lueur, ni le moindre écho d'une conversation. Dépités, ils ne purent que se résoudre à laisser leur proie soigner son refroidissement entre les bras de sa supposée maîtresse.

- Il faut laisser un homme ici, au cas où Stanton irait ailleurs, et profiter de l'occasion pour visiter son logis. Peut-être ses archives nous livreront-elles son secret ? Fit Thomas, taquinant Paula pour essayer de décharger l'atmosphère de sa détresse palpable, le journalier qui est venu nous chercher chez mes parents fera un excellent guetteur pendant que nous commettrons notre forfait.

* * *

Ils n'eurent aucun mal, guidés par leur complice, à s'introduire chez le notaire en franchissant le muret qui donnait sur son jardinet.

Le logis du clerc, outre la pièce de travail ne comportait qu'un chai et une petite pièce attenante avec une grande cheminée et un simple coffre. Un petit escalier étroit, si étroit qu'on imaginait mal le gros homme s'y engager, menait à une vaste chambre à peine meublée là encore d'un confortable lit et d'un autre coffre. Paula feuilleta quelques manuscrits posés sur un tabouret près du lit.

- *Historia Anglicana… Chronicon Angliae... N*otre ami s'intéresse à l'histoire… On pourrait attendre d'un religieux occupant une charge de notaire qu'il ait une bible ou les évangiles comme livre de chevet…

- Vraiment ? Répondit ironiquement Thomas, pour ma part je n'attendais rien de tel venant de lui… Mais c'est un autre livre que nous cherchons, Stanton n'a pas même de plume dans cette chambre et avec sa corpulence, monter l'escalier doit lui être pénible, il ne peut s'être imposé de se hisser jusqu'ici chaque fois qu'il doit y noter quelque chose. Redescendons…

Ils explorèrent méthodiquement le rez-de-chaussée, repoussant contre les murs la jonchée qui recouvrait le sol pour explorer un à un les carreaux disjoints du sol. Rien. A la lueur d'une minuscule bougie Paula déplaça et examina les quelques livres d'une étagère sans plus de succès. Découragé, Thomas s'assit pour réfléchir au bord de la lourde table, à l'endroit même où Paula était appuyée quelques heures plus tôt. Elle le rejoignit.

- Mon père s'est trompé, il n'y a pas d'autre registre…

- Si ! Ce livre doit exister ! C'est un homme de plume et de droit… Pour lui, seul l'écrit compte, seul l'écrit reste… Ce qui n'est pas dûment consigné n'a pas de valeur, n'a même pas existé ! Sais-tu à quoi je pense ? Continua-t-elle, plus nous avons de mal à le trouver, plus je pense que Stanton a quelque chose à cacher, voilà ce à quoi je pense !

- Nous ne trouverons rien… Et pendant ce temps, qu'advient-il d'Anaëlle et de Bridget ?

- Cesse de me rebattre les oreilles avec tes gémissements ! Explosa-t-elle, as-tu un meilleur moyen de retrouver leur piste ?

Il sentit une bouffée de colère lui colorer les joues, parvint à l'étouffer en se passant les mains sur le visage. Ce n'était ni le lieu ni le moment pour l'explication qu'il sentait devenir inévitable.

- Tu as raison… Pardonne-moi. Continuons…

- Il nous reste le chai…

Un tonneau de bière, une barrique de vin, une solide brouette, quelques planches vermoulues dans un angle sur lesquelles une houe et un râteau étaient appuyés… Comme le reste du logement du clerc, l'appentis paraissait bien trop grand pour l'usage d'un homme seul. Près de la porte communiquant avec le logis, un tas de bûches et de fagots bouclait l'inventaire. L'endroit était si vide qu'il leur parut d'abord impossible qu'un épais manuscrit y soit dissimulé. Ils le découvrirent pourtant, posé dans une niche du mur que la brouette cachait, simplement enroulé dans une toile huilée pour être à l'abri de l'humidité, car les planches disjointes de la porte du jardinet ne le protégeaient guère.

Ils le parcoururent fébrilement, déchiffrant péniblement à la lueur de la bougie tremblotante les notes prises par le notaire depuis l'hiver.

- La visite de l'épicier londonien n'y figure pas… Marticot est parti pour la Saint Nicolas, le 6 décembre, n'est-ce pas ? Fit Paula en tapotant du doigt un passage du manuscrit.

-… Sixième jour de décembre, départ de maître M. de F… Lut Thomas, tu as raison, cela doit être lui… mais pourquoi l'écrire ? Et pourquoi de façon si mystérieuse ?

Ils continuèrent à feuilleter en silence le lourd recueil. Le notaire y consignait le moindre de ses faits et gestes : ses rencontres, quelques remarques concernant des affaires en cours écrites dans un style fleuri surprenant, ses dépenses, des petites sommes prêtées sans intérêt à des voisins, remboursées la plupart du temps dans les délais prévus sans donner lieu à pénalité.

- Plutôt un brave homme, au fond, fit Thomas cachant mal sa déception, nous nous sommes trompés…

- Je ne sais pas… Pourquoi ne trouvons – nous pas la moindre note sur ce fichu épicier, et rien non plus sur la remise des écus au prétendu neveu de Gaillard… La visite de Gaillard est bien consignée là, trois jours après Noël… "Gaillard de F. est venu réclamer ces cent vingt écus d'or. Lui ai dit que je les avais remis à un homme se présentant comme le neveu de son épouse. Scène pénible, le pauvre homme est dans le besoin, mais comment trouver une telle somme ? Maître le C. est arrivé fâcheusement sur ces entrefaites..."

- Dommage que ce témoin n'ait pas été là le jour où Stanton a remis l'argent au prétendu neveu de Gaillard, peut-être se serait-il souvenu de son aspect, lui...

- Thomas, écoute ça, c'est juste le lendemain : Départ de maître le C. avec un groupe de pèlerins qu'il mène à Bordeaux continuer le chemin de Compostelle...

- Maître le Cloarec ? Le père d'Anaëlle ? Cela pourrait être lui, Marticot n'est reparti de Bordeaux à bord de l'*Anaëlle* qu'à la mi-février... Les relations entre Stanton et le Breton ne se limitaient donc pas à la fois dont nous parlait Gaillard où ils ont ramené le pauvre Marticot ivre à son hôtel... Pourquoi pas ? Ils étaient tous deux amis de Marticot, et le Cloarec a pu avoir besoin de lui pour une affaire... Peut-être même Stanton organisait-il ces traversées de pèlerins sur son bateau...

- Tu ne comprends donc pas ! Fit Paula, s'il s'agit de le Cloarec, nous savons par qui Marticot a été prévenu des difficultés de son frère... Gaillard nous a assuré ne pas avoir cherché à le prévenir... C'est le patron de l'*Anaëlle* qui s'est empressé d'avertir Marticot des difficultés de son frère en le retrouvant à Bordeaux.

- Le Cloarec... que faisait-il chez Stanton ? Fit pensivement Thomas. Et Marticot, passe encore qu'il ait eu recours très souvent aux services du même Le Cloarec, mais il fréquentait lui aussi Stanton bien plus que de simples relations commerciales ne l'exigeaient... Ces trois-là ont partie étroitement liée... Il nous faut réfléchir à tout cela... Et vite si nous voulons retrouver ces deux pauvres femmes avant qu'il ne soit trop tard... Gaillard doit se sentir bien seul ce soir...

- Inutile de rester ici plus longtemps, le couvre-feu est sonné depuis suffisamment longtemps pour que nous puissions sortir sans être vu...

Thomas prit le lourd volume pour le replacer dans le mur. Une feuille s'en échappa et voleta jusqu'au sol.

- C'est un acte de vente... Stanton a acheté une maison en novembre... Saint-Nicholas Back... cinquante-deux écus... avec jardin et remise... comportant une cuisine avec cheminée et four à pain, une grande salle à vivre et un jardin d'un quart d'acre, une chambre...

Notre ami place ses économies... Fit Paula, la charge de notaire semble une confortable sinécure...

- Il a acheté cette maison avant que Marticot ne passe par Bristol, revenant de Londres... Ce ne peut être avec les écus de l'épicier puisque Marticot a dit à son frère que le notaire les lui remettrait peu après son départ pour Bordeaux, quand l'épicier les aurait... Thomas se tut, songeur. Viens, allons retrouver notre ami qui doit se morfondre à faire le guet, continua-t-il, nous ne sommes pas au bout des surprises que nous réserve Sir Stanton, je crois savoir où est cette maison...

* * *

Le journalier était toujours là, transi de froid et quelque peu bougonnant lorsque Thomas lui demanda de les guider de nouveau, malgré le couvre-feu, jusqu'à la maison où le notaire passait la nuit en galante compagnie.

Bristol était tout à fait calme la nuit tombée. Les taverniers avaient jeté dehors leurs derniers clients, et le silence s'était imposé à présent dans les ruelles, encore grouillantes d'activité quelques heures auparavant. Un bêlement, le raclement d'un animal s'agitant derrière une porte, saluaient de-ci de-là leur passage. Au loin, la lueur d'un passant tardif levant haut sa lanterne pour être vu du guet traversa à la hâte un carrefour.

- L'église, où nous attend ton ami, s'il est aussi patient que toi, c'est Saint-Nicolas, n'est-ce pas ?

- C'est pas Dieu possible, fit dédaigneusement l'homme, être le fils de John Russ et pas connaître Saint-Nicolas Church ! Vot'père y a sa confrérie et y était encore à cinq heures pour la messe avant la réunion de la Guilde ! Pour sûr, c'est Saint-Nicolas, avec High Street qui passe dessous son porche, pas moyen de s'tromper, y en a pas deux comme ça !

Paula prit Thomas par le coude.

- Vas-tu me dire à la fin pourquoi nous retournons devant cette maison ? Stanton dort entre les bras de sa tendre amie, il n'en sortira qu'au petit matin tu peux en être sûr ! Tu ne vas tout de même pas nous faire passer la nuit à attendre sous ses murs ?

- Juste un mot à ces deux hommes, ensuite nous rentrons, promit-il, d'ailleurs nous y sommes.

- Stanton est toujours là ? Demanda-t-il à l'homme qui venait de manifester sa présence d'un discret sifflement. Comme l'homme agitait affirmativement la tête, il continua, avec un ton un peu suffisant destiné à Paula : la rue où il est entré, c'est Saint-Nicolas Back ?

Les deux hommes s'esclaffèrent :

- Pas besoin d'être magicien pour savoir ça, vu qu'elle est derrière Saint-Nicholas ! Saint-Nicolas Back, c'est comme ça que tout le monde l'appelle, en tout cas depuis que j'traîne les rues d'Bristol !

Thomas ne releva pas le sarcasme et continua, pas mécontent d'avoir le pouvoir d'imposer aux deux rieurs une nuit à la belle étoile :

- Vous allez rester là jusqu'à ce que la douce du notaire sorte. Ensuite l'un de vous viendra me chercher chez Maître Russ, je veux savoir qui est cette femme…

Les deux hommes dont le vent glacé qui s'engouffrait sous le porche ne semblait pas entamer la bonne humeur, rirent de plus belle :

- Pas besoin de rester à se geler les… Pardon Messires, je vous ai dit que j'ai vu la femme quand Stanton est arrivé. Tout le monde la connaît ici, la belle Margery ! Il y en a même quelques-uns qui la connaissent très bien si vous voyez ce que j'veux dire ! Elle vendait du bonheur dans le coin, aux alentours du Red Lyon, avant que Stanton se la garde pour lui tout seul… Il est généreux le notaire, pour qu'elle puisse s'acheter cette maison qu'a pas l'air petite et qu'a un toit en tuiles…

- La maison est à elle ? Fit Thomas surpris.

- En tout cas c'est ce qu'elle dit… Et elle s'habille comme une lady maintenant, et elle prend de ces airs ! Elle est devenue pas commode, on l'a pourtant connue plus accorte !

- Tout de même vous auriez pu me raconter ça tout à l'heure, fit Thomas qui s'arrêta net en voyant le sourire de Paula, c'est bon rentrez chez vous, fit-il en leur donnant chacun quelques pièces en salaire, et merci encore…

* * *

La nuit fut courte. La chaleur douce de la maison enfin retrouvée, il leur avait fallu tout d'abord accepter la collation préparée pour eux par la vieille gouvernante tout en contant la fouille du domicile du notaire aux parents de Thomas qui les attendaient, inquiets. Ensuite, la bougie soufflée, ils avaient chuchoté longtemps encore dans le noir, discutant les nouvelles pistes que leurs découvertes du soir ouvraient. Ils convinrent que la personnalité du notaire était à coup sûr plus complexe qu'il n'y paraissait et qu'à l'évidence une conversation avec la belle Margery leur permettrait de mieux le connaître. Ils s'accordèrent aussi à considérer que cela faisait peu à se mettre sous la dent pour retrouver les deux femmes disparues. Le lendemain, il leur faudrait prendre Margery au saut du lit, sitôt le notaire parti, pour ensuite se rendre au manoir de Gaillard de Fins.

- Je ne m'explique pas la disparition de Bridget, dit Thomas, quel rapport peut-il bien y avoir entre elle et tous ces événements ?

- Elle a organisé les retrouvailles de Marticot et de son époux pour que ce dernier lui emprunte les cent vingt écus... C'est simple, elle intercepte l'argent avec un complice qui se fait passer pour un de ses neveux d'ailleurs, ta visite au manoir la surprend, elle s'enfuit.

- Impossible ! S'exclama-t-il, je l'ai vue, elle n'a rien d'une écervelée... Je l'ai trouvée assise au métier à tisser et elle m'a fait ensuite l'effet d'une épouse attentionnée et soucieuse de l'avenir du ménage... De plus, elle ne semblait pas le moins du monde inquiétée par ma visite... Et pourquoi ne serait-elle pas partie dès l'argent volé ?

- En se désignant comme coupable ? Et que fais-tu des conversations recueillies par Juan, tu sais, son comportement bien peu sage sur le bateau lors de son voyage en Espagne lorsqu'elle dut y aller à la place de Gaillard, malade ? Et ses exploits dans le foin qui semblent avoir laissé un souvenir impérissable à cet autre compère de Juan qui en fut le témoin ému ?

- Je ne peux imaginer cela... Dit-il, mais il se souvint du regard troublant qu'ils avaient échangé et le long silence qui s'ensuivit laissa à Paula tout le temps de croire qu'il était précisément en train d'imaginer... Dieu sait quoi ? Tu as raison, finit-il par soupirer, il ne faut négliger aucune piste, nous en avons si peu... Nous demanderons demain à Juan s'il sait où ce palefrenier a vu Bridget en galante compagnie.

Leurs propos s'espacèrent peu à peu. Paula entendait la respiration rapide de son compagnon. Figé, totalement immobile, il ne dormait sans doute pas. À quoi pensait-il ? À qui ? À Bridget ? À Anaëlle ? À elle ? Tout en elle se révoltait contre ce changement de Thomas qu'elle ne comprenait pas. Qu'avait-elle fait pour mériter cela ? Une bouffée de désespoir la saisit, elle se jeta contre lui. Il passa sans mot dire un bras qui se voulait apaisant autour de ses épaules. Repoussant une fois encore la "conversation" qu'elle souhaitait tout en redoutant ce qui pourrait en résulter, elle retint ses larmes jusqu'à ce qu'il s'endorme ainsi, si près et pourtant si loin…

* * *

La personnalité complexe du notaire leur réserva une nouvelle surprise le lendemain. En compagnie de Juan cette fois, ils avaient repris aux premières lueurs du jour leur surveillance de la ruelle à l'arrière du Red Lyon. Très tôt, alors que les tout premiers journaliers se rendaient au labeur et que les enfants menaient paître les bêtes au pré communal, Sir Stanton s'était glissé hors de la maison de Margery et, remontant son large ceinturon sur sa panse rebondie avec un air satisfait, avait traversé la rue pour s'engouffrer dans sa taverne préférée. Juan, encore inconnu du notaire avait alors contourné l'auberge pour passer par l'entrée principale puis s'était mêlé à un groupe cosmopolite de marins attablés autour d'une dernière soupe avant le départ de leur convoi. Il avait maintenant le fascinant privilège d'assister à la descente des premières pintes de la journée d'un Stanton qui par ailleurs ne présentait plus aucun signe du refroidissement qui semblait pourtant sur le point de le terrasser la veille…

Thomas et Paul eurent un peu de mal à se faire ouvrir par Margery. Ensuite il avait fallu la convaincre de laisser deux étrangers entrer, pour ne pas risquer d'être vus par Stanton en train d'interroger son amie. Affublés comme ils l'étaient d'un épouvantable accent gascon ils durent improviser le maigre prétexte de la recherche d'un frère disparu quelques semaines plus tôt dans de confuses circonstances pour réussir à investir la place et pouvoir enfin l'interroger sans crainte. Elle était bien telle que leur allié de la veille l'avait décrite : franchement désagréable.

- Je ne crois pas un mot à votre histoire de disparition, dit-elle d'une voix sèche. J'ai à faire, et du plus important, en tous cas plus important que votre histoire dont je me moque finalement autant que de ma première chemise.

- Ce n'est guère charitable…

- Je n'ai que faire de vos sermons, vous n'êtes pas curé, que je sache. Je ne vous ai laissé entrer que parce que je suis curieuse de savoir ce que me veulent deux Gascons de si bonne heure… Tâchez de me divertir, je n'en ai plus si souvent l'occasion.

Tiens, tiens. Mistress Margery ne semblait pas si heureuse de sa nouvelle vie, nota Paula qui s'engouffra dans la voie :

- Vous nous avez devinés, il est vrai que nous ne cherchons personne ! Dit-elle avec un large sourire, nous sommes arrivés hier, venant de La Rochelle et un ami qui garde de vous un souvenir attendri nous a chargés de vous porter le bonjour, tout simplement. Et de nous enquérir de votre santé, naturellement. Mais je vois que vous vous portez à merveille, la plus jolie femme d'Angleterre, a-t-il dit parlant de vous, je ne suis pas loin de le croire maintenant ! Martin sera bien heureux lorsque nous lui porterons de vos nouvelles.

La surprise traversa brièvement son regard, le doute peut-être un instant, mais la flatterie l'emporta et elle rosit de plaisir.

- Martin dites-vous ? Fit-elle, fouillant sa mémoire, je ne vois pas... C'est égal, c'est bien gentil à lui...

- Mais vous dites ne pas vous divertir souvent, est-ce la raison du voile de tristesse qui rend votre regard si mélancolique, continua Paula se prenant au jeu étrange qui la conduisait à chercher à séduire une autre femme, usant de la grossière flatterie qu'elle avait tant de fois vu les hommes déployer, vous n'avez pas d'ennuis au moins ? N'hésitez pas à demander notre aide, elle vous est tout acquise...

Elle fronça les yeux :

- Et que demanderez-vous en retour ? Ne vous méprenez pas, Messires, je ne suis plus celle que votre ami Martin a connue naguère ! Si vous êtes venus de si bon matin éprouver la réalité des récits de votre ami, vous en serez pour vos frais, je n'ai plus besoin de me vendre pour subsister ! Elle les regarda attentivement tour à tour avant de questionner : qui vous a donné mon adresse ? Votre Martin ?

Thomas vint au secours de son amie, un instant désarçonnée par la question de Margery :

- Au Red Lyon, répondit-il vaguement, c'est là que Martin nous avait dit de nous enquérir de vous... C'est comme vous l'a dit mon compère : nous arrivons juste à Bristol et Margery, la jeune femme de plaisante compagnie tant pour sa beauté que pour son esprit et sa gaîté, dont nous a tant parlé Martin nous a semblé la première personne à trouver ici...

- Bien des choses ont changé, répéta-t-elle, et son regard se voila encore un court instant, ce temps-là est bien fini, bien loin. Il vous faut partir, dit-elle, mon homme ne serait pas très satisfait de me savoir en votre compagnie!

- Mariée ! S'exclama Paula, que ne le disiez-vous pas ! Martin sera sans doute un peu déçu de l'apprendre, il lui tardait tant de revenir par ici, mais assurément il sera heureux pour vous. Un beau mariage ? S'enquit-elle, l'air de ne pas attacher d'importance à sa question, une jeune femme de votre beauté ne peut qu'épouser un homme de valeur et joli garçon de surcroît, continua-t-elle perfidement.

- Votre regard se voile encore, enchaîna Thomas, que diriez-vous de nous accompagner au Red Lyon ? Le tavernier a, je crois, acheté un tonneau de claret[9] dont je connais la provenance... Une pure merveille !

Elle connaissait fort bien les habitudes de Stanton, chaque fois qu'il la quittait, il entrait directement à l'auberge. Aussi sa réponse fut immédiate et surtout celle que Thomas attendait :

- Impossible ! Mon époux doit encore y être !

- Quoi, de si bon matin ? Excusez-moi, je n'ai pas voulu vous offenser... Fit Paula, voyant l'air scandalisé que Margery venait de prendre devant l'insolence de ces deux étrangers, nous en venons, nous aussi... Il n'y avait qu'un buveur, d'assez imposante stature, dont le tavernier nous a dit que c'était Stanton, le notaire public. Vous voyez que votre époux n'y était plus...

Devant son silence, Thomas prit la suite du petit jeu cruel qu'ils avaient improvisé :

- C'est Stanton votre époux ? Oui, c'est cela, fit-il, prenant un air incrédule. Mais... c'est un clerc ! Un moine ne peut-être votre époux !

- Qui vous a dit que nous étions mariés ? Et puis cela suffit. J'ai assez souffert vos questions et vos remarques, partez avant que je n'appelle le guet !

- C'est donc là votre nouvelle vie : Une prison achetée par Stanton pour vous y tenir sous sa coupe et y cacher ses amours coupables. Quelques pièces d'étoffe soyeuses, une jolie petite cage et voilà l'oiseau sauvage enfermé !

- La maison est à moi, il me l'a offerte... Protesta-t-elle. Où voulez-vous en venir ? Que me voulez-vous ?

- Notre ami, Martin, nous a mis en garde contre Stanton... Dit Thomas,

---

9 Clairet, claret pour les Anglais, le vin du Sud-ouest à l'époque était surtout un vin peu coloré, obtenu à partir de raisins blancs et rouges cueillis à divers degrés de maturité.

ignorant sa question, pas mauvais bougre, certes, mais filou de la pire espèce... N'est-ce pas, Paul, ne nous l'a-t-il pas dit ?

- Ce n'est pas un filou... Protesta Margery, il est très généreux... Il est amoureux de moi, tout ce que je lui demande, je l'ai...

Vous avez demandé cette maison ?

- Elle était abandonnée, la peste avait emporté ses occupants et toute leur famille il y a bien longtemps... J'y jouais, enfant, ensuite j'y suis venue avec des clients qui ne pouvaient pas payer la chambre à la taverne... J'en rêvais de cette maison, je m'imaginais en train d'y mettre un pot sur ce feu, d'en fermer les contrevents le soir pour m'y blottir bien à l'abri... Stanton venait parfois me voir, comme client, je veux dire... Il n'était pas comme les autres, plus gentil, plus attentionné. Quand j'ai compris qu'il était amoureux, que je pouvais en faire ce que je voulais, j'ai saisi l'occasion de raccrocher... J'ai vingt-cinq ans, mes jeunes années s'en vont... Que croyez-vous que devient une vieille ribaude ? Pas grand-chose... Il m'a offert la maison à la seule condition que je ne me vende plus... J'ai accepté, huit jours après il me faisait signer l'acte et la maison était à moi...

- En êtes-vous bien sûre ? Vous savez lire, Margery ? Non, n'est-ce pas ? Vous nous le montreriez, cet acte ?

- Je ne sais ce qui me retient d'ouvrir cette porte et de crier jusqu'à ce que sir Stanton vienne lui-même vous jeter dehors, mais tenez, je vais vous le montrer, uniquement pour vous prouver que vous ne m'aurez pas ainsi... Dit-elle tout en grimpant agilement le petit escalier menant à la chambre.

Elle redescendit presque aussitôt, tendant à Thomas un parchemin avec un air de défi.

- J'avais raison ! Fit-il après l'avoir examiné en silence, cet acte n'a aucune valeur ! Il n'y a ni le nom, ni la signature du vendeur ! Croyez-moi, Margery, le véritable acte est chez Messire Stanton et c'est lui qui est propriétaire de votre maison...

- C'est faux, pourquoi aurait-il fait cela, il est fou de moi ! Allez-vous-en, fit-elle. Je ne sais qui vous êtes, mais je vous ai assez vus, vous et la damoiselle qui se fait passer pour un homme...

Ils ne purent s'empêcher de tressaillir :

- Qu'avez-vous dit ? Fit Paula quand elle se fut ressaisie.

- Je vous ai demandé de quitter cette maison... Je ne suis pas sotte à ce point... Vous essayez de m'utiliser contre sir Stanton à qui je ne dois que du bien. Vous arrivez juste après son départ au petit matin, me parler d'un

Martin dont je n'ai aucun souvenir... et l'un de vous est une femme sous des habits d'homme, ce qui est un bien grand péché... Partez ! Quittez Bristol ! Sinon Sir Stanton vous en fera chasser !

- Vous vous trompez, il n'y a pas d'autre femme que vous ici, répliqua Thomas, et à votre place je me garderai de parler de notre visite à sir Stanton... Je demanderai plutôt à un alderman [10] de vérifier qui est le véritable propriétaire de cette maison... Autre chose : une jeune femme est venue ici, la nuit précédente, en compagnie de votre ami Stanton, nous le savons, ce n'est pas la peine de faire ces grands yeux faussement étonnés. Elle a disparu depuis et son sort nous inquiète grandement. C'est elle que nous recherchons. À votre place j'y réfléchirais à deux fois avant de me fier à votre joli cœur. Tout clerc qu'il soit !

- Ils ne sont restés qu'un instant à guetter je ne sais quoi par la fente du contrevent, fit-elle, en désignant la fenêtre d'un geste vague. Et ils m'ont semblé plus complices que victimes et ravisseur ! Ajouta-t-elle avec une pointe de raillerie qui semblait suspecter Stanton de mœurs volages. Quant à "*Messire*", fit-elle en désignant Paula, me croirez-vous si je vous dis que j'ai vu, et de près ! Suffisamment d'homme pour ne pas me tromper lorsque celui qui se présente à moi n'en est pas un ? J'ai maintenant sur vous une prise plus solide que la vôtre si j'en juge à vos mines déconfites...

La main de Thomas descendit lentement à son épée. Paula se figea, repensant immédiatement à la mort brutale d'un certain Gauriac, coupable de s'être intéressé d'un peu trop près à elle et d'avoir découvert son secret...

* * *

---

10 Alderman : au Moyen-Âge, l'équivalent d'un conseiller municipal de notre époque.

- 6 -

Le temps de louer des chevaux et ils étaient sur la route de Londres, en chemin pour le manoir de Gaillard de Fins. Tandis que Juan ouvrait la marche, l'œil aux aguets, Paula et Thomas épiloguaient sur leur visite matinale.

- Tu as vu comme elle a pâli lorsque tu as mis ta main à l'épée ? Fit Paula.

- Je n'en suis pas fier, mais que faire d'autre ? Il fallait bien…

- J'étais aussi pétrifiée qu'elle… "Vous êtes bien imprudente… Il me suffit de vous tuer pour desserrer votre fragile étreinte !" Un peu grandiloquent tout de même !

- Elle ne dira rien à Stanton. Elle n'est pas si naïve. Et elle a bien compris que si nous avions été les méchants qu'elle nous accusait d'être, elle serait morte à cette heure…

- Tout de même, me voici démasquée une fois encore, et pour de bien maigres renseignements… : la complicité entre Stanton et Anaëlle, la confirmation des mœurs dissolus du notaire… Te voilà en tout cas convaincu de la duplicité de ta Bretonne…

Il eut un claquement de langue agacé :

- Nous verrons bien… Cela m'intéresse plus de savoir que Stanton a dépensé beaucoup d'argent pour acheter cette maison… et que Mistress Margery, même si elle réserve ses charmes indéniables à un seul homme, n'a pas dû se priver de les monnayer au prix fort, si j'en juge à ses atours et au mobilier neuf de son petit nid d'amour…

- Tu veux dire que les écus… ?

- Pas sûr… Il a acheté la maison avant que l'épicier ne lui ait remis l'argent pour Gaillard… Mais tout de même, satisfaire les caprices d'une fille comme Margery ne doit pas être une mince affaire…

Ils arrivèrent au manoir de Gaillard sans que leurs agresseurs de la précédente visite de Thomas ne se soient manifestés, leur laissant la désagréable impression que leur enquête ne les dérangeait plus.

Gaillard les attendait à l'entrée de l'allée passant entre les bâtiments où ses gens s'affairaient.

- N'avez-vous donc pas vu le messager que je vous ai envoyé tôt ce matin ?

Ils secouèrent la tête avec ensemble, redonnant le sourire au drapier.

- J'en suis désolé pour vous, fit-il, alors vous ne savez pas… Bridget est de retour ! Vous vous souvenez qu'elle était allée visiter un ermite que nous aidons de notre mieux. Il n'était pas chez lui. Inquiète, elle s'est enfoncée dans les bois à sa recherche et s'est égarée ! Elle a tant marché que les hommes lancés par le constable à sa recherche ne l'ont retrouvée qu'à la nuit tombante, épuisée, errant sur un chemin de l'autre côté de la forêt !

Agacée d'avoir chevauché sous la pluie inutilement, Paula ne put s'empêcher d'ironiser :

- Et votre moine, l'avez-vous retrouvé lui aussi ?

- Il dit ne pas s'être éloigné de la clairière qu'il cultive et ne rien avoir entendu… Le pauvre homme ne se souvient plus très bien de ce qu'il fait… Mais entrez vous réchauffer, il ne sera pas dit que je vous aurais mis sur les routes par ce temps sans m'en faire pardonner…

Bridget les attendait à l'entrée du logis, aussi fraîche et charmante que l'avant-veille. Elle les installa autour de la grande table de la cuisine devant la cheminée où flambait une énorme bûche. Elle posa devant eux un pichet de cidre qu'elle venait de tirer elle-même au tonneau.

Elle s'excusa des désagréments qu'elle leur avait causés par son imprudence, mais, se disant elle-même honteuse de sa maladresse, ne s'appesantit pas sur le récit de sa journée.

- Pardonnez ma curiosité, fit-elle, mais racontez plutôt ce que vous avez découvert… Car vous allez retrouver nos écus et nous tirer de ce mauvais pas, je n'en doute pas…

- Nous n'avons encore rien découvert d'assez sûr pour vous en parler, s'empressa de dire Paula, insensible au charme de la jeune femme, contrairement à Thomas, et qui se sentait bizarrement en alerte face à elle.

Thomas la regarda, surpris, ressentant immédiatement la froideur du ton de son amie et la tension qui s'installait entre elle et Bridget. Celle-ci se tourna ostensiblement vers lui, insistant :

- Vraiment ? Gaillard m'a dit que vous l'aviez questionné hier, soupçonnez-vous quelqu'un en particulier ?

- Personne, Lady Bridget, ou du moins personne contre qui nous ayons des charges suffisantes pour ne serait-ce qu'évoquer son nom confirma Thomas.

- N'ayez crainte, Il se passe ici des choses étranges qui finiront par causer la perte de votre voleur, reprit Paula en scrutant ouvertement Bridget de Fins d'un regard qui semblait chercher au fond de ses yeux une quelconque culpabilité.

- Il nous faut partir, fit Thomas, voulant éviter l'affrontement qu'il sentait imminent, merci pour le cidre, Maîtresse de Fins, et remettez-vous bien de vos frayeurs... Cela a dû être une éprouvante journée.

Gaillard les raccompagna jusqu'à l'écurie où un serviteur avait abrité leurs chevaux.

- Ah ! J'allais oublier, Gaillard, savez-vous si Sir Stanton, le notaire a du bien ?

- Stanton ? Il est notaire certes, mais je n'ai jamais entendu dire qu'il a profité de son art pour léser qui que ce soit... Hormis sa mise soignée et même un peu coquette, il ne fait pas étalage d'une extraordinaire fortune... C'est donc lui votre suspect ?

- Bien sûr que non, affirma Thomas, nous nous demandions si vous ne pourriez exiger de lui entière réparation... Nous l'avons rencontré mais il affirme ne pouvoir disposer d'une telle somme...

- Je ne peux faire cela... Il dispose de l'appui de l'archevêque à qui il doit seul rendre compte... Les gens d'ici supportent mal la présence d'étrangers sur leur sol, même de ceux qui ont dû fuir leur pays par trop grande fidélité à l'Angleterre. Un procès contre un clerc, outre la dépense, serait voué à l'échec. Vous faites fausse route, ce n'est pas comme cela que vous nous sortirez de ce mauvais pas...

Thomas prit la mouche :

- Et vous, que faites-vous pour sortir de ce mauvais pas comme vous le dites si bien ? Avez-vous avancé dans la recherche de votre voleur ? Ou bien attendez-vous tranquillement que nous le fassions ? Si nos efforts ne vous conviennent pas, rappelez-vous que nous ne vous devons rien et que nous ne faisons tout cela que pour Marticot qui est sans doute mort en s'inquiétant pour son dernier parent. Et puis tenez, la prochaine fois que vous égarerez quelque chose, une bourse pleine d'écus, une épouse ou que sais-je d'autre, rendez-moi un service : ne pensez pas à nous !

Ils se quittèrent ainsi, plutôt froidement, les uns et les autres mécontents de leur rencontre.

Ils n'échangèrent sur le retour que bien peu de paroles. Frileusement enveloppés dans leurs capes de drap sur lesquelles les gouttes de pluies ne roulaient plus et qui commençaient à s'alourdir d'eau, le capuchon rabattu jusqu'aux yeux, ils se laissèrent mener par leurs montures jusqu'aux murailles de Bristol, perdus dans des pensées moroses.

Ils entrèrent pour se réchauffer d'un pichet de vin dans la première auberge qu'ils trouvèrent. Le bordeaux était clair, pur, et n'avait pas encore commencé à tourner malgré le voyage en mer et bien que l'on soit déjà à la mi-mars. Pour un peu, ils se seraient crus attablés dans quelque taberna[11] de leur lointaine capitale aquitaine. Plutôt que rendus mélancoliques, ils en furent ragaillardis et commandèrent de quoi dîner, tardivement car les cloches avaient déjà sonné la mi-journée[12]. L'aubergiste leur servit de grands bols de bouillie d'avoine sucrée au miel et des petites tourtes de viande salée qu'ils accompagnèrent d'une nouvelle tournée de pichets de claret.

Ils mangèrent avec appétit, guère rebutés par la saveur faisandée de la viande - sans doute du porc salé conservé tout l'hiver - que les épices masquaient à grand-peine.

- Tu as eu raison de moucher ce rustre, fit Paula, s'essuyant les lèvres brillantes de claret en reposant son pichet, nous faire ainsi l'aumône d'un malheureux pot de cidre alors que le ragoût qui finissait de cuire dans la cheminée embaumait toute la pièce ! Ils nous ont traités en domestiques... Pourquoi s'acharner ainsi à les aider ? Rentrons à Bordeaux par le prochain convoi et laissons-les dénouer seuls leur embarras...

Thomas secoua la tête. Cette visite à Gaillard l'avait humilié plus que Paula ne semblait l'imaginer. Que la belle Bridget soit inquiète de l'avenir de son ménage au point d'à peine les remercier de leur venue inutile était peu à côté de la déception que le comportement de Gaillard lui occasionnait. Le couple lui avait en somme semblé bien pressé de les voir partir, sitôt qu'ils avaient su que les écus n'étaient toujours pas retrouvés.

- Gaillard était sans doute fâché que nous ne nous soyons pas immédiatement mis à la recherche de Bridget hier... Et il ignore que nous

---

11 Taverne, en gascon.

12 Le repas de midi était le plus léger. On commençait la journée par un solide petit déjeuner, on s'arrêtait pour un repas léger vers midi, le plus gros repas se prenait avant la tombée du jour pour les pauvres (les bougies ou l'huile des lampes étaient chers), seuls les riches soupaient après la tombée de la nuit .

avons passé une bonne partie de la nuit à surveiller Stanton, fit-il, et son épouse a dû se sentir déjà livrée aux loups voyant la nuit approcher. On peut comprendre qu'elle soit aujourd'hui un peu troublée.

- Tu vois en toute femme une créature fragile et inférieure, éclata Paula, oublies-tu qu'elles sont, s'il le faut, tout à fait capable de tenir un commerce ou une famille ? Juan, rappelle à Messire le voyage de Bridget en Espagne lorsque Gaillard frissonnait de fièvre sous ses couvertures… C'est elle, aussi, qui a manœuvré pour que Marticot renoue avec son frère. Non, je ne la crois ni aussi fragile ni aussi innocente que sa beauté ne peut te le faire croire !

- Si je puis me permettre, Messires, je repense au palefrenier dont je vous ai parlé l'autre jour, intervint Juan qui avait jusqu'alors écouté leur échange en piochant dans la jatte de noix laissée devant eux par l'aubergiste en guise de dessert. Je comptais le revoir car il vient souvent visiter sa sœur qui fait le service dans une auberge sur les quais ; Hélas il n'est pas venu hier et je n'ai pu lui demander de m'en dire plus sur son maître. Mais vous vous souvenez qu'il se vante d'avoir vu Bridget s'ébattre dans une grange en compagnie de celui-ci…

- Nous savons cela, fit Thomas, agacé, que nous importe que Gaillard soit cornu ? Ce n'est pas son infortune qui lui rendra son argent… Ni qui nous fera retrouver maîtresse le Cloarec !

Juan se tut, peu habitué à la mauvaise humeur de Thomas.

Paula se tourna vers lui, présentant ostensiblement son dos à Thomas comme pour lui dire qu'elle négligeait maintenant ses avis.

- Continue, Juan, je crois que nous devrions au contraire aller visiter cet amateur de chevaux… et de femme. Ton palefrenier t'a-t-il dit son nom ?

- Hélas, non !

- Sais-tu seulement où est son domaine ?

-… Sur la route de Pucklechurch, un peu avant d'arriver au bourg.

Elle se tourna vers Thomas, arborant le visage même du fatalisme tout en cherchant à atténuer d'un sourire son affront précédent :

- Nous n'avons rien de mieux à faire, n'est-ce-pas ? Il nous faut savoir si oui ou non Bridget a volé les écus… C'est tout de même elle qui a manœuvré pour que Marticot leur vienne en aide et à notre connaissance elle était seule, hormis Gaillard, à savoir que le notaire allait percevoir une jolie somme pour eux.

- Nous la suspections parce qu'elle avait disparu… Nous la croyions en fuite avec les écus ! Elle s'était seulement perdue !

- Et son amant ? Si amant il y a, bien sûr. Ne peut-il être le voleur ? Peut-être s'est-elle laissée aller à trop parler…

- Crois-tu qu'elle soit du genre à cela ?

- À avoir un amant ? Fit Juan, offusqué que l'on mette en doute ses informations. J'en mettrais ma main au feu ! Willy semblait encore tellement "charmé" de la scène qu'il avait surprise !

- Je veux dire : du genre à trop parler. Ce n'est pas une écervelée qui jacasse à tort et à travers…

- Tu admets donc qu'il peut y avoir un amant… Cela peut-être son genre, n'est-ce pas ? Ne le nie pas, je ne sais ce qui s'est passé lorsque tu es allé chez eux avec ton père, mais tu sais parfaitement qui elle est. Elle n'ajouta pas qu'elle avait vu son regard prendre, en présence de Bridget, un imperceptible éclat troublé, sa voix devenir plus chaude et assurée, il avait même soudain paru plus grand. Oh oui ! Il le savait bien, lui, qu'elle était femme à laisser son corps assouvir ses désirs ! Elle continua : Et s'il y a amant, peut-être y a-t-il amour, passion, folie ! À moins qu'il n'y ait complice, vol, meurtre, fuite… Reprit-elle, la voix soudain plus lasse.

Ils ne remarquèrent pas l'à-propos du départ de Juan, peu enclin à servir de témoin à leur dispute. S'ils l'avaient fait, ils en auraient sans doute déduit qu'ils étaient découverts, et à vrai dire, comment imaginer qu'un homme comme Juan, si souvent en leur compagnie par monts et par vaux, puisse ne rien avoir remarqué ?

Sachant pourtant qu'il entrait dans une lice où personne n'était sûr de sortir vainqueur, Thomas ne put s'empêcher de jeter violemment :

- Te voilà encore en train de dénigrer une rivale imaginaire… Cela devient une habitude plutôt lassante. Ta jalousie te fait voir un coupable en chaque femme qui a le malheur de passer près de moi ! Que t'arrive-t-il donc ?

- Je pourrais te retourner la question… Fit-elle doucement, essayant de donner à sa voix un ton qui l'amènerait à s'interroger sur lui-même au moins un bref instant. Mais laissons cela à plus tard, et sa voix disait cette fois : "et tu n'y couperas pas mon bonhomme". Crois-tu que Bridget, si parfaite que tu l'imagines, soit si différente des autres ? Toi par exemple, de quoi serais-tu capable si tu étais follement amoureux ? Car cela doit bien pouvoir t'arriver, tu n'es tout de même pas si différent des autres… Ajouta-t-elle perfidement. Ou au contraire, si tu avais très envie de quitter ta condition, si tu étais las d'une vie laborieuse, jour après jour entre le métier à tisser et la tenue du foyer, si tu ne supportais plus cette vie après avoir goûté à la liberté dont jouissent les hommes, par exemple lors d'un voyage en Espagne…

Thomas se leva, repoussant bruyamment son banc.

- Tout est possible bien sûr ! Je vois que je ne parviendrais pas à te convaincre de nous éviter cette nouvelle promenade, tu sembles avoir pris goût à cette pluie qui glace les os. Et il est vrai que, comme vont les choses, nous n'avons rien de mieux à faire, n'est-ce pas ? Fit-il, s'essayant aux sous-entendus ironiques de Paula. Il faut pourtant que tu saches que je ne suis pas encore assez fol pour convoiter l'épouse d'un autre, même belle comme lady de Fins, même avec la réputation que lui prête Juan…

Paula lui prit affectueusement le coude comme ils sortaient de la taverne et se dirigeaient vers la grange. Par la porte largement ouverte on y voyait Juan occupé à bouchonner leurs chevaux.

- J'en suis fort aise, Messire Thomas, je ne suis pas femme à accepter la défaite sans combattre… Chuchota-t-elle.

Et ils furent de nouveau chevauchants par les chemins, Juan préférant se faire aussi invisible que possible loin derrière eux. Le crachin continuait, obstiné à les transformer en pitoyables pantins dont les épées étaient les seuls éléments saillant des capes plaquées à leurs silhouettes par la pluie. Les rares paysans qui les croisaient s'écartaient prudemment tant ils semblaient quelques mercenaires égarés en quête d'une armée perdue, spectres maudits et fatigués de guerriers défunts.

Juan les rejoignit comme le clocher d'un bourg se dressait au loin.

- Cela doit être ici. Regardez, Messire Thomas.

Du haut de leurs montures fumantes ils voyaient par-dessus un mur entourant une vaste prairie. Des chevaux en nombre s'abritaient de la pluie, serrés sous des pommiers. Au loin un manoir entouré de communs comme celui de Gaillard se dressait entre quelques grands arbres. De ce côté, le terrain montait doucement vers ce qu'on imaginait être les premières ondulations des Cotswolds[13]. À droite du chemin où ils étaient arrêtés, un autre pré, celui-ci simplement entouré de la haie vive qui séparait presque tous les chemins des herbages ou des cultures, descendait vers une épaisse forêt.

- À n'en pas douter, tu nous as menés au maître de ton ami Willy, fit Thomas, va-t-il sortir maintenant par ce portail nous porter des vêtements

13 Cotswold région de collines au nord-est de Bristol

secs et nous conduire à la grange où nous pourrons nous réjouir les yeux des ébats de lady de Fins et de son complice, se roulant nus sur les écus de Gaillard ?

À cet instant précis, un homme sortit de la plus proche bâtisse, une petite maison de pierre au toit de chaume, et s'arrêta net, surpris. D'où il était, il ne devait voir au-dessus du mur que leurs trois têtes tournées vers lui avec sans doute l'air penaud de curieux pris en faute. Il réagit vite et assez étrangement leur fit signe de se baisser après avoir vérifié d'un rapide regard circulaire que personne ne l'observait. Ils obtempérèrent, tandis que Juan chuchota joyeusement :

- C'est Willy, Messires, loué soit son à-propos !

- Si seulement il pouvait avoir entendu Thomas et nous porter des vêtements secs, fit Paula en éternuant.

Le palefrenier fit irruption sur le chemin et rejoignit Juan qui s'était avancé. Ils échangèrent quelques mots, l'Anglais surveillant du coin de l'œil les deux sombres cavaliers un peu en retrait.

Juan se tourna vers eux :

- Venez, Messires, son maître n'est pas là, mais nous pouvons entrer…

Paula le fixa étonné.

- Je lui ai dit que vous étiez deux chevaliers étrangers que les chevaux de son maître intriguaient au plus haut point ! Il les élève pour en faire commerce, voyez-vous ! Il tente de convaincre l'Angleterre que ses petits andalous vifs et agiles sont irremplaçables lorsque leur cavalier n'est pas trop lourdement cuirassé…

Ils entrèrent prudemment, Thomas n'oubliant pas les traits qui avaient sifflé à ses oreilles quelques jours plus tôt. Ils ne s'approchèrent pas des bâtiments, obliquant directement vers quelques chevaux qui s'étaient regroupés non loin. Thomas et Paula ne jetèrent qu'un regard faussement intéressé aux andalous, en possédant eux-mêmes qui les attendaient sagement à Bordeaux.

- Sais-tu quand ton maître revient ? Demanda Thomas.

- Le roi a réclamé sa présence, répondit fièrement l'homme. Il séjourne en ce moment à quelques lieues d'ici. On dit que le comte de Warwick s'est retiré au Pays de Galles pour se préparer à entrer en rébellion contre Edouard, ajouta-t-il à voix basse comme si quelque espion se dissimulait dans les branches à peine feuillues de l'arbre sous lequel ils étaient, Edouard est venu aux nouvelles dans la région en personne.

- Et ton maître est allé offrir ses services au roi…

- Il **est** au service du roi !

- Demande – lui comment s'appelle son maître, fit Paula, saisie d'un brusque pressentiment.

- Sir Charles Lann[14], chevalier au service du roi Edouard IV.

Thomas et Paula jetèrent un regard instinctif autour d'eux.

- Tranquillisons-nous fit Paula, il ne doit être de retour que demain.

- Ne traînons tout de même pas. S'il nous sait ici, et encore en train de mettre le nez dans ses affaires, je ne donne pas cher de notre liberté. Il ne peut laisser passer l'occasion de se venger de l'affront que nous lui avons fait subir à Bordeaux. Ils avaient parlé gascon, pour ne pas être compris du palefrenier de Lann.

- Il ne sait pas notre nom ? Demanda Thomas à Juan, dans la même langue.

- Je ne crois pas, et si cela est, ce n'est pas de mon fait, je puis vous l'assurer, répondit-il.

- Alors remercie-le et partons. C'est un bien extraordinaire hasard de retrouver Lann ici sur notre chemin. Il me tarde d'entendre ce que mon père aura à nous en dire…

* * *

John Russ ne semblait pas ravi de voir Charles Lann ressurgir dans sa vie :

-… Tu te souviens que j'avais obtenu du maire l'autorisation de rester, sous bonne garde, dans notre propre maison, lorsque tes démêlés avec Lann au Pontet nous avaient valu d'être retenus en otages par Edouard pour la sauvegarde de son espion préféré. S'il nous trouve encore en travers de son chemin, qui sait ce qu'il fera ? Il a l'entière confiance du roi… Il est infiniment dangereux.

- Nous ignorions qu'il était si proche de nous, fit Paula.

- Il n'a acquis ce manoir que récemment, confisqué à un partisan

14 Voir Les Démons du Pontet

d'Henri[15]. Il y vient si rarement que j'avais oublié de vous en prévenir…

- Suffisamment souvent pour y entretenir une liaison avec sa voisine semble-t-il, fit Paula.

- Que les soldats à sa recherche l'ai retrouvée, il est vrai, à peu de distance du manoir de Lann ne prouve rien de ce genre… La défendit Thomas.

Paula éclata de rire :

- Excuse-moi, Thomas. Que te faut-il de plus ?

- Admettons qu'ils soient amants. Mais complices ? Lann n'a nul besoin d'une poignée d'écus !

John se tourna vers Paula :

- Qu'en dis-tu Paul ? Bridget semble un coupable un peu moins évident, non ?

- J'en dis qu'il reste à espérer quelle ne lui aura pas parlé de nous ! Car sinon il ne va pas manquer de nous rendre visite, et certainement pas par courtoisie !

- Peut-être ferions-nous mieux de nous cacher quelque part pendant qu'il en est encore temps…

"Plutôt de quitter Bristol au plus vite" pensa Paula qui ne pouvait croire que Lann et Bridget ne faisaient que se lutiner dans le foin. Elle se contenta pourtant d'approuver Thomas, sachant bien qu'il n'accepterait pas d'abandonner si facilement.

- Cette fois tu as raison. L'auberge où nous nous sommes arrêtés tout à l'heure me semble suffisamment à l'écart de la ville pour y séjourner au moins quelques jours sans attirer l'attention sur nous.

Le temps d'un rapide repas familial rendu pesant par les inquiétudes et la déception de la mère de Thomas, et ils quittèrent la ville précipitamment, poussés par le couvre-feu et la fermeture des portes qui se faisaient proches. Une pièce d'argent suffit à convaincre le tavernier de les installer dans sa meilleure chambre, à l'étage de sa propre habitation attenante à l'auberge. Les rires et les éclats de voix des voyageurs montèrent jusqu'à eux tard dans la nuit, augmentant d'intensité à mesure que les pichets de bière changeaient de contenant. Ils consacrèrent la seconde partie de la nuit à la destruction de la vermine qui peuplait la triste paillasse dont ils avaient hérité. Ils

15 Henri VI, précédent roi, chassé du trône par Edouard IV, voir notes sur la guerre des deux roses en fin de volume.

s'endormirent au matin, épuisés, la volonté vacillant au point de les jeter dans les bras l'un de l'autre en une étreinte silencieuse et désespérée.

Un vacarme troublant la paisible activité du chemin les réveilla. Ils poussèrent les contrevents pour voir une petite troupe de cavaliers mettre leurs chevaux à l'écurie et investir la taverne avec l'assurance de ceux qui se savent nombreux, armés, et sans doute possesseurs d'une incontestable autorité.

Ils ne se risquèrent à descendre déjeuner qu'un peu plus tard, lorsque les inquiétants hommes d'armes furent partis. C'est ainsi qu'ils apprirent que, détachés de la petite armée qui entourait le roi, ceux-ci avaient été amenés par Lann dans les environs de Bristol pour y chercher des partisans du comte de Warwick qui se seraient manifestés les jours précédents.

- Lann peut bien courir après qui il veut pour servir son roi, fit Thomas en baissant la voix, c'est plutôt sa vie privée qu'il nous faut connaître... Que comptes-tu faire ? Demanda-t-il à Paula, nous ne pouvons passer nos jours à l'espionner... Nous serions bien vite découverts...

– Laissons Lann pour le moment, surveiller Lady Bridget sera plus facile.

- Épier une jeune femme n'est guère valeureux...

- Tu auras tout le temps de débattre de cela avec ta conscience plus tard. Quelque chose me dit que nos deux tourtereaux se languissent l'un de l'autre... Deux jours ne s'écouleront pas avant que nous les retrouvions ensemble, dit-elle en se levant, ne désires-tu pas juger à ton tour des talents de maîtresse de Fins ?

- Eh ! Attends ! Comment comptes-tu t'y prendre ? Où vas-tu?

- Un chemin relie assurément les deux domaines à travers la forêt, lui cria-t-elle, déjà en selle, tandis qu'un Juan ensommeillé paraissait à sa suite sur le seuil de l'écurie. Qu'attends-tu pour te mettre en selle, maudit fainéant, ne vois-tu pas que nous partons ? Tu as encore passé la nuit à boire avec les soiffards de l'auberge, n'est-ce pas ? L'Angleterre ne te réussit pas, tu mets un peu trop à profit la liberté que te laisse l'éloignement d'Ysabeau...

Aux prises avec un mal de tête féroce, Juan parvint pourtant à seller son cheval et à se lancer à la suite de Thomas, maugréant tout autant que lui contre l'infatigable entêtement de Paula.

Empruntons ce chemin sans tarder, continua-t-elle sitôt qu'ils l'eurent rejoint, trouvons-y de quoi nous abriter de cette détestable bruine et, avec un peu de patience, l'un de nos amis viendra à nous avant la fin du jour...

- Tu ne m'enlèveras pas de l'idée que nous perdons notre temps, lui répondit-il en s'élançant à sa suite, et que nous n'avons rien de bon à attendre à rester trop près de notre ami Lann !

- Serais-tu devenu couard ? J'aurais imaginé que tu avais sur Lann un désir de revanche plus féroce…

- Allons donc, fit-il avec agacement, si ce Lann est encore en travers de mon chemin je le combattrai avec plaisir, mais s'il n'a rien à voir avec les écus de messire de Fins, nous avons mieux à faire que nous attirer son inimitié une fois encore…

- Prépare-toi donc à le combattre ! Fit-elle en partant au galop.

Près du domaine de Charles Lann un paysan leur indiqua le chemin qui traversait la forêt vers le sud. Serpentant doucement entre les haies entourant les parcelles, ils descendirent plus tranquillement vers le sous-bois qu'ils voyaient approcher d'eux, couvrant les collines de l'ouest de Bristol. Ils entrèrent sous les arbres et suivirent un chemin bien tracé qui les conduisit rapidement au fond d'un val qu'une petite rivière au cours impétueux parcourait, sans doute alimentée par la fonte des neiges couvrant encore les sommets des Cotswolds. Tandis que le torrent continuait en lisière, séparant la forêt d'une vaste prairie où paissaient de nombreux moutons, ils s'arrêtèrent sous le couvert des arbres.

- Nous voici sur le domaine de maître de Fins, que faisons-nous ? Fit Thomas, toujours décidé à ne pas approuver leur expédition, que nous proposes-tu ? Pourquoi ne pas aller tout de go alerter Gaillard de son infortune ? À moins que tu ne préfères questionner Bridget ?

- Tu ne crois pas si bien dire. Rendons leur visite. Il me semble charitable d'avertir Lady de Fins du retour de Charles Lann…

Les sabots de leurs chevaux claquèrent bientôt sur les antiques pavages romains de la route de Londres, le temps de bifurquer sur le chemin qui conduisait aux habitations.

L'accueil fut encore plus frais que la veille. Le couple, prévenu par un serviteur resta figé en haut des quelques marches du seuil. Thomas, Paula et Juan ne se sentirent pas même invités à mettre pied à terre. Thomas s'enquit poliment de la santé de Bridget, s'attirant une réponse non moins courtoise mais dont la brièveté signifiait clairement le désir du couple de clore l'incident. Paula mentionna alors au détour d'une phrase anodine la rencontre de la petite troupe de Lann et son retour du château où séjournait le roi. À ce moment, la conversation tourna rapidement court. Gaillard se rembrunit, fronça les sourcils comme concentré à contenir une brusque fureur. Bridget montra quant à elle un trouble évident, triturant nerveusement le pan de sa longue robe.

- Nous avons cru bon de vous en avertir tenta de se justifier Paula, ces hommes sont à la recherche de partisans de Warwick qui se terreraient dans le comté... Si votre vol parvient à leurs oreilles, ils pourraient bien venir vous interroger... Peut-être vous seront-ils de quelque utilité...

- Et quel rapport, selon vous, peut-il y avoir entre un petit escroc et le comte de Warwick ? Vous faites fausse route, Messire, je vois bien que ce n'est pas vous qui retrouverez mon bien... Quant à ce Lann, il ferait bien de ne pas se montrer par ici, je risque fort de lui parler du peu de protection que son roi offre à ses sujets. Depuis l'union de celui-ci avec cette Woodville qui ne pense qu'à enrichir ses frères et son propre clan, les affaires du royaume vont de mal en pis et ses intrigues nous conduisent tout droit à la reprise de la guerre civile. Warwick, à qui Edouard doit pourtant son trône, voit sa famille dépouillée jour après jour au profit de cette femme qui ne l'aime pas et à laquelle le roi ne sait résister... Edouard ferait mieux de s'occuper de son clergé, vautré dans l'opulence et la luxure, et de son entourage qui ne vaut guère mieux...

Du coin de l'œil, Paula vit Bridget jeter un bref, si bref qu'elle douta même par la suite l'avoir aperçu, regard courroucé à son époux.

- Il ne serait guère prudent de défier ce Lann s'il est de l'entourage d'Edouard, fit Bridget d'une voix hésitante, et prendre le parti de Warwick est plus dangereux encore...

- Qu'il évite ce manoir, alors, fit Gaillard, bien belliqueux pour l'heure, et Paula se demanda in petto si le message n'était pas destiné à Bridget, dans le but qu'elle le transmette à son destinataire. "Il serait donc au courant des infidélités de son épouse ?" pensa-t-elle.

- Pardonnez-nous d'abréger si vite cette intéressante conversation, mais le travail nous appelle et nous n'avons que trop perdu de temps ces derniers jours, reprit le drapier. Il resta un moment silencieux comme s'il hésitait à se montrer plus rustre encore. – Abandonnez vos recherches, vous ne connaissez pas assez le pays pour parvenir à quelque chose. Nous vous savons gré d'avoir essayé de nous venir en aide.

La dernière phrase aurait pu être courtoise si elle n'avait été prononcée alors que le couple leur tournait déjà le dos, retournant à ses occupations sans autre manière d'au revoir.

- Charmante compagnie, fit Juan qui ne les connaissait pas, c'est pour eux que je passe mon temps à interroger tout Bristol ? Messire Thomas, que faisons-nous à aider ces paysans mal dégrossis ?

- Je te dois des excuses, fit Thomas, en se tournant vers Paula. Il semble bien que Messire de Fins ne souhaite pas que nous découvrions la nature des rapports de son épouse avec Messire Lann. Comment l'a-t-il appris, cela restera un mystère, à moins qu'il ne fasse que se douter de son infortune sans en avoir la preuve... Quant à Bridget, elle sait qu'il sait, c'est certain... et ne tient pas plus que lui à ce que nous découvrions ses petites visites... Cependant nous voilà bien avancés, et je ne crois toujours pas que Lann et Bridget soient pour quoi que ce soit dans le vol des écus !

- Va savoir... Répondit Paula, nous avons donné un coup de pied dans la fourmilière, attendons de voir... Tout cela me paraît un peu trop simple, un peu trop "innocent". Tu ne peux nier que nous avons maintenant une deuxième personne en concurrence avec notre ami notaire pour la première place au cœur de cette affaire... Si nous faisions le compte de ses apparitions, elle le devance selon moi assez largement : C'est elle qui organise les retrouvailles des deux frères, le voleur est son neveu selon le notaire, son comportement est si scandaleux que Juan en a sans peine connaissance au détour d'une conversation de taverne - il semble d'ailleurs que Gaillard soit le seul à ne pas soupçonner le tempérament de son épouse - du moins jusqu'à hier, et pour finir, on la retrouve liée à un espion d'Edouard dont nous connaissons tous les deux l'absence de scrupule.

- Mais pourquoi ? S'exclama Thomas, pourquoi ? Tu n'as pas l'once d'une raison à me donner qui puisse l'inciter à voler cet argent à son propre époux ! Quand elle a disparu, tu étais convaincue qu'elle était en fuite avec son complice : elle n'était en fait que tout bonnement perdue en forêt, où dans les bras de Lann si cela te convient mieux, dit-il en la voyant secouer ironiquement la tête. De plus, l'amant que tu lui attribues comme complice du vol est favori du roi et si pauvre qu'il entretient une écurie de dizaines de chevaux sur un de ses nombreux domaines...

- Je te dis moi qu'elle est mêlée à tout cela... S'entêta Paula. Peut-être son "tempérament" l'a-t-il jetée entre les mains de quelque maître chanteur, peut-être a-t-elle eu besoin de cet argent pour une tout autre raison que nous ne pouvons imaginer, peut-être a-t-elle seulement trop parlé à un autre amant qui a eu l'idée du vol... et tiens, dans ce cas, peut-être n'offre-t-elle son corps à Lann que pour obtenir son aide pour retrouver l'argent où pour résoudre les difficultés que traverse leur commerce…

- Mon nouvel ami le palefrenier de Lann a surpris leurs ébats l'été dernier, fit Juan, bien avant la disparition des écus…

Tout en parlant, ils avaient conduit leurs chevaux sur le chemin emprunté pour venir. Paula les arrêta près du gué, à l'endroit où ils avaient fait halte un instant à l'aller. Les prés des De Fins commençaient là, parsemés des taches blanches des moutons paissant paisiblement. Plus haut, les bâtiments du domaine épousaient la courbe du sommet de la colline, noyé dans le rideau de pluie.

- Restons ici un moment, Thomas, fit Paula, veux-tu ?

Il accepta d'un haussement d'épaules, de nouveau plongé dans l'indifférence qu'il affectait depuis leur arrivée à Bristol.

- Mettons-nous à couvert, du sous-bois nous aurons une vue parfaite sans risquer d'être aperçus d'une fenêtre du manoir… Si Bridget est celle que je la crois être, elle ne tardera pas…

Ils s'installèrent aussi confortablement que l'on peut l'être lorsque la bruine semble avoir transformé en eau l'air lui-même. Les feuilles à peine naissantes lâchaient sur eux des filets glacés au moindre frémissement et l'intérieur de leurs bottes commençait à être gorgé d'eau.

Ils n'attendirent pas bien longtemps. À la grande surprise de Paula, c'est la haute et mince silhouette de Gaillard de Fins qui se découpa au sommet des marches de la porte du couple de drapiers. Quelques secondes plus tard il dévalait au galop le chemin du domaine et filait vers Bristol.

- Juan, suis-le ! Fit Paula un instant interdite, elle a dû trouver le moyen de se débarrasser de son époux, mais on ne sait jamais… Ne le perds pas de vue.

Le petit espagnol s'élança dans une gerbe d'eau en franchissant le gué et disparut bientôt au bout du chemin, bifurquant à son tour en direction de Bristol.

Paula et Thomas restèrent seuls, murés dans l'insupportable silence qui les séparait de plus en plus souvent.

- La voilà ! Chuchota Paula comme si elle pouvait être entendue, que faisons-nous ? On l'arrête pour avoir une honnête explication avec elle sans son mari, ou on la suit ?

Thomas se contenta de faire signe qu'il s'en remettait à elle.

Agacée, Paula marmonna quelque chose qui avait tout l'air d'une menace de quitter ce "foutu pays qui rendait liquide le cerveau des hommes" avant de se diriger vers son cheval. Elle chassa les gouttes de pluie de sa selle d'un geste rageur et se hissa sur sa monture.

- On la précède dès qu'elle tourne sur ce chemin. Il y a plus loin un embranchement où nous pourrons attendre qu'elle nous dépasse sans être vue. Nous pourrions tout aussi bien aller directement chez Lann, triompha-t-elle en voyant Bridget tourner comme prévu sur leur chemin, juchée sur une mule presque aussi haute qu'un cheval, mais ne prenons pas le risque de la perdre.

- Les serviteurs qui n'avisent pas leur maître des escapades de lady De Fins prennent de bien grands risques, jeta Thomas, à Bordeaux on risque le gibet pour ça, il serait étonnant qu'il n'en soit pas de même ici…

Paula ne releva pas la remarque qui traduisait surtout la difficulté qu'avait Thomas à reconnaître sa défaite. Il monta en selle précipitamment et s'élança à sa suite, alors que les sabots de la mule de Bridget résonnaient déjà derrière lui. Un peu plus loin, ils bifurquèrent dans un chemin plus étroit pour la laisser passer devant eux sans être vus, et continuèrent plus tranquillement derrière elle.

Comme prévu par Paula, elle les conduisit directement au manoir de Charles Lann. Ils restèrent un instant indécis quand ils la virent franchir sans ralentir le portail resté ouvert.

Quelques instants d'hésitation plus tard, ils passèrent, tenant leurs montures au pas, devant l'ouverture. À peu de distance, Bridget avait mis pied à terre près d'un homme de haute stature appuyé à une barrière contre laquelle se pressait un groupe de chevaux. L'homme se pencha pour déposer un baiser sans équivoque sur les lèvres de lady De Fins. Ils n'en virent pas plus et se hâtèrent jusqu'à l'angle du mur encerclant la propriété. Là, ils mirent pied à terre, et attachèrent leurs chevaux à l'écart du chemin à l'abri d'un boqueteau.

L'attitude de Thomas avait incroyablement changé. La vue de Lann avait ravivé l'humiliation éprouvée lorsqu'il lui avait échappé quelques années plus tôt dans un chai de l'abbaye de Sainte-Croix à Bordeaux. Il se lança, prenant à peine le temps d'inspecter les environs, par-dessus le mur. Paula le suivit, regrettant pourtant l'imprudence et la précipitation de son ami, mais il n'était plus temps maintenant de l'arrêter.

Ils avaient heureusement franchi le mur derrière ce qui semblait être une grange ou une écurie. Ils coururent jusqu'à la bâtisse, courbés dans un fouillis d'arbustes enchevêtrés. Accroupis dans l'herbe détrempée, ils retrouvèrent leur souffle, l'oreille aux aguets.

- Puisque tu as repris l'initiative, me diras-tu ce que l'on fait, maintenant ? Chuchota rageusement Paula, tu te rends compte des risques que l'on prend ? Deux Français, espionnant sur son domaine un noble chevalier anglais en pleine opération de politique intérieure au service d'Edouard... Tu vas nous faire pendre...

- Je ne t'ai jamais obligée à me suivre, souffla-t-il sèchement avant d'ajouter plus doucement, nous ne faisons rien de plus que ce qu'il a fait chez nous il y deux ans... et nous ne sommes là que pour élucider les raisons de la mort de Marticot, pas pour renverser le trône d'Edouard...

- Je ne suis pas sûre que cela soit retenu à notre décharge s'il nous prend... Ne te méprends pas, j'ai moi aussi envie de me revancher de ses méfaits... N'en oublions pas pour autant la prudence. Elle eut un rire étouffé, incongru au milieu des risques qu'ils couraient.

- Que t'arrive-t-il, cette fois ? Il y a un instant tu craignais la corde...

- Excuse-moi, c'est qu'une idée stupide m'a traversé l'esprit... Elle eut un nouveau rire étouffé, je me disais que, partis comme ils l'étaient tout à l'heure, il ne manquerait plus qu'ils nous offrent à nous aussi le spectacle inoubliable de leurs exploits amoureux !

Il secoua la tête en prenant un air faussement accablé :

- Bravo ! Le moment est tout à fait approprié aux paillardises. Tu ferais mieux d'écouter si notre intrusion est passée inaperçue...

- Te voilà devenu tristement rabat-joie, chuchota-t-elle. Puis pour elle-même, mais assez fort tout de même pour qu'il en comprenne au moins le sens : Peut-être aurais-je l'esprit un peu moins enclin aux lascivités si tu m'en donnais mon content, mon drôle...

Leur échange s'arrêta là. Même s'il avait entendu sa remarque rageuse, il aurait été bien en peine d'expliquer pourquoi le corps d'Anaëlle, écartelé dans ses liens sur le sol humide de la caverne des pirates de Talmont avait pris une telle place dans ses pensées. Au point d'en éprouver de la répulsion pour Paula, Paula qu'il chérissait plus que tout, avant... Incapable d'expliquer comment, nourri de romans de chevalerie, l'esprit formé dans l'étude des philosophes antiques et les écrits des saints à l'université de Bordeaux, il en était devenu une bête méprisable, prise d'émoi sur le corps désarmé de la jeune bretonne... Pire encore, comment, des jours plus tard, pouvait-il n'avoir toujours que l'unique et obsédant désir de sentir de nouveau le poids de son corps peser sur celui d'Anaëlle ? Alors quoi, il ne valait au fond pas mieux que ces soudards, ces routiers sans foi ni conscience dont les bandes avaient tant semé le malheur pendant les années de guerre, pas mieux que les pirates de l'estuaire et leur fruste cruauté ? Cette idée heurtait tant son entendement qu'il la repoussait sitôt qu'elle effleurait sa conscience. Ainsi, comment aurait-il pu s'en ouvrir à Paula, incapable qu'il était d'en débattre avec lui-même ?

Paula rit de nouveau et son rire sonna comme un éclat de verre au milieu des pensées moroses de Thomas.

- Quoi encore…

- Écoute ! Dit-elle, tandis qu'elle le faisait taire en posant le bout de ses doigts sur la bouche de son compagnon, en un geste imprégné de la tendresse du couple unis qu'ils étaient encore il y a bien peu de temps. Ces deux-là ne boudent pas leur plaisir ! Je te l'avais dit !

Du mur qui les séparait du couple, transpiraient des gémissements sans équivoque, voix mêlées de Bridget, incroyablement crue, et de messire Lann, oh ! La voix honnie, inoubliable pour eux de Lann, la voix dont ils gardaient si présent le souvenir des accents railleurs lorsqu'il leur avait échappé. Cette fois, avec la montée de son plaisir, elle s'enflait des mots les plus tendres aux injonctions les plus charnelles.

Thomas eut un geste agacé. Ses mains montèrent vers ses oreilles, pour ne plus entendre ce qui faisait en somme de la belle et idéale épouse de Gaillard de Fins et du malfaisant Lann des êtres humains comme les autres. Il les laissa retomber le long de son corps, arrêté par le regard curieux de Paula.

- Patientons, murmura-t-elle à l'oreille de Thomas, peut-être nous offriront-ils des confidences plus édifiantes, après…

Ils durent patienter, quelque peu échauffés tout de même, le temps pour Charles Lann de prouver à plusieurs reprises à Bridget la force de son attachement et à cette dernière de lui démontrer son abandon, son tempérament et peut-être aussi l'étendue de son imagination et de son talent, comme en attestaient les exclamations de son amant. Puis le silence retomba. Thomas et Paula serrés l'un contre l'autre, le froid n'est-ce pas, à moins que Paula n'ait un peu profité du trouble de Thomas, commencèrent à se demander si leurs proies n'étaient pas parties. Paula risqua un œil par l'ouverture. Elle ne vit que Bridget, nue qui s'étirait en se souriant à elle-même, mollement étendue sur la cape sombre que Lann avait sans doute jetée sur la paille avant de s'y allonger près d'elle. Un trait de lumière dorée barrait ses cuisses impudiquement ouvertes et son ventre alangui.

- À moi ! De l'aide !

Ils se retournèrent, levés d'un bon, l'épée déjà sortie. Devant eux, Lann, en chemise et ayant contourné le bâtiment pour pisser hors de vue se saisit d'un bâton qui traînait là et, pas le moindre du monde intimidé par l'inégalité du combat, marchait sur eux en continuant d'appeler ses gens.

Ils auraient pu facilement forcer le passage, le percer de leurs épées et fuir par où ils étaient venus. Seulement ils hésitèrent, ne pouvant se résoudre à assassiner un homme de la sorte. Sans doute aussi la scène qu'ils venaient de surprendre lui donnait-elle un statut trop humain pour cela, trop proche d'eux. Le temps de chercher une autre issue et déjà quatre hommes accouraient. Paula et Thomas se mirent en garde, le dos au mur, prêts à vendre chèrement leur vie. Bientôt, et sans qu'ils eussent encore donné le moindre coup d'épée les quatre paysans furent rejoints par cinq autres personnages dont les épées et l'approche prudente et concertée ne laissaient aucun doute sur le métier. Lann s'approcha.

- Mes amis ! Quel plaisir de vous recevoir ! Si je m'attendais... ! Je vous en prie, débarrassez-vous de ces épées qui vous encombrent les mains, remettez-les à mes hommes et acceptez de passer un moment en ma compagnie... Vous devez être transis de froid, un bon feu nous attend au manoir, j'étais sur le point de m'y rendre avec une voisine qui m'honore elle aussi de sa visite. Venez, je viens de faire l'acquisition d'un bordeaux jeune et clair, velouté comme les cuisses de... mais ne soyons pas goujat, ajouta-t-il avec une bonhomie complice qui pour aimable qu'elle fût ne les en inquiéta pas moins.

Ils échangèrent un bref regard et baissèrent leur garde.

* * *

<u>- 7 -</u>

- Pardonnez-moi cette attente, fit-il en les rejoignant dans la grande salle où ils avaient été conduits sous bonne garde, mais ma visiteuse avait à m'entretenir en privé d'affaires urgentes... Elle ne peut malheureusement rester plus longtemps et vous prie d'accepter ses excuses...

Thomas eut un rire sarcastique :

- J'espère que notre arrivée n'a pas précipité son départ...

- Un peu sans doute, mais elle m'abandonne bien volontiers en compagnie d'amis venus de si loin me saluer...

- Cessons ces faux-semblants, voulez-vous, fit Paula, peut-être pouvons-nous enfin parler sans détour de la raison de notre visite...

- Soit, parlons franc. Je vous ai surpris chez moi, en train de m'espionner, alors que je suis en compagnie d'une dame qui aurait préféré préserver son anonymat. "*Visite*" ? Est-ce ainsi que vous appelez ça à Bordeaux ? Ne serait-ce pas plutôt un inqualifiable manque de courtoisie ?

Thomas, rouge de colère sous le sarcasme, laissa glisser son masque affable :

- Ne nous donnez pas de leçon de courtoisie, la dame en question n'est-elle pas mariée ? Comment appelez-vous le fait de profiter de l'impunité que vous procure richesse et faveur des grands pour dérober son épouse à un honnête artisan ?

Paula se prit la tête dans les mains, persuadée que l'agressivité de Thomas ne ferait rien pour arranger leurs affaires.

- Nous ne sommes pas ici pour émettre un jugement sur les actes de Messire, Thomas. Nous sommes confus d'avoir surpris vos... elle se retint de dire "ébats", votre rencontre avec cette Lady. En fait nous ne nous attendions pas à vous rencontrer, mentit-elle. Nous suivions lady de Fins, inutile de vous cacher que nous la connaissons, parce que son époux nous a chargés de retrouver une certaine somme d'argent qui lui a été dérobée.

- Je ne comprends pas. Pourquoi la suivre, elle ? Vous la suspectez ?

Paula se dit qu'au point où elle en était, un mensonge de plus… Elle arrangerait tout cela avec son confesseur, si toutefois elle le revoyait un jour…

- Nous avons fini par deviner qu'elle rencontrait quelqu'un, de ce côté-ci de la forêt. Nous craignions que quelque maître chanteur…

- Hum… Ce n'est pas le cas, je vous en donne ma parole ! Puisque nous en sommes aux confidences, je dois vous avouer que je vous sais à Bristol depuis votre visite aux époux de Fins. J'ai trouvé distrayant d'observer vos maladroits efforts alors que vous ne soupçonniez pas même ma présence si près de vous !

- Un indiscret contre un autre, laissa tomber Thomas.

- Cette fois le bon droit est de mon côté, Messire Russ. Il se trouve que le roi m'a donné tout pouvoir dans la région, le temps d'y débusquer certains fauteurs de trouble… Prenez garde de ne pas en être ! Il se tourna vers Paula : Où en étions-nous ? Ah ! Oui, vos efforts pour retrouver ces écus… Savez-vous que c'est grâce à eux que vous êtes restés libres jusqu'à maintenant ?

Ils se raidirent.

-… Il se trouve que des informateurs ont eu vent de citoyens de Bristol qui organiseraient un trafic d'armes au profit d'un homme qui se prépare à entrer en révolte contre mon maître, le roi Edouard.

- Nous ne nous intéressons pas aux affaires intérieures de votre royaume. Une longue histoire nous a conduits ici où nous nous sommes trouvés entraînés dans la recherche de ces écus volés.

- J'aurai plaisir à vous entendre me la conter… Mais laissez-moi finir. Ces armes viennent de France où notre homme compte de nombreux amis et lui sont livrées au Pays de Galles, près de Cardiff dont il possède le château. J'avoue que notre rivalité passée m'a fait imaginer au début que vous étiez mêlés à ce trafic. Je vous ai donc fait suivre pour tenter de confondre les complices avec qui vous traitiez. Je suis maintenant convaincu de votre innocence : Pour quelle raison viendriez-vous vous jeter ainsi dans la gueule du loup ? Du loup-garou devrais-je dire ![16]

- Une chose m'intrigue : vous vous divertissez de nos efforts pour retrouver les écus volés aux époux De Fins, mais pourquoi ne leur venez-vous pas en aide ? Fit Paula, cent vingt écus doivent représenter si peu pour vous…

---

16 Voir Les démons du Pontet.

- Faire don d'une bourse bien remplie à l'époux ? Vous n'y pensez pas ! Imaginez : Bonjour Messire De Fins, Je suis un voisin qui a eu vent par votre épouse, la délicieuse Bridget, de vos difficultés financières. Acceptez donc ce modeste don en témoignage de l'admiration que je lui porte… Ne le prenez pas pour un imbécile ! De plus Bridget accepterait mal de voir ses talents rétribués !

Un serviteur entra et glissa un mot à l'oreille de Charles Lann. Celui-ci se tourna vers ses "invités" :

- Pardonnez-moi un instant… Georges, servez encore un peu de ce vin à mes amis, c'est un excellent Bordeaux des vignes de l'archevêque, buvez en attendant mon retour, je ne serai pas long.

* * *

- Vos affaires ne s'arrangent guère… Dit-il en revenant, ayant mieux à faire pour l'heure, j'étais enclin à me contenter de vous enjoindre de quitter le royaume sans délai, voyez comme j'allais être magnanime… Voyez comme j'allais être stupide ! Dites-moi, le bateau sur lequel vous êtes arrivés, pourquoi ne vous a-t-il pas attendus ? N'est-ce pas celui qui est parti nuitamment et qu'un vaisseau d'Edouard a croisé il y a deux jours, longeant la côte du Pays de Galles vers Cardiff ? Comment s'appelle-t-il déjà ?

Ils restèrent silencieux, accablés, assaillis tous deux par l'évidence qui aurait dû leur crever les yeux bien plus tôt.

- *L'Anaëlle* n'est-ce pas ? Vous évoquiez tout à l'heure les circonstances qui vous ont conduit de Bordeaux jusque, pour ainsi dire, derrière la grange où je me trouvais en galante compagnie. Le moment est venu de me les conter, Messires…

- C'est, il est vrai, une surprenante histoire, commença Thomas pour éviter que Paula ne prenne la parole : malgré la précarité de leur situation, la seule pensée qui occupait encore son esprit était de protéger Anaëlle. Il l'avait bien compris, Anaëlle était partie au Pays de Galles livrer des armes sans doute achetées à Bordeaux. Mais ce n'était encore évident que pour eux, qui pouvaient maintenant additionner les multiples petits faits comme la remarque de John Russ concernant le probable chargement resté à bord. Lann, lui, ne devait en être encore qu'aux suppositions et même s'il voyait juste, il n'avait encore aucune preuve. Que ferait Anaëlle une fois sa livraison effectuée ? Commettrait-elle la folie de revenir les chercher ici, à Bristol ? Même si elle avait la prudence de quitter au plus vite les côtes d'Angleterre, il fallait éloigner d'elle les soupçons, au moins assez longtemps pour que Lann ne puisse lancer contre elle quelques vaisseaux qui ne manqueraient pas de l'intercepter dans l'étroit goulet du Bristol Channel.

- Une bien triste histoire en vérité… Et bien éloignée de ce que vous semblez penser. Voilà comment nous nous sommes retrouvés à bord de L'*Anaëlle*, cinglant vers l'Angleterre, pour le seul repos de l'âme d'un confrère de mon oncle…

Il parla longtemps, décrivant en détail les épisodes dramatiques de la sortie de l'estuaire, soucieux simplement de donner de la jeune bretonne l'image de la jeune femme assurant courageusement, malgré les épreuves subies, la continuité du labeur paternel. Sans trop savoir pourquoi, il épargna aussi le notaire en ne racontant pas la rencontre qu'il avait eu avec Anaëlle la nuit de son départ.

- Voilà qui m'attristerait fort, fit Lann, si votre histoire ne comportait beaucoup trop de personnages dont les activités ont déjà été portées à ma connaissance… Savez-vous que je surveillais avec une toute particulière attention ce Marticot et son ami Le Cloarec, qu'ils reposent en paix, car ils avaient coutume de commercer avec le comte de Warwick ? Vous n'ignorez pas que le comte, après avoir été le plus ardent des alliés d'Edouard, a cru bon de s'éloigner du trône depuis quelque temps…

- Je vous répète que je ne me préoccupe que de commerce, marmonna Thomas, affectant un air las.

- En fait, il en prenait un peu trop à ses aises. Son attachement au royaume n'est pas contestable, mais voyez-vous, il en était arrivé à ne plus distinguer ce que l'on attend d'un dévoué serviteur, de l'exercice réel du pouvoir.

C'est ainsi qu'il a passé des alliances, négocié un mariage pour Edouard, et bien d'autres choses encore sans en avoir reçu mission. Il voyage à sa guise, rencontre votre roi, bref, il gouverne. Certes il ne semble pas avoir la moindre envie de s'approprier le trône, mais le roi est las de se sentir sujet de messire Richard Neville.

- Et surtout les Woodville, la famille de son épouse, sont en train de dépouiller les partisans de Warwick de toutes les charges qui en faisaient le clan le plus riche d'Angleterre après le roi… Fit Paula.

- Je vois que votre aide n'est pas si ignorant que vous dites l'être, Messire Russ, il se tourna vers Paula, répondant à sa remarque : le roi ne peut plus s'appuyer sur les Neville. Warwick est l'ami de votre roi et n'aura de cesse qu'Edouard négocie avec lui. Le roi a choisi au contraire de s'allier avec la Bourgogne, ce pourquoi il a au contraire le total appui de la famille d'Elisabeth Woodville, son épouse…

- Nous savons cela, fit Thomas, mais je sais aussi qu'Edouard ne fera rien qui risque de compromettre le commerce entre nos deux pays. Ses propres bateaux contribuent assez largement à sa propre fortune dit-on… Nous n'avons donc aucun intérêt à nous mêler à un trafic qui nous met en danger d'une accusation d'espionnage…

- À moins que votre roi ne vous ait convaincu de porter sur le sol anglais un combat que j'ai livré naguère près du village que vous sembliez si ardent à défendre…

Thomas secoua la tête :

- Je ne sers que mon oncle…

- J'ai oublié de vous préciser que le château de Cardiff fait partie des possessions de sir Richard Neville… et que ses domaines et ses amis sont nombreux sur la côte de Newport à Cardiff… Savez-vous qu'il possède une puissante flotte et ne dédaigne pas de se livrer lui aussi à la piraterie lorsque son trésor diminue un peu trop, ce qui doit être le cas en ce moment de disgrâce. Soit les armes que nous recherchons nous ont échappé et sont maintenant entre les mains de Warwick, et vous paierez pour cela, soit votre amie la jeune Bretonne est assez sotte pour se jeter entre les bras de nouveaux pirates, mais peut-être y a-t-elle pris goût ?

- Ce que vous dites est ignoble et indigne d'un chevalier, fit calmement Paula avant que Thomas ne laisse éclater sa colère, de plus, Warwick est loin d'être le seul à entretenir une flottille de pirates, cela semble même être assez commun sur le Bristol Channel, Anaëlle a peut-être simplement voulu passer plus au nord pour éviter de longer la Cornouailles…

- Soit, j'admets volontiers le mauvais goût de mon humour… Admettez de votre côté la mauvaise foi de votre explication : L'*Anaëlle* a été vue en baie de Cardiff, c'est donc là qu'elle s'est rendue. Et votre acharnement à tenter de la disculper m'incline à vous croire complices…

- C'est stupide ! Si nous étions complices, que ferions-nous encore ici ? Ne devrions-nous pas être plutôt avec elle, hors de danger sur l'*Anaëlle* ?

- C'est ce que je me propose de découvrir. En attendant, je me vois contraint de vous retenir ici… Messieurs, fit-il, se tournant vers les soldats qui attendaient en silence de part et d'autre de la porte, je vous prie de conduire mes invités à la tour… Il refit face à Thomas : N'ayez crainte, il ne s'agit pas de celle de Londres, mais vous verrez qu'il est tout aussi difficile de s'enfuir de celle-ci.

Thomas entrouvrit la bouche, pourquoi taire la complicité du notaire ? Mais cela serait avouer la culpabilité d'Anaëlle sans être sûr qu'elle soit hors de danger… Paula lui prit doucement le bras, le guidant vers les gardes qui les attendaient.

* * *

"La tour" était en fait une tourelle d'angle aménagée en cachot, à l'étage du manoir qui n'en comportait d'ailleurs qu'un. Deux étroites meurtrières perçaient les épais murs de pierre, dispensant parcimonieusement une lumière pâle et grise. Ils eurent bientôt fait le tour de leur logement : une pièce circulaire et glaciale, à peine assez grande pour qu'ils puissent se dégourdir les jambes à côté d'une étroite paillasse. Ils s'y blottirent serrés l'un contre l'autre pour lutter contre le froid, enroulés dans une épaisse couverture qui avait dû connaître bien d'autres prisonniers.

- J'ai eu peur que tu ne livres ce fichu notaire, chuchota Paula à l'oreille de son compagnon…

- C'est lui, le partisan de Warwick que Lann recherche, c'est aussi ton avis ? Répondit-il encore plus bas, cela explique le départ précipité de maîtresse Le Cloarec après que nous les ayons jetés dans les bras l'un de l'autre, seulement préoccupés à retrouver ces maudits écus…

- Ne trouves-tu pas étrange que ce fichu Stanton soit notre suspect pour le vol des écus en même temps que le trafiquant d'armes que recherche Lann…

Thomas haussa les épaules. La coïncidence était, il est vrai, troublante : Pourquoi l'agent de Warwick aurait-il volé Marticot, le sachant lui aussi au service du comte ?

- Pour avoir son avis là-dessus, il nous faut d'abord sortir d'ici… Nous devons prévenir au plus vite Anaëlle du danger qu'elle court à revenir ici… Et je ne vois que Stanton pour nous conduire jusqu'à elle : il est inutile d'espérer qu'elle soit tranquillement entrée dans le port de Cardiff pour y décharger ses armes… Elle doit être dans quelque crique convenue entre Warwick et Stanton…

Engourdis par le froid, leurs réflexions les entraînèrent dans une torpeur peuplée de cauchemars. L'un comme l'autre ne voyait pas la moindre issue à la situation dans laquelle ils se trouvaient à présent. Leur seul espoir résidait dans la liberté que Juan possédait toujours, leur angoisse était de ne rien pouvoir faire pour le prévenir. Si Lann le prenait lui aussi, ils seraient tous trois entre ses mains, rayés de la surface du monde, disparus sans qu'aucune piste ne puisse laisser deviner ce qu'il leur était advenu.

Un remue-ménage sous leur tourelle les éveilla. Les cavaliers logés dans la même auberge qu'eux piétinaient dans la cour, visiblement fort excités. Lann vêtu de la cape noire et coiffé du chapeau à larges bords qui rappelait de bien fâcheux souvenirs aux deux emprisonnés monta en selle. La petite troupe s'éloigna à sa suite dans une furieuse galopade.

Le silence retomba sur le manoir.

À la tombée de la nuit, ils furent de nouveau tirés de leur mauvais sommeil par le retour de Lann. Accompagné des quatre gardes qui avaient participé à leur capture, il semblait de méchante humeur à en juger par le ton cassant qu'il employait à leur égard. L'un d'entre eux poussait devant lui une femme, enveloppée dans une longue cape et dont ils ne purent distinguer le visage, dissimulé par la capuche. Thomas frémit. Cette silhouette lui était à coup sûr familière.

- Anaëlle ! Souffla-t-il, c'est elle ! Je savais qu'elle ne pouvait être partie de la sorte… Quelle folie ! La voilà prise…

- Je n'en suis pas aussi sûre que toi… Mon pauvre Thomas, tu devrais te voir… Ton Anaëlle se moque bien de notre sort et de la bourse de Marticot ! Stanton savait que des hommes d'Edouard sillonnaient la ville à leur recherche, il l'en a forcément averti. Ce qui explique d'ailleurs son départ précipité.

Thomas se tut, bien qu'à demi convaincu seulement par la logique des arguments de Paula. "Elle ne peut nous laisser ainsi sans un mot, sans un message… Je l'ai arrachée des griffes des pirates, elle ne peut l'avoir oublié…"

Presque aussitôt, la porte de leur réduit fut poussée violemment et la silhouette de Lann s'encadra sur le fond mouvant de la lueur d'une torche que tenait le garde resté derrière lui.

- Alors, Frenchies, goûtez-vous l'hospitalité anglaise ? Vous semblez transis... Il fait pourtant beaucoup moins froid que dans le souterrain où j'ai dû me terrer trois jours sous les ruines du château du Pontet... N'y voyez pourtant aucune malice de ma part, c'est la seule pièce dont je dispose pour vous garder près de moi. Il sembla indécis un court instant, puis reprit, le ton cette fois débarrassé de toute ironie, chargé au contraire d'une dureté à peine maîtrisée : Je rencontre un fâcheux contretemps. Les gras bourgeois de Bristol s'opposent, malgré le mandat royal dont je suis porteur, à laisser mes hommes entrer en ville... Ils refusent aussi de répondre à mes questions... La charte de la ville les laisse maîtres de leur police paraît-il... Savez-vous où tout cela nous conduit ? Edouard ne va pas aimer ça... Pas du tout... Son armée qui s'assemble en ce moment à quelques jours de marche d'ici va devoir venir rappeler à ses insolents sujets le royal respect... Tout cela pour quoi ? La visite de quelques entrepôts, la consultation de quelques registres, quelques questions auxquelles il serait si simple de répondre... Votre père pourrait peut-être convaincre ses amis de plus de sagesse, qu'en pensez-vous Messire ? Dit-il sans dissimuler le ton menaçant de ses propos, peut-être pourriez-vous m'aider à le ramener à une plus prudente obéissance à leur roi ?

- Vous préjugez un peu trop de son influence, Messire...

- Je suis pourtant assez tenté par l'expérience, que ne ferait-on pas pour un fils... Allez, c'est dit ! Messire Paul, je vous libère et je vous offre même la protection de deux de mes hommes qui vont veiller sur vous jusqu'au domicile de Maître Russ. Quant à vous, Messire Thomas, je vais vous faire porter une deuxième couverture. Dites bien à John Russ que je prends soin de son fils, fit-il tandis que le porteur de torche prenait fermement le bras de Paula pour la conduire hors du cachot, pour le moment du moins, ajouta-t-il sinistrement.

* * *

Par l'étroite meurtrière, Thomas regarda sa compagne s'éloigner, encadrée de près par les hommes de Lann. Il secoua la tête avec découragement. Comment pouvaient-ils en être arrivés là ? Que penserait son oncle de la tournure qu'avaient pris les événements ? Le simple désir de venir en aide au frère de Marticot risquait maintenant de causer la perte d'une ville entière ! Enroulé dans la couverture qui ne parvenait pas à chasser le froid de ses vêtements encore humides, il resta stupidement à regarder la nuit. La marée avait repoussé les nuages vers le large et des milliers d'étoiles brillaient maintenant dans un ciel parfaitement clair. Il eut une pensée nostalgique en évoquant un lointain soir en compagnie de Paula sous les étoiles de sa non moins lointaine Aquitaine… Il ne devait pas se laisser aller aux regrets. Il arpenta plusieurs fois les quelques pas qui séparaient le mur de la solide porte bardée de fer, comme si ce mouvement pouvait commencer une action salvatrice. Que faire ? Il lui fallait : Sortir d'ici – retrouver Anaëlle – fuir, énuméra-t-il. Une pensée l'arrêta, frémissant. S'ils parvenaient à fausser compagnie à Lann, les représailles sur ses parents seraient cette fois terribles… Ils allaient devoir fuir eux aussi, abandonnant les fruits d'une vie entière de labeur… Qu'avait-il fait ! Il se laissa tomber sur la paillasse, anéanti. À moins que… À moins qu'il ne parvienne à convaincre Lann de leur innocence. Il fallait à tout prix écarter ses soupçons de L'*Anaëlle*, jamais il ne croirait qu'ils ont voyagé sur la caravelle sans être complices, s'il était convaincu que les armes étaient bien venues de Bordeaux à son bord, ils étaient tous perdus…

Il fut tiré de ses réflexions par de nouvelles allées et venues dans la cour. Cette fois c'est Lann lui-même qui partait, accompagné d'un garde. Il les regarda pensivement se fondre dans la nuit au grand galop avant de retourner se blottir, transi de froid sur son inconfortable paillasse. Il passa un moment à chercher désespérément le moyen de convaincre Lann de l'innocence d'Anaëlle avant de sombrer dans un sommeil agité, épuisé par ses grelottements.

… Ses mains, étranglées par les cordes serrées qui les liaient le faisaient affreusement souffrir… Le chariot qui le conduisait à travers champ vers le chêne où il allait être pendu grinçait lugubrement… Il se débattit dans son sommeil, gémit. Il secoua la tête, cherchant à se débarrasser du bâillon qui l'étouffait… La corde lui frôla le front, presque une caresse, une ultime sensation agréable qui lui rappela la douceur des mains de sa mère lorsque, enfant, il avait failli succomber à une mauvaise fièvre et qu'elle rafraîchissait son front brûlant… Il gémit encore, ouvrit les yeux. Le rêve continuait, prenant une nouvelle orientation : Bridget, allongée contre lui sur le grabat, le réchauffait de son corps en l'enlaçant étroitement. Quand elle comprit qu'il émergeait enfin des limbes où il s'était enfoncé, elle retira doucement la main posée sur ses lèvres pour étouffer ses gémissements, prolongea plus que nécessaire son étreinte tout en murmurant :

- Ce n'est que moi, Messire, Bridget… *Ne dites rien, il nous écoute…* Chuchota-t-elle, les lèvres collées à son oreille. *Lann est venu me chercher, nous a tirés du lit, mon époux et moi... Ils l'ont frappé, l'ont accusé de couvrir un trafic d'armes auquel Marticot se livrait selon lui... Est-ce vrai ? Ne répondez pas, il est là, je le sens... Écoutez-moi bien*, continua-t-elle à chuchoter : *J'aimais cet homme... Je croyais être aimée en retour... Ils m'ont emmenée, menaçant Gaillard de me faire disparaître à tout jamais s'il ne donnait pas les noms de ses complices partisans du comte de Warwick... Gaillard ne se mêle pas de ces affaires de politique, il est drapier et cela suffit à sa peine... J'aime la vie, Messire, l'amour, les hommes... Mais la tendresse que j'ai pour mon époux ne peut accepter ces brutalités... Lann me le paiera, au centuple... Savez-vous pourquoi je suis ici, impudiquement pressée contre vous ? Lann l'exige. Il m'envoie vous arracher des confidences... En ricanant il m'a "invitée" à user de tous les moyens en mon pouvoir pour vous faire parler... Par amour pour lui paraît-il ! Ce que j'ai compris, c'est que, lui, ne m'a séduite que pour surveiller les "manigances" de Marticot comme il dit... Ai-je été bête ! C'est lui qui m'a suggéré de recréer le lien entre Gaillard et Marticot... Lui encore qui m'a habilement conseillé de faire appel à lui pour sortir de notre embarras d'argent... Je n'ai même pas trouvé étrange qu'il m'interroge si souvent sur les visites et les déplacements de mon époux...*

Elle se tut, s'éloigna un peu, reprit plus fort cette fois :

- J'ai si froid, fit-elle, ne me repoussez pas, ce monstre m'a jetée ici sans autre explication qu'une trahison que je n'ai pas commise… Il nous accuse d'être amants vous et moi et veut nous tuer ensemble, sanglota-t-elle en se jetant de nouveau contre lui. *C'est une fable qu'il m'a ordonné de vous conter*, souffla-t-elle, *je vous en prie, il faut me croire, acceptez mon jeu, je le connais, je peux le convaincre...*

Thomas, encore à peine certain de ne pas continuer à délirer, risqua une réplique :

- Il est fou, fou à lier ! Je ne cherchais qu'à vous aider, pas à briser votre liaison… Et d'ailleurs je n'ai pas le moindre goût pour vous, Lady !

- *En êtes-vous si sûr*, chuchota-t-elle toujours étroitement collée à lui, *il me semble pourtant… C'est bien, continuez ainsi*, reprit-elle plus sérieusement.

- Merci pour cela, la galanterie française sans doute ! Protesta-t-elle d'une voix forte, hélas nous sommes perdus, il est persuadé de notre liaison et décidé à nous en punir... Elle se jeta contre lui, secouée de sanglots admirablement feints. *"Maintenant il vous faut me consoler, quoi qu'il vous en coûte,* chuchota-t-elle entre des lamentations à vous fendre l'âme, *il doit me croire parvenue à mes fins..."*

Thomas referma ses bras sur les épaules de la jeune femme, empli de perplexité par l'étrange jeu de Bridget. Son humour provoquant, son art consommé pour la comédie dont elle usait à l'intention, disait-elle, de Lann, son impudeur totale, le laissaient totalement désorienté et incapable de se livrer à la moindre analyse... Il choisit d'abandonner, du moins pour le moment, la conduite des événements à la jeune anglaise. D'autant qu'il se demandait jusqu'où irait Bridget dans le jeu de la séduction commandée par Lann... et qu'il commençait à se prendre au jeu...

Il prit conscience en rougissant comme un jeune homme de sa main qui se livrait à une caresse qui se voulait apaisante sur les longs cheveux blonds de lady De Fins. Elle se serra un peu plus contre lui, espaçant ses sanglots tout d'abord, reniflant comme une petite fille sur son épaule, feignant de retrouver peu à peu son calme.

Tandis qu'elle se serrait contre lui, le visage niché dans son cou, Thomas allongé sur le dos, tenta d'écarter pudiquement sa hanche du ventre de Bridget dont le contact un peu trop précis commençait à agir sur ses nerfs.

- Je vous en prie, serrez-moi contre vous, dit-elle assez fort pour être entendue de Lann, - *imbécile*, chuchota-t-elle à sa seule intention, *est-ce si difficile de me prendre dans vos bras ? Si les scrupules vous étouffent, dites-vous que notre vie en dépend et profitez de ce qui est peut-être la dernière fois... Soyez honnête, reprit-elle, nous savons tous les deux depuis notre première rencontre que nous en avons envie, n'est-ce pas ?* Finit-elle par souffler avec dans le ton un je-ne-sais-quoi qui lui fit penser qu'elle aussi devait rougir de son audace. Il en frémit de la tête aux pieds. Il ne savait plus si cette dernière phrase faisait partie de la comédie destinée à Lann ou n'avait été dite qu'à sa seule intention. Il n'était en fait plus capable du moindre jugement. Il ne comprenait plus que la chaleur du corps de Bridget contre le sien, que la caresse de son souffle contre sa joue. Elle avait raison bien sûr. Lui aussi avait senti dès leur première rencontre le fil vibrant qui les reliait, au-delà de la noble froideur de l'épouse de Gaillard. Il abandonna toute défense, cédant soudain à la tentation. Ses lèvres glissèrent sur celles de

Bridget, qui les accueillirent avec une tendresse qui le surprit. Très vite il découvrit, au contraire de la furie avide de plaisir que son audace lui faisait imaginer, une soif intarissable de douceur et de tendresse. Il la dévêtit, oubliant le judas entrebâillé derrière lequel Lann ne perdait sans doute rien de leurs ébats, oubliant même l'endroit sinistre où ils se trouvaient. Sous les couvertures râpeuses inutiles à les protéger d'un froid qu'ils ne sentaient plus, leurs peaux se rencontrèrent et les mots qu'ils se chuchotèrent, les caresses qu'ils se donnèrent ne furent que pour eux seuls, unis très loin du chaos qui emportait leurs deux existences.

* * *

John Russ et son épouse avaient bien du mal à faire taire leur indignation. La présence des deux hommes de Lann qui ne quittaient pas Paula d'un pouce les obligeait pourtant à modérer le ton de leurs protestations.

- Ces procédés sont indignes ! Mon fils n'est pas responsable du refus que les habitants de Bristol ont opposé à l'entrée de votre maître en ville !

Les deux hommes, muets depuis leur arrivée restèrent de marbre.

- Je ne crois pas que messire Lann s'embarrasse de ce genre de considérations, fit Paula, agacée par le temps perdu en protestations, il nous suspecte de toute façon d'avoir participé au trafic… Tant qu'il croira que des armes pour Warwick sont venues de Bordeaux à bord de l'*Anaëlle*, il gardera Thomas enfermé… Que vous parveniez à convaincre le maire et les magistrats de la ville de laisser entrer Lann évitera sans aucun doute à la ville de subir le siège des armées du roi… mais ne libérera pas votre fils!

- Vous nous conseillez donc de lui obéir ? En commençant par avouer au maire la part que nous avons pris dans l'humiliation que Lann va lui infliger en entrant en ville avec ses hommes… Sans compter les dégâts qu'ils y feront probablement… Mon crédit auprès de mes confrères n'y résistera pas…

- Ce sera pire si le roi met la ville à sac à cause de sa désobéissance, mon ami, fit la mère de Thomas, Paul a raison, s'il peut agir ici à sa guise, Lann finira peut-être par se convaincre de notre bonne foi…

John se leva et se dirigea en traînant les pieds vers sa cape pendue près du foyer :

- Il me reste donc à réveiller le maire pour lui annoncer cette bonne nouvelle… Et ceux qui en ont déjà fait l'expérience savent combien cette entreprise est déjà, par elle-même, risquée !

- Pensez-vous que je doive vous accompagner ? Fit Paula, qui peinait pourtant à tenir ses yeux ouverts.

- Je vous enverrai chercher si Sir Paxton le désire, reposez-vous, Paul, vous tombez de sommeil, et demain sera encore une rude journée…

Et il s'en fut courbant le dos sous les rafales de pluie, sans pourtant émettre la moindre protestation contre la manie qu'avait son fils à le plonger dans les pires ennuis avec son goût pour les intrigues.

Si Paula espérait se délasser sans les deux gardes collés à ses basques par Lann, elle en fut pour ses frais. Ils acceptèrent qu'elle profite du confortable lit de la chambre que Maîtresse Russ avait mise à sa disposition (et à celle de Thomas) mais refusèrent de l'y laisser entrer seule. Refoulant à plus tard le loisir de laisser enfin sa poitrine oppressée par la bande qui dissimulait le relief de ses seins respirer librement, elle se contenta de se jeter tout habillée sur le lit, tandis que les hommes de Lann s'asseyaient contre la porte, apparemment insensibles au sommeil. Épuisée, Paula s'endormit comme une masse, d'un lourd sommeil agité de mauvais rêves.

Au matin, par un hasard qu'il n'interpréta pas comme un retour de la chance de leur côté, Juan s'était engagé dans Small Street au moment précis où Paula y arrivait face à lui, accompagnée des deux sbires de Lann. Non, plutôt que de louer le ciel de la bonne fortune qui lui avait permis de se jeter dans un renfoncement, il perçut seulement le fait que Paul était étroitement encadré par des hommes qui ressemblaient fort aux sbires de Lann entrevus le matin à leur auberge… Et qu'il était seul. Une catastrophe était inévitable dans cette étrange affaire où chaque nouveau jour rendait incertaines les amitiés de la veille. Tout aussi incertains d'ailleurs étaient les ennemis que l'on croyait avoir à combattre. Ils avaient fini par prendre trop de risques et visibles comme ils l'étaient dans un pays qui ne goûtait guère les étrangers, leurs ennemis les avaient facilement neutralisés. "Voilà qui devait arriver… Se répéta-t-il, lorsque l'on passe son temps à se quereller comme deux enfants au lieu d'agir avec sagesse…" Il cracha un jet de salive dépité, en observant Paula entrer chez les parents de Thomas, encadrée de ses gardes. "Voilà un tonneau qui tourne à l'aigre, et c'est encore Juan qui va devoir aller à la rivière le rincer, maugréa-t-il sans modestie, ye vous jure, fit-il laissant ressurgir son accent espagnol, quand ye pense que ye pourrais être bien tranquille à Bordeaux avec mon Ysabeau… Si ces deux-là avaient comme moi deux drôles qui leur sautent au cou quand ils rentrent à la maison, peut-être penseraient-ils moins à risquer la mort de l'autre côté de l'océan… Bah ! Pas mes oignons tout ça… Pis ça change rien… Quand ye pense qué yé croyais avoir résolu l'affaire… Il faut réfléchir mon vieux Juan, cette fois te voilà tout seul pour éponger les pichets renversés…"

Il resta là, à se remuer vainement les méninges, jusqu'à ce que John Russ quitte la maison visiblement de fort méchante humeur. Entre-temps la nuit était tombée et Juan jugea étrange que le père de Thomas brave le couvre-feu et s'enfonce dans les rues désertes de Bristol, brandissant haut la lanterne réglementaire. Il décida donc de le suivre, se demandant s'il devait l'aborder. Il n'hésita pas longtemps car sitôt le coin de Broad Street tourné, le marchand heurta à la porte d'une imposante demeure. Les deux tours de pierre qui flanquaient sa façade indiquaient clairement la richesse de ses habitants. Messire Russ entra, pas franchement attendu à en juger au ton peu amène de l'occupant venu lui ouvrir. Que faire ? Juan réussit à se protéger de la pluie sous l'auvent d'un cordonnier et décida d'attendre, mettant à profit le temps mort dont il bénéficiait pour tenter d'ordonner ses pensées. Un serviteur sortit presque aussitôt, interrompant des réflexions qui semblaient se diluer dans le crachin qui parvenait quand même à l'atteindre sous son abri. Il le regarda partir, décida de le négliger, trop c'est trop, vont-ils me faire courir ainsi sous la pluie toute la nuit ?

Il s'assit confortablement sur le rebord de l'étal de l'artisan, appuyant son dos las contre les lourds volets de bois qui fermaient la boutique pour la nuit. C'est que la journée n'avait pas été de tout repos ! : Il y avait d'abord eu la chevauchée sous la pluie depuis l'auberge jusqu'au domaine des De Fins, ce qui était déjà un début des plus pénible, compte tenu de ses excès de la nuit précédente et du maréchal-ferrant qui semblait tenir boutique sous son crâne. Ensuite ses deux patrons, cette fois encore comme chien et chat, l'avaient lancé à la poursuite de Gaillard de Fins après une visite glaciale au couple qui ne les avait même pas réchauffés d'une soupe. "Foutus bourgeois, pas même capable de reconnaître les efforts que l'on fait pour les aider…" C'est alors qu'il était allé de surprise en surprise…

Un pas pressé le tira de ses réflexions. Un gros homme dans un manteau de drap bordé de fourrure se présenta à la porte que John Russ avait poussée un peu plus tôt et fut immédiatement introduit avant même d'avoir soulevé le heurtoir. "Celui-ci était attendu, pensa-t-il, bon, le serviteur qui est sorti tout à l'heure est allé le réveiller, et s'il ne l'accompagne pas, c'est qu'il est en train d'en réveiller d'autres..." Il s'enfonça un peu plus dans l'ombre, baissa son chapeau sur la tache claire de son visage, et reprit le fil de ses pensées... Première surprise, le drapier était allé directement à la taverne où le notaire déjeunait tranquillement, engloutissant volailles et poissons, aidé comme à l'accoutumée de force pichets de bière. Sans hésiter, il s'était assis face au gros homme et l'avait semble-t-il violemment apostrophé, sans toutefois que Juan ne puisse entendre la teneur de leur échange. Seule certitude, les propos de messire De Fins avaient été assez sérieux pour que Sir Stanton se lève en jetant autour de lui un regard discret et manifestement inquiet, avant d'entraîner familièrement mais fermement par le bras son vis-à-vis vers la porte arrière de l'établissement. "Inutile de se presser avait pensé Juan, je sais où nos amis vont." Il avait pris le temps de vérifier que personne ne réagissait à leur départ et s'était à son tour dirigé vers la porte ouvrant sur Saint-Nicholas Back.

La porte de Margery était entrebâillée. Juan s'était approché et adossé au mur près de l'ouverture, semblant attendre on ne sait quoi, aussi invisible et neutre qu'il pouvait l'être. Il constata que les villageois de Bristol s'occupaient peu des affaires des autres et passaient devant lui sans sembler le remarquer. Rassuré, il avait tendu l'oreille. Une violente dispute avait éclaté à l'intérieur, mais il semblait que c'étaient Margery et Stanton qui étaient aux prises...

Juan fut de nouveau tiré du bilan de sa journée par l'arrivée nocturne de plusieurs autres visiteurs, jusqu'à ce qu'un dernier surgisse enfin, accompagné du serviteur de la maison. C'est tout juste s'il nota mentalement que, à en juger aux atours de ceux-ci, la réunion qui se tenait là sans doute au débotté, devait rassembler tout ce que Bristol comptait de riches bourgeois. Il se replongea dans ses pensées.

... Pas commode la Margery ! Hurlant comme une furie elle avait contraint les deux hommes à refluer jusqu'à la rue et Juan n'avait eu que le temps de leur tourner le dos pour ne pas être reconnu. Visiblement affecté par la colère de sa compagne, Stanton avait entraîné son visiteur en lui adressant d'amers reproches, ayant apparemment oublié que c'était lui qui, le traînant chez Margery était responsable de sa disgrâce.

Juan, un instant tenté de les suivre, avait pensé plus urgent de profiter de la fureur de la compagne de Stanton pour essayer d'en tirer quelque avantage. Il serait toujours temps de les retrouver à l'échoppe du notaire vers laquelle ils semblaient se diriger.

Toquant prudemment à la porte restée entrouverte, il s'était présenté à la jeune femme, qu'il entendait encore rugir au fond de la pièce.

Le trait de caractère de Juan qui agaçait le plus les autres hommes était la confiance qu'il inspirait aux femmes. Son visage sans détour, ouvert sur un large et franc sourire désarmait les plus maussades. À ses cris, lui enjoignant de décamper à la suite des deux malfaisants qu'elle venait de chasser sans espoir de retour, il n'avait opposé qu'une mimique irrésistible d'enfant injustement réprimandé et feint l'incompréhension tout en laissant son accent espagnol le plus fleuri finir de séduire une Margery hors d'elle. Il avait fait tant et si bien qu'elle s'était laissé tomber sur un tabouret, abandonnant tout espoir et tout désir de refouler l'intrus. Il lui avait porté galamment un verre d'eau, et un genou au sol comme un amoureux faisant sa cour, l'avait assurée de sa voix la plus douce qu'il ne pouvait laisser la colère brouiller d'aussi jolis yeux. Il n'avait pas eu à en dire plus. Margery lui avait répondu que nul au monde ne pourrait la tirer du désespoir, le sans-cœur entre les rets de qui elle était tombée allait la conduire tout droit à la potence rien n'était plus certain.

- Il ne faut pas me prendre pour une dinde, avait-elle dit entre deux sanglots de rage, je sais additionner deux et deux. Les Français qui sont venus je ne sais pourquoi m'ouvrir les yeux avaient raison : Edmond m'a menti, il a gardé ma maison à son nom…

- Edmond, c'est Sir Stanton, le notaire ?

Elle avait hoché la tête, continué :

- Je n'ai pas même eu besoin de m'en enquérir auprès du maire, nous nous sommes disputés et lorsque j'ai menacé de le chasser il m'a répondu sans honte qu'il était ici chez lui et que c'était moi qui devais prendre garde à ne pas être chassée.

- De là à finir pendue… Avait-il risqué.

- Je sais de quoi je parle, il ne cesse d'utiliser cette maison pour y rencontrer des conspirateurs, avait-elle répondu, il me l'a dit lui – même : "si tu attires l'attention sur nous, nous serons pendus tous les deux…" Vous savez, l'homme avec qui il était à l'instant, il a découvert quelque chose : lorsque je suis descendue pour voir qui était là, il était en train de le menacer de tout révéler au roi s'il ne lui donnait pas des écus qu'Edmond semblait lui devoir…

Juan se souvint de n'avoir pu s'empêcher de sursauter :

- Quoi ? Cet homme semblait sûr de la duplicité de Sir Stanton ? Elle avait encore hoché la tête, distraitement, avant de continuer son récit.

- Ils ne m'ont pas remarquée tout de suite. Ils se disputaient, Edmond a fini par lui promettre de trouver l'argent, mais que pour cela, il devait rester libre… Et vivant !

- Sir Stanton reconnaissait avoir volé cet homme ? Et celui-ci avait connaissance de fait qui pouvaient vous conduire au gibet s'il ne lui rendait pas son argent ? Ne me dites pas que Stanton complotait contre le roi !

- Je crois bien… Elle fondit en larme. C'est ma faute… C'est à cause de moi s'il a volé, et je l'ai mis dehors, alors que les hommes du roi le recherchent… Je le rendais fou, chaque jour un nouveau caprice, il ne me refusait rien… C'est un pauvre homme vous savez, gentil et bon, et moi, la vie a fait de moi une garce… Je me suis vue riche, après toutes ces sales années de misère à vendre mon ventre aux marins et aux étrangers de passage… On dit que des soldats du roi cherchent un espion du comte de Warwick dans les faubourgs… C'est lui n'est ce pas ? Dieu du ciel nous sommes perdus, fit-elle en se laissant glisser contre le mur, au bas duquel elle resta bizarrement assise sur ses talons, recroquevillée la tête entre ses mains comme une enfant se protégeant d'une raclée.

- Je ne sais, avait répondu Juan, peut-être est-ce lui, peut-être pas…

- C'est lui, je le sens…

Juan était resté un moment à la contempler en silence, considérant une à une les raisons qu'avait Margery d'être aussi sûre de la culpabilité de Stanton. Possible… Mais rien de plus. Les indices étaient maigres, Stanton pouvait n'avoir promis à Gaillard de lui rendre l'argent que pour soulager sa conscience. S'il était aussi brave que Margery semblait le dire, la culpabilité de ne pas avoir remis l'argent à Gaillard en main propre devait tout de même le tenailler un peu… "Je le sens" avait-elle dit, révélant que sa conviction était plus fondée sur une intuition acquise au contact de Stanton que sur des faits précis et indiscutables. Il avait secoué la tête avant de se décider, balayant d'un geste désinvolte du bras la crainte d'en faire un peu trop pour le goût de Thomas.

- D'accord, le mieux est encore d'aller le lui demander, non ?

Ils étaient sortis, empruntant les ruelles encombrées de groupes parlant à voix anormalement basses.

- Ils disent qu'un capitaine du roi a demandé l'autorisation de faire fouiller la ville à la recherche de partisans de Warwick… Le maire a refusé et l'homme serait parti de fort méchante humeur… Traduisit-elle d'une voix blanche.

Juan se rappela qu'elle avait frissonné et serré sa confortable cape autour d'elle tout en pressant le pas.

- Hâtons-nous, Messire, sinon nous sommes perdus…

- Ho là ! Point de Messire ! Je ne suis rien de plus que vous… Et si mon maître trouve que j'ai de par trop outrepassé mon rôle, il risque fort de m'en faire grief… Où est-il d'ailleurs, celui-là, lorsque les choses vont si mal ? Avait-il marmonné, tandis qu'ils approchaient déjà de l'échoppe de sir Stanton.

Ils étaient arrivés précisément au moment ou Gaillard quittait l'échoppe, rouge de fureur et le pas décidé de qui vient de faire valoir des droits trop longtemps bafoués. Tout était alors allé trop vite pour Juan. Alarmé par l'air vengeur du tisserand, Margery avait entraîné le pauvre assistant de Thomas à l'intérieur, persuadé de trouver Stanton agonisant. Ils avaient eu la surprise de le trouver tout aussi rouge et furieux, tentant de faire passer sa rage en la noyant dans la bière.

- Qui c'est encore celui-là ? Avait-il grondé, tournant vers Margery un visage soudain radouci et finalement plus las qu'enragé.

- Vous allez bien ? S'inquiéta la pauvre fille, la crainte lui ayant fait oublier tous ses griefs, oui ? Alors il vous faut fuir, vous cacher, vous courrez un danger bien plus grand encore !

- Que me chantes-tu là ? Quel danger ? Ce drôle m'a délesté de mes économies, que peut-il encore bien vouloir ?

- Il ne s'agit pas de lui, risqua Juan, mais d'un lieutenant du roi qui ne saurait tarder à fouiller la ville pour débusquer un certain partisan de messire Warwick qui s'y cache.

- Qu'ai-je à faire de ce Lann ! S'était récrié le notaire après un tressaillement de surprise bien mal réprimé, il peut chercher tout son saoul… Si le maire accepte de le laisser entrer…

- Il entrera, soyez-en sûr, messire Lann n'est pas homme à renoncer…

- Cessez de me fatiguer avec cette histoire qui ne me concerne pas. Qui êtes-vous, d'abord ?

- C'est un ami, vint à son secours Margery, que vous feriez bien d'écouter. Je suis moi aussi en danger par vos manières d'utiliser ma maison pour comploter !

- Que chantez-vous là ? Et devant un étranger encore ! Tout le monde est donc devenu fou aujourd'hui, et acharné à ma perte ?

- Vous feriez mieux de tout me dire, tenta Juan à tout hasard, espérant profiter de la situation pour glaner quelques renseignements. Mon maître, venu tout spécialement de France pour obtenir justice de la mort de Marticot, vous soupçonne fort. S'il se persuade que vous trafiquez pour Warwick, sa conviction sera faite et il vous livrera à Lann sans remords, mentit-il.

- Je ne suis pour rien dans la mort de Marticot, c'était un ami...

- Un ami à qui vous avez dérobé une bonne centaine d'écus...

- Il me les a laissés pour que je les remette à son frère... C'est vrai je les ai croqués... Cette garce les a croqués, s'échauffa-t-il, regardez-la, regardez-moi, comment pouvais-je résister à ses désirs ? Je voulais les rendre, des revers m'en ont empêché.

- Alors, tout était faux ? L'homme qui se faisait passer pour un neveu de Gaillard à qui vous aviez remis l'argent, le petit commis qui vous l'avait ramené et était mort le jour même... Tout était inventé ?

Stanton hocha la tête, accablé.

- Je n'ai plus un sou vaillant, ma mie, j'ai donné à Gaillard tout ce que j'avais et lui dois encore tant que je ne sais comment je vais pouvoir le rembourser... Il le faut pourtant, lui aussi me croit espion et menace de me livrer...

- N'est-ce pas la vérité ? Les armes étaient à bord de l'*Anaëlle*, n'est-ce pas ? Tout est clair maintenant : Vous êtes le dernier à avoir parlé à sa patronne avant qu'elle ne quitte précipitamment le port pour Cardiff où Warwick a un château... Tout vous accuse...

- Je suis notaire, clerc...

- Et puis que m'importe, fit brusquement Juan, tout ce que je sais, c'est que si vous restez là, Lann aura tôt fait de vous pendre, vous et Margery. Mais dites-moi au moins une chose : êtes – vous pour quelque chose dans la mort de Marticot ? L'avez-vous fait tuer pour cacher votre vol ?

- Stupidité ! Gaillard savait déjà que son frère allait me donner de l'argent pour lui, que pouvais-je encore cacher en le faisant disparaître ? Et comment aurais-je pu organiser cette attaque de pirates près de Bordeaux depuis ici ?

- Un complice...

- Un complice ! Qui allait me réclamer la plus grosse part du vol alors que Margery vous dépense cent écus à peine le temps de relever l'ourlet de sa robe ?

Juan avait réfléchi un moment.

- Soit. Je dirai tout cela à mon maître. Mais si j'étais vous, je prendrai place à bord du premier bateau pour Cardiff, car je ne doute pas que vous trouverez protection là-bas... Et je n'en reviendrai que lorsque Lann m'aura oublié. Je vous laisse, vous avez sans doute beaucoup à vous pardonner, l'un et l'autre. Ne vous attardez cependant pas trop : Lann sera ici au lever du jour prochain, soyez-en sûr !

Juan les avait quittés sur ces entrefaites et s'était dirigé vers la maison des Russ où il comptait laisser au passage quelques nouvelles de Thomas. C'est à ce moment-là qu'il était tombé fort à propos sur Paula, étroitement surveillée par les hommes de Lann.

* * *

Juan rejoignit John Russ alors qu'il quittait le domicile du maire, tard dans la nuit. Chemin faisant, le père de Thomas lui apprit la délicate position dans laquelle se trouvait son fils. Consterné, Juan s'arrêta :

- Je ne peux vous accompagner plus avant, Messire, je risquerais de me trouver moi aussi captif des hommes qui gardent Paul. Je reste seul libre de mes mouvements, mais comment en profiter pour nous tirer tous de ce guêpier ?

- Une porte donne sur une ruelle à l'arrière de mon logis. Attendez-moi là, je viendrai vous ouvrir. Vous vous cacherez dans une pièce que nous avons là en attendant que le chemin soit libre.

Les hommes de Lann partirent annoncer à leur maître la nouvelle de la reddition de la ville sitôt que Messire Russ leur en fit part. Caché derrière une tenture, Juan vit Paul quitter la demeure, encadré des soldats, le visage soucieux mais ferme. John avait eu à peine le temps de l'informer en catimini de la présence de Juan, toujours libre et caché dans la maison et de lui glisser à l'oreille les découvertes de Juan concernant la culpabilité de Stanton pour le vol et sa probable activité au service de Warwick.

- Regarder sans pouvoir agir le pauvre Paul faire bonne figure en rejoignant Thomas dans quelque cachot me couvre de honte, maugréa Juan, Il faut les en délivrer avant que Lann ne visite la ville et soit convaincu de la présence des armes à bord de *L'Anaëlle*... De plus s'il apprend que j'ai averti le notaire...

- J'ai obtenu du maire qu'il entre en ville avec un détachement limité dès l'ouverture des portes. Il doit maintenant tenir parole et les libérer. Il ne passera qu'à cette condition.

- Espérons-le... Nous avons déjà été les dindons de sa duplicité...

- Juan m'apprend que le replet Stanton a subtilisé les écus par amour pour la belle Margery, fit John comme maîtresse Russ entrait dans la cuisine venant aux nouvelles, la connais-tu ?

- Qui ne la connaît pas ! Les hommes semblent frappés de stupeur quand elle passe ! Et les commères y vont de leurs hypothèses sur sa brusque fortune dès qu'elle s'éloigne ! Nous savons maintenant d'où viennent les écus qu'elle dépense sans compter... C'est donc à cause de cette fille et de la bêtise des hommes que mon fils est en bien fâcheuse posture...

- Il sera libre demain, la rassura son époux, nous en serons quittes pour le désagrément de la présence des soudards de Lann en ville quelques jours...

- Et la rancune des bourgeois humiliés qui t'en rendront responsable ajouta-t-elle.

- Aymon nous a causé, il est vrai, bien des désagréments en chargeant Thomas de cette mission, mais il était guidé par son grand cœur...

- Je dois retourner aux abords du manoir de messire Lann, fit Juan pour les soustraire à la dispute qui menaçait, peut-être auront-ils besoin d'aide...

- Les portes de la ville sont fermées pour la nuit et je fais confiance à Lann pour qu'il ne laisse pas s'enfuir ses otages si près du but. Reprenez des forces, vous tombez de sommeil, la nuit de Thomas doit être beaucoup moins agréable que celle que vous pouvez passer ici, profitez-en !

* * *

Dans sa prison, Thomas ne passait pas une si désagréable nuit que sa mère pouvait le supposer. Étrange, certes. Perturbante, peut-être. Encore que, dévêtu contre le corps nu de Bridget dans les couvertures où ils s'étaient enroulés, il semblait s'être rendu à la philosophie de la fine et belle Anglaise et avait jeté au diable ses scrupules. Ce dont on ne pouvait somme toute le blâmer étant donné la beauté, l'insistance et la fraîcheur presque naïve de la jeune femme.

Pour l'heure, avant que les remords ne viennent le troubler, il était surtout partagé entre le désir de posséder une fois encore le corps souple lové contre lui et l'appréhension du retour de Paula. Crainte qu'il ne pouvait signifier à Bridget sans dévoiler le sexe réel de son aide. Tout en répondant aux caresses de l'insatiable épouse de Gaillard de Fins, il essayait désespérément de trouver de quoi donner du grain à moudre à Lann. Car il ne fallait pas oublier (ce qui était plutôt malaisé lorsque sa paume englobait un sein menu mais charmant et qu'une main féminine se faisait tendre sur son ventre) que Bridget était là envoyée par Lann pour lui extorquer des confidences. Que lui dire qui écarte ses soupçons d'Anaëlle et de son probable complice le notaire ? Il lui fallait pourtant trouver rapidement. Et vite mettre fin à cette parenthèse certes délicieuse mais qui ne pouvait que compliquer un peu plus son existence. Dégageant une mèche folle qui barrait le visage souriant les yeux mi-clos, de Bridget, il baisa les lèvres qu'elle lui tendait en pensant que désormais il y regarderait à deux fois avant de condamner une femme infidèle… Il est des oiseaux qu'on ne peut mettre en cage, voilà tout, et que Dieu et les bien-pensants dégoisent autant qu'ils veulent, il faut profiter des plaisirs de l'existence sans attendre demain… Pensa-t-il en frémissant car peut-être Lann avait-il déjà décidé de décorer demain l'un de ses chênes de son corps se balançant au bout d'une corde. Quand même, affronter une Paula forcément d'un avis différent, même sa dernière nuit, est une autre histoire !

- *Il te faut partir, ton époux doit être mort d'angoisse à ton égard...* Chuchota-t-il à l'oreille de Bridget, *voilà ce que messire Lann doit entendre...* Il haussa la voix : Le chargement de *l'Anaëlle* comptait en sus de la cargaison confiée à Marticot par mon oncle, cargaison que l'on peut facilement contrôler puisqu'elle est encore dans les entrepôts de mon père, une trentaine de tonneaux de claret dont Anaëlle ignorait la destination. Je lui ai, je l'avoue, suggéré de vendre ce vin pour vous venir en aide. Mais un messager de Warwick en a revendiqué la propriété et a exigé qu'il lui soit livré à Cardiff au plus vite. Voilà tout : si armes il y avait, elles l'étaient à l'insu de tous, à moins que cela ne soit que du vin, avec lequel messire Warwick comptait se saisir du trône en enivrant les troupes du roi !

Thomas laissa le silence emplir de nouveau son cachot. Il avait fait ce qu'il pouvait. L'explication était fragile, mais tant que Lann n'aurait pas de preuve, elle assurait tout à la fois sa sauvegarde et celle de sa famille.

* * *

- Debout ! Le jour se lèvera bientôt, il n'y a pas de temps à perdre, je tiens à placer des hommes à chaque porte de la ville avant qu'elles ne s'ouvrent.

Lann était là en personne pour les tirer du sommeil.

Thomas se réveilla à grand-peine, tardant à comprendre comment Paula avait remplacé Bridget contre lui. Puis tout lui revint, le départ de la jeune Anglaise, bientôt suivi du retour de Paula, jetée sans ménagement près de lui... Elle s'était endormie presque aussitôt, comme assommée. Refroidie par ses vêtements trempés, elle tremblait en geignant dans son sommeil. Il savait bien qu'elle était là de sa propre volonté, elle l'aurait suivi jusqu'aux Indes, il se sentait pourtant grandement coupable de l'avoir entraînée dans une si sale affaire. Il lui avait enlevé ses vêtements mouillés avec mille précautions, sans la réveiller, s'était serré contre elle pour la réchauffer, enroulés tous deux dans la même couverture que tout à l'heure en compagnie de Bridget... Mécontent contre lui-même, embarrassé par les remords qui n'avaient pas tardé à l'envahir, il ne s'était endormi que longtemps après, bercé par la respiration enfin apaisée de Paula.

- Pourquoi nous gardez-vous encore en otage ? Paul a obtenu ce que vous désiriez, non ? En outre, *l'Anaëlle* n'a en rien participé au trafic que vous lui reprochez... Nous ne sommes que de paisibles marchands qui ont voulu venir en aide à un compatriote exilé...

- Bridget m'a répété tout cela cette nuit, juste après vous avoir quitté... Dit-il, voulant sans doute blesser Thomas en lui révélant la trahison de sa maîtresse d'un instant.

Thomas eut un sourire vengeur intérieur "c'est nous qui nous sommes joués de toi, mon gros, et en joignant l'utile à l'agréable encore !" son regard tomba sur Paula toujours endormie et les remords refirent leur apparition.

- Je ne vous libérerai que lorsque je serai entré dans Bristol. Et mes hommes vous empêcheront de quitter la ville tant que je ne vous en aurai pas donné l'autorisation, fit-il en tournant les talons, j'espère vous trouver à cheval dès que j'aurai pris congé de la dame qui a eu la bonté de m'honorer de sa présence pour la fin de cette nuit !

Ils se vêtirent à la hâte, enfilant en grimaçant des vêtements toujours presque aussi détrempés que la veille.

- Qu'a-t-il voulu dire ? Que s'est-il passé pendant mon absence ? Fit Paula, je feignais de dormir, me demandant comment me rhabiller sans qu'il découvre mon secret, pourquoi croirait-il plus les explications de Bridget que les nôtres ? Il a dit "juste après", après quoi ?

- Après ton départ... Mentit-il, il est sorti juste après ton départ et je les ai vus revenir ensemble un peu plus tard... Hâtons-nous, nous reparlerons de tout cela quand nous serons libres...

* * *

- Il faut prévenir Stanton, fit Thomas dès qu'il s'éloigna de Lann, accueilli par son père venu, au côté du maire en personne, veiller au bon déroulement de l'échange, si Lann a vent de ses activités, il est perdu et nous avec...

- Tranquillise-toi, il est loin. Juan est allé lui-même veiller à son embarquement à bord d'un pêcheur en partance pour l'Islande qui fera une discrète halte près de Cardiff. Quant à Margery, j'ai accepté, sur l'insistance de Juan d'ailleurs, de lui trouver un emploi, en attendant sans doute qu'elle puisse recommencer à plumer un autre poulet...

- Qu'allons-nous faire ? Nous savons maintenant qu'Anaëlle trafique des armes pour Warwick, que Stanton est le voleur d'écus, mais l'un comme l'autre jurent leurs grands dieux qu'ils sont innocents de la mort de Marticot...

John et Paula échangèrent un regard désabusé. Thomas était encore assigné à résidence à Bristol que déjà il reprenait la suite de son enquête comme si de rien était !

- Nous allons commencer par nous restaurer ! Fit Paula. Quelque part où il fait chaud. Et avec des vêtements secs, je pense pouvoir être de nouveau capable d'écouter dans quels nouveaux tracas tu te proposes de nous entraîner...

- Tout de même, reprit-il obstinément, je ne vois pas Stanton en train d'escalader les toits pour venir tenter d'assassiner Anaëlle, avec son embonpoint, il ne passerait même pas par la fenêtre ! Je ne crois pas non plus que ce soit lui qui nous ait décoché un carreau d'arbalète lorsque nous sommes allés pour la première fois chez Gaillard de Fins…

Paula, John et Juan jetèrent le même regard inquiet autour d'eux. Un meurtrier se cachait-il au sein de la foule venue conspuer la petite troupe qui accompagnait Lann en ville ? Qui, si ce n'était pas le notaire ? Ils activèrent le pas, se frayant un passage à grand-peine dans la foule apparemment peu effrayée, elle, par l'air menaçant des hommes de Lann qui semblaient vouloir commencer leurs investigations du côté du port.

- Messire Russ ! Je vous prie de nous accompagner à vos entrepôts… Lann venait de les rattraper. Je me propose de commencer par examiner cette cargaison…

- Qu'il en soit ainsi, jeta John brièvement. Rentrez vous mettre au chaud, mes enfants. Je n'en ai que pour un moment.

* * *

En passant devant la dernière ruelle avant la maison des Russ, une voix les interpella.

- Messire Russ… Les hommes de Lann ne sont pas avec vous ?

- S'ils y étaient vous le sauriez déjà, répondit Thomas, bougon. Que nous voulez-vous ? Et sortez de l'ombre, que l'on vous voit…

- Je dois vous parler… Le temps presse, mais je ne peux risquer d'être vu en votre compagnie… Venez.

Ils s'engouffrèrent à sa suite dans la ruelle quasi déserte. Ne perdant pas de l'œil la longue silhouette encapuchonnée qui se hâtait devant eux ils parvinrent à une tour en ruine, vestige d'anciens remparts. L'homme se tourna à demi, vérifia que personne ne les avait suivis. Rassuré, il leur fit signe d'entrer à sa suite.

Craignant quelque traquenard, ils se ruèrent, l'épée à la main par l'étroite ouverture. L'homme était là, les attendant calmement.

- Ne craignez rien, je suis au contraire venu vous demander assistance. Il sembla hésiter un moment, les regardant tour à tour. Je suis un ami de messire Stanton. Ce matin, je ne l'ai pas trouvé chez lui, je suis inquiet. Je sais que messire lui a parlé hier, fit-il en désignant Juan, je sais aussi que vous avez eu maille à partir avec Lann tous les deux, vous savez peut-être où le trouver…

- Que voulez-vous à Messire Stanton ? Quelle sorte d'ami êtes-vous ? Du genre… comploteur ? Ou du genre voleur, voire même assassin ?

- Nous avons un ami commun, lui et moi, répondit-il passant sur l'insulte, un illustre ami que nous aidons de notre mieux au péril de notre vie. Mais il nous faut partir vite, nous cacher loin de cette ville… Les choses vont de mal en pis depuis votre arrivée, Messires.

- Croyez bien que nous ne l'avons pas cherché. Votre ami Stanton est loin et quant à vous, j'ai peur qu'il ne soit bien tard pour vous mettre en sûreté. La première chose qu'a faite Lann c'est de boucler les sorties de la ville et de se rendre au port pour y interdire le départ de tout bateau…

- Cachez-moi, le temps que Lann s'éloigne, s'il me soumet à la question, je sais trop de choses dangereuses pour beaucoup de gens…

- N'avez-vous pas peur que nous ne décidions de vous faire taire, euh, définitivement ? Cela serait sans doute la plus sage décision pour nous…

- Vous voulez retrouver la Bretonne… Je peux vous aider à rencontrer messire Neville, à Cardiff. Il se flatte d'être l'ami de votre roi, Louis. Cela peut être un appui considérable, pour un marchand ambitieux…

- Ma seule ambition est de retourner sauf en France avec mes amis. Thomas se gratta la tête, brusquement frappé par une évidence : dis-moi, l'ami, ne serais-tu pas celui qui…

- C'est moi… Maître Le Cloarec devait se rendre directement à Cardiff avec les armes. Lorsque j'ai vu l'*Anaëlle* entrer dans le port j'ai compris que quelque chose ne tournait pas rond. Avec Edmond nous avons décidé de contacter la fille de Le Cloarec dès que nous avons appris par les vantardises de ses marins votre mésaventure en quittant l'estuaire. Évidemment c'est moi qui m'en suis chargé. Ce n'est pas lui qui irait se promener sur les toits ! J'avais une dague à la main, mais dieu m'est témoin que je ne lui voulais aucun mal, sa blessure est un malheureux accident, elle m'a sauté à la gorge à peine arrivé près de son lit ! Un vrai démon ! J'ai dû m'enfuir sans la prévenir du danger qu'elle courait… Elle ignorait qu'elle transportait de quoi la faire pendre, n'est ce pas ?

- Stanton a heureusement pu la contacter à temps. L'embuscade dans la forêt, c'était aussi vous ?

L'homme hocha la tête.

- Stanton voulait vous effrayer, vous contraindre à partir. Vous attiriez un peu trop l'attention sur nous.

- Il voulait surtout que nous cessions d'enquêter sur le vol des écus de Marticot ! Vous a-t-il dit cela ? Non, bien sûr. Votre ami était aussi un filou, qui n'a pas hésité à mettre de pauvres gens dans l'embarras pour combler de présent sa maîtresse.

- La passion d'Edmond pour les femmes était sa seule faiblesse... Pourvu qu'elle n'ait pas causé sa perte...

- Rassurez-vous, il a quitté Bristol pour Cardiff cette nuit... Que pouvons-nous faire de vous ? Nous ne pouvons vous cacher chez Messire Russ, il a une trop nombreuse maisonnée pour que votre présence reste secrète...

Thomas intervint :

- Margery vous accueillera. Ne serait-ce que pour faire oublier un peu ses torts envers Messire Stanton. Restez ici, elle vous conduira chez elle dès que nous l'aurons fait prévenir. Essayez de ne pas être vus entrant à son domicile et n'en sortez plus tant que les hommes de Lann sont en ville.

- Pourquoi ne pas fuir tous ensemble comme Stanton ? Fit l'homme, Lann ne peut surveiller tous les quais...

- Mais il peut faire fouiller tous les bateaux qui quittent la ville ! De plus notre fuite serait un aveu de culpabilité et Lann se vengerait aussitôt sur mes parents, dit Thomas, non, il nous faut rester et espérer qu'il ne trouvera rien qui le conforte dans ses soupçons concernant *l'Anaëlle*. Ensuite, nous déciderons si nous devons ou non nous rendre à Cardiff.

- Quoi ? S'exclama Paula, pourquoi donc irions-nous à Cardiff ? Et alimenter ainsi les soupçons de Lann ? S'il l'apprend tes parents sont perdus !

- Pourquoi l'apprendrait-il ? Si ce n'est pas Stanton qui en est responsable, je veux savoir qui a commandé la mort de Marticot et l'attaque de *l'Anaëlle*. Je veux qu'ils paient pour ce qu'ils ont fait. Qui nous dit qu'ils n'attaqueront pas de nouveau un navire dans l'estuaire ?

- Tu veux plutôt retrouver cette fille, fit-elle, profitant d'un instant où le complice de Stanton s'était éloigné.

Thomas sembla sur le point de répondre mais le souvenir de Paula, frissonnante dans la geôle de Lann, l'arrêta :

- Je ne crois pas... Hésita-t-il, je dois y aller, mais si tu préfères rentrer directement à Bordeaux je ne t'en voudrais pas. C'est mieux ainsi d'ailleurs, je t'ai fait courir bien assez de dangers...

- Et te laisser seul avec Anaëlle ? Non. Je n'ai pas encore baissé les armes, Messire Russ, dit-elle en scrutant l'expression lasse qu'avait pris son visage, étonnée de n'y point trouver le regard fuyant qu'elle y voyait depuis qu'ils avaient quitté l'estuaire.

- Nous n'en sommes pas là, conclut-il enfin. Je doute que Lann ne nous laisse tranquille si facilement. Il doit avoir à cœur de fournir un coupable à son roi.

* * *

Lann, finalement, fut assez facile à convaincre. On ne sait comment, le bruit courut que des bourgeois de Bath se livraient à quelque contrebande entre Bristol et Cardiff, utilisant les services de maître Le Cloarec. Lassé de parcourir les ruelles de Bristol et de fouiller entrepôt sur entrepôt, il abandonna, au bout de deux jours, appelé il est vrai, à de plus nobles activités auprès du roi. Il vint en personne avertir le père de Thomas de la fin de ses recherches et lui "conseiller" fermement de mettre son fils et son ami dans le premier bateau en partance pour Bordeaux.

À peine eut-il le dos tourné que Paula, Thomas, Juan et Hugh, le complice de Stanton, peu désireux de risquer un retour de Lann dans Bristol, embarquaient pour Cardiff sur un basque chargé de pèlerins.

* * *

- 8 -

La traversée fut rapide. Et c'était une bonne chose. Le seul navire qui ait accepté de les conduire à Cardiff était une barque bayonnaise chargée de pèlerins anglais en route pour Compostelle. D'à peine cinquante tonneaux, elle ne mesurait pas plus de vingt mètres et sa cale étant pour sa part occupée par un chargement de drap, les voyageurs s'entassaient sur le pont, bousculés par l'équipage, aspergés par les embruns glacés, à peine protégés de la pluie par des toiles tendues au-dessus du pont.

Thomas pensa que rien au monde ne l'aurait convaincu de risquer dans ces conditions une des redoutables tempêtes du golfe de Gascogne. Fallait-il que la foi qui conduisait les pèlerins anglais vers Compostelle fût solide ! Dormant à même le pont détrempé, sans eau douce pour dessaler leurs hardes raidies par le sel, contraint, le temps d'une traversée pouvant durer deux semaines si le vent n'était pas favorable, de supporter la promiscuité avec des compagnons gémissants, le plus souvent malades, au milieu de la puanteur des diverses déjections…

Malgré la petite fortune que leur avait coûtée le détour, le capitaine du navire les abandonna sur une plage à deux lieues de Cardiff, ne souhaitant pas attendre que la marée soit favorable à leur entrée dans le port.

Hugh les guida à travers une lande désolée, sur un chemin qui les conduisit rapidement dans les faubourgs de la ville. La bruine qui n'avait cessé de tomber se transforma en une brume épaisse et glaciale. Quelques pauvres habitations se succédaient de part et d'autre de la route boueuse, fantomatique. Sans s'en être rendu compte, Thomas se retrouva soudain au bord d'un solide ponton de bois. À quelques encablures, des navires à l'ancre apparaissaient par intermittence dans les volutes de vapeur d'eau.

Il se retourna vers Hugh qui affichait un sourire suffisant, entouré du reste de leur petite troupe. Derrière lui une bâtisse affichait des fenêtres éclairées par la lueur mouvante de ce qui devait être un attirant foyer.

- Où sommes-nous ?

- Ceci est le port de Cardiff ! Répondit le complice de Stanton, accompagnant son ton triomphant d'un geste théâtral. N'est-ce pas là que vous désiriez vous rendre ?

- Mais… Nous sommes entrés en ville sans franchir de murailles ? Fit Paula, cette ville n'est donc pas défendue ?

- Si fait ! Et par une solide enceinte tout juste finie d'être bâtie. Mais vous ne l'avez pas vue avec ce brouillard… Et les meilleures défenses ont toutes leur faille…

- Ce qui signifie que vous êtes déjà venu ici… Continua Thomas.

- J'y suis né, Messire, je suis Gallois et fier de l'être. Venez ! Les gens qui fréquentent cette taverne ont chacun leur petit secret à préserver, ce qui les incite à ne pas être eux-mêmes trop curieux. La nuit tombe et leurs lits, bien que pouilleux, seront toujours plus accueillants que ce quai humide.

Ils s'assirent à une table poisseuse pas trop éloignée du feu, inquiets tout de même des regards sombres qui les dévisageaient. Des turbans qui enserraient les cheveux des hommes aux coutelas plantés sur les tables, tout était réuni pour créer une atmosphère des plus inquiétantes encore alourdie par le silence qui accompagnait leur arrivée.

- Ce sont des pirates ? Demanda Paula en chuchotant.

- Pirates, contrebandiers, tous gens d'honneur si vous ne les tentez pas en exhibant une bourse un peu trop pansue comme vous le faites en ce moment…

Elle rabattit prestement sa cape sur l'objet convoité.

- Pouviez-pas le dire plus tôt ? Maugréa-t-elle tandis qu'il éclatait de rire et que Juan plantait sa dague dans le bois de la table, pour passer inaperçu sans doute.

- Commandez-nous plutôt de quoi oublier cette immonde traversée : soupes fumantes et tourtes…

Hugh héla le tavernier en une langue qui les laissa interdits.

- Quel dialecte est-ce là ? Fit Thomas, ces gens-là ne parlent-ils pas anglais ?

- De l'autre côté du Channel seulement, lorsque ils y trafiquent. Mais ne vous avisez pas de leur parler anglais ici… Les Anglais ne sont pas trop les bienvenus voyez-vous, vous êtes ici en pays gaélique…

"Ce qui signifie que nous ne pouvons pas nous passer de vous" conclu intérieurement Thomas. Fort bien, nous avions de toute façon besoin de lui pour retrouver Stanton, se consola-t-il.

- N'ayez crainte, je suis avec vous, continua Hugh comme s'il lisait ses pensées, je n'oublie pas que vous m'avez évité de tomber entre les mains peu fréquentables de Lann.

Les conversations reprirent autour d'eux quand ils plongèrent le nez dans leurs écuelles de soupe. Le goût en était des plus insolites, pour ne pas dire infâme, mais elle fumait à plaisir et c'était le plus important.

- Qu'allons-nous faire ? Demanda Paula d'un ton qui exprimait clairement son déplaisir de ne pas être en route pour Bordeaux.

- Dormir, fit Hugh, qui semblait s'être élu chef de leur petit groupe, la nuit tombe. Je chercherai demain des amis qui auront peut-être des nouvelles de sir Stanton.

* * *

Ils durent se contenter d'une chambre zébrée de courants d'air glacés et pourvue d'un unique lit, assez grand toutefois compte tenu du froid qui les incitait à se serrer les uns contre les autres. Quand le tapage des clients quelque peu éméchés se fut calmé, ils s'endormirent sans mal, bercés par les ronflements sonores de leurs voisins tous proches derrière les minces cloisons de bois qui séparaient les chambres.

- Messire… Messire Thomas !

Thomas ouvrit un œil, désorienté au sortir d'un rêve où il se débattait, attiré vers les profondeurs d'un océan sombre et glacé par une créature marine dotée de trois visages féminins qu'il ne connaissait que trop bien. Il identifia finalement la voix de Juan qui chuchotait son nom avec insistance.

- Qu'y a-t-il, Juan ? Finit-il par murmurer à son tour.

- Il y a que notre nouvel ami Hugh est sorti depuis trop longtemps pour que cela soit pour satisfaire un besoin naturel…

- Bon sang ! Jura Thomas, en se levant d'un bond. Il hésita un instant à réveiller Paula, mais la respiration paisible de sa compagne, et peut-être un fond de méfiance restant de son rêve, l'en dissuadèrent.

- Allons voir ça !

Ils sortirent sans bruit, faisant à peine plus craquer les marches que les rats qu'ils dérangèrent. Dehors, le temps était épouvantable. La brume avait encore épaissi, leur donnant l'impression de se mouvoir dans un milieu indéterminé, ni eau ni air. Cardiff dormait, calfeutrée derrière les épais contrevents de bois. Pas une lumière ne filtrait à travers le brouillard, si ce n'était la lune qui fournissait une fugace lueur quand des lambeaux de nuage se déchiraient. Ils auraient tout aussi bien pu garder les yeux fermés.

La voix de Thomas parvint à Juan, bizarrement étouffée et lointaine.

- Ne nous éloignons pas. Si nous perdons de vue la porte de l'auberge, nous pourrions errer des heures sans la retrouver !

- C'est peut-être ce qui est arrivé à Hugh, fit Juan.

- J'en doute. Il est ici chez lui et baigne dans cette diablerie depuis son enfance… Je ne me plaindrai plus jamais des quelques vapeurs qui montent parfois de la Garonne !

- Vous voulez dire qu'il a profité du brouillard pour nous fausser compagnie, sachant que nous serions bien incapables de lui courir après ?

Thomas ne répondit pas, occupé à peser leurs chances de retrouver Anaëlle, et accessoirement Stanton, sans l'aide du Gallois.

- Rentrons, finit-il par dire. Nous verrons cela demain, mais je commence moi aussi à me languir de notre Gascogne…

* * *

Ils se réveillèrent tard, les autres clients de l'auberge, sans doute peu pressés par le travail, étaient pour la plupart toujours endormis. Force fut à Thomas de constater que leur guide n'était pas revenu. Paula reçut la nouvelle en l'accablant de sarcasmes.

- Nous voici donc dans une ville que nous ne connaissons pas, sans guide ni allié, à la recherche d'une fille dont nous ne savons pas si elle y est encore, si seulement elle y est venue…

- Il doit être du moins facile de voir si son bateau est dans le port, rétorqua Thomas, maussade.

- Venez ici, Messire Thomas, ironisa Paula, plantée à la porte de l'auberge, pouvez-vous me dire combien de bateaux vous distinguez ?

Thomas s'approcha docilement, ne se faisant pas d'illusion sur ce qu'il allait découvrir.

- Ce temps ne peut durer indéfiniment… Et de toute façon que m'importe Anaëlle ? C'est Stanton que nous devons retrouver… Lui seul détient la clef du malheur qui est arrivé à Marticot…

- Cesse de me balader avec ce Marticot, Thomas ! Je commence à en avoir assez de tes sornettes…

Juan s'était écarté comme d'habitude. Savait-il à quoi s'en tenir quant à la véritable identité de Paula ? À moins qu'il n'imaginât quelque amitié particulière entre Thomas et Paul, son commis pour tout le monde… Toujours est-il qu'il évitait soigneusement d'être le témoin de leurs disputes maintenant incessantes.

- Messires ! Regardez ! S'exclama-t-il. Là !

Un homme enroulé jusqu'aux yeux dans une cape et coiffé du même bonnet que Hugh semblait les observer, à quelques mètres à peine, immobile contre des ballots indéfinissables entassés le long d'un mur. Ils esquissèrent d'un même élan un pas dans sa direction. Aussitôt la silhouette glissa vers une ruelle et se fondit dans le brouillard.

Ils se ruèrent à sa poursuite sans avoir à se concerter. L'homme courait lui aussi devant eux maintenant.

- Es-tu sûr que c'est lui ? Haleta Thomas à Juan qui cavalait près de lui, ce genre de bonnet est plutôt répandu par ici…

- C'est lui… Pourquoi fuirait-il, sinon ? Souffla Paula, accélérez, si nous le perdons de vue, nous ne le retrouverons pas avec ce brouillard…

- Je vois surtout que nous allons nous perdre et peiner à retrouver l'auberge, maugréa Juan ; toutes nos affaires sont là-bas…

- Raison de plus pour ne pas le lâcher. Accélère Juan, il nous faut le rattraper à tout prix…

De quais en ruelles, d'escaliers en cours, la poursuite leur sembla durer des heures. Leur proie était infatigable. Haletant, exténués, ils couraient maintenant le long d'une imposante muraille au pied de laquelle des masures crasseuses s'étaient agglutinées en créant un hasard de ruelles tortueuses.

- Où est-il ? Chevrota Juan, effondré contre un tonneau empli d'eau croupie. Vous l'avez vu, Messire ?

- Il est entré là, je crois, répondit-il… Derrière cette charrette abandonnée…

Ils avancèrent prudemment, l'épée à la main. Ils devaient avoir l'air déterminés et bien sauvages, rouges et échevelés par la longue course car la rue se vida en un instant et ils entendirent des portes et des contrevents claquer tandis que des mères happaient leur marmaille dans la gueule sombre de logis bien vite claquemurés. Un silence étonnant pour l'heure tomba sur eux. Ils se décidèrent à pousser la porte où l'homme qu'ils pourchassaient avait disparu. Après un court passage sous un porche, ils se retrouvèrent au centre d'une cour encombrée de marchandises, certaines encore entassées sur les chariots à bras qui avaient dû servir à les amener depuis le port. Ils s'aventurèrent dans une remise tout aussi encombrée.

- As-tu vu ? Souffla Paula, ces tonneaux... Du vin de Gascogne... Qui peut avoir si peu de respect pour le travail des tonneliers pour les avoir défoncés avec si peu de précautions ? Ils ne sont plus bons qu'à servir de bois de chauffage ! Une famille de ce quartier pourrait pourtant vivre un an avec le fruit de la vente d'une barrique vide comme celles-ci !

- Sans parler du vin qui n'a servi ici qu'à abreuver les rats qui peuplent le fossé... Que s'est-il donc passé ici ?

- Peux-tu reconnaître les marques des barriques ? Fit Paula, se peut-il que ce soit le chargement de l'*Anaëlle* ?

- Pas à coup sûr... Fit Thomas en examinant les fûts, pourtant il me semble...

Un craquement les fit se retourner. Se découpant sur la lueur blafarde de la cour, des silhouettes leur barraient la sortie. Derrière la demi-douzaine de faces patibulaires du premier rang, d'autres se pressaient, plus indistinctes mais leur semblant une multitude. Les hommes avancèrent lentement, se déployant en un cercle implacable. Les bottes ferrées raclaient le pavé inégal en un piétinement menaçant. Étendant les bras, Thomas fit reculer ses amis jusqu'à ce qu'il sente la paroi rugueuse d'un mur contre ses épaules. Un regard circulaire le convainquit bien vite de l'absence de toute issue. Leurs agresseurs s'étaient arrêtés à quelques pas, les menaçant qui d'épées, qui de haches, qui de coutelas longs comme l'avant-bras dont la vue de la lame lourde et épaisse donnait le frisson.

- Mes amis, le moment est venu de nous dire adieu et de vendre chèrement nos trop courtes existences, murmura Thomas, la voix à peine modulée d'un imperceptible frémissement. Juan, nous ne pouvons plus qu'essayer de concentrer sur nous l'attention de cette racaille pour donner une chance à Paula de leur fausser compagnie...

- Attirons-les dans ce coin, peut-être dégarniront ils la porte, répondit Juan, sans s'étonner de la révélation du sexe du compagnon, plus exactement de celle qui était censée être le compagnon, de Thomas.

Ils relevèrent leurs épées, désespérés par le mur de muscles bandés face à eux.

- Mais que nous veulent-ils à la fin ? Fit Paula, comment une telle troupe de coupe-jarret peut-elle se réunir si vite pour occire trois petits Français trop curieux ?

- C'est ce Hugh qui nous a conduits tout droit dans ce traquenard. Voilà pourquoi il avait tant de mal à nous distancer malgré le brouillard ! Il veillait au contraire à ce que nous le suivions jusqu'ici...

- Voilà une bien singulière façon de nous remercier de nos bontés ! De ma vie je ne ferai plus confiance à un Gallois !

Thomas sourit tristement devant la boutade crâne de Juan. Leurs vies ne seraient plus bien longues maintenant ! Dans quelques instants ils se présenteraient devant leur Créateur, en compagnie d'autant de malandrins qu'ils allaient pouvoir embrocher avant de succomber... Il eut un instant d'hésitation, frémissant à l'idée que peut-être le Créateur en question était partisan de l'autre camp ! Il balaya ses doutes d'un sifflement de la lame de son épée.

- Prêts ? Fit-il entre ses dents.

- Messires, Messires ! Fit une voix qu'ils reconnurent aussitôt tandis que Hugh écartait le premier rang d'agresseurs avec les ménagements que le manque d'aménité des malandrins imposait, ne commettez rien d'irréparable ! Vous ne pouvez nous échapper, déposez vos armes, vous avez ma parole de Gallois qu'il ne vous sera fait aucun mal !

- Nous évoquions justement la valeur de votre parole, Hugh, fit Paula. Est-ce ainsi que vous nous remerciez de vous avoir évité la corde que Lann avait préparée pour vous ?

- Il me semble vous avoir déjà dit que je ne l'oubliais pas. Rendez-vous, vous aurez la vie sauve, je ne peux en dire plus.

- Le peu d'argent qu'il nous reste est à l'hostellerie, si c'est cela que vous recherchez. À moins que vous ne vouliez nous rançonner ?

- C'est une fort bonne idée. Il y a sans doute quelqu'un à Bordeaux tout prêt à vous échanger contre une bourse bien remplie... Nous allons songer à cela... Quoique la profession de mes amis leur assure un confortable revenu. Vous rendez-vous ?

Thomas réfléchit un court instant.

- Ces gens-là ont ordre de nous capturer. Vivants. Fit-il entre ses dents à l'intention de ses compagnons. Il les consulta d'un rapide coup d'œil tout en continuant : et moi je n'ai pas l'intention de me laisser capturer une deuxième fois sans combattre, j'en ai plus qu'assez des cachots de ces foutus godons ! Continua-t-il croisant déjà le fer avec l'adversaire qui lui faisait face. Il eut à peine le temps de voir Paula à sa droite engagée elle aussi contre un géant au crâne couvert d'un foulard rouge tandis que Juan à sa gauche était aux prises avec un gnome qui le tenait pour l'instant à distance en faisant tournoyer sa hache devant lui. Un éclair éblouissant lui traversa le crâne et le noir se fit doucement tandis que la paille de la jonchée se précipitait vers lui.

* * *

- Que s'est-il passé ? Fit-il, reconnaissant le visage de Paula penché sur lui, sommes-nous morts ?

Elle sourit, heureuse de le voir revenu à la vie :

- Non, pas ! Mais votre fureur aurait bien pu nous y conduire, Messire Thomas ! Des hommes que nous n'avions pas vus sont tombés sur nous depuis la charpente… Celui qui s'est occupé de toi t'a allongé d'un seul coup de poing sur la nuque. Il doit être capable de tuer un bœuf ainsi… Tu m'as fait peur, chuchota-t-elle en lui caressant la joue, sans se soucier de se cacher de Juan qui les observait en silence assis contre le mur, tu es resté totalement immobile depuis qu'ils nous ont jetés ici. Vas-tu bien ?

- À vrai dire si tu pouvais chasser le carillonneur qui fait résonner mon crâne comme toutes les cloches de Saint-André, je crois que tout irait bien… Il tenta de s'asseoir mais y renonça, préférant tout compte fait garder sa tête posée sur le coussin apaisant de la cuisse de sa compagne. J'ai bien cru notre dernière heure venue, fit-il.

- Il semble que cela soit partie remise… Encore que nous ne sachions pas quel sort nous est réservé… Ni qui nous détient prisonniers ici…

- Des pirates, jeta négligemment Juan. C'étaient des pirates continua-t-il : leurs armes, leurs foulards, leurs crânes rasés…

- Se faire capturer en pleine ville par des pirates ! Ces gens-là ne peuvent-ils donc pas rester à leur place, sur un bateau au beau milieu de l'océan ? Tout d'abord à Talmont, maintenant ici, toute la piraterie a-t-elle décidé de s'allier pour me séquestrer ?

- Il est vrai que cette nouvelle rencontre prête à réfléchir… Songea Paula. As-tu reconnu certains des pirates qui t'ont capturé à Talmont ?

- Non, ils étaient aussi laids, mais la ressemblance s'arrête là ! Il ferma les yeux un moment, pour essayer de faire refluer la douleur qui taraudait sa nuque. Il doit pourtant bien y avoir un rapport entre eux... Il me semble que nous sommes près de boucler le cercle qui doit nous ramener chez nous...

- Les pirates anglais et bretons ne cessent d'attaquer les convois de marchands français. On dit que le roi Louis a enfin déjoué les manœuvres des seigneurs de la ligue du bien public[17], mais François de Bretagne et le duc de Bourgogne n'ont pas dit leur dernier mot... S'ils parviennent à convaincre Edouard de reprendre la guerre sur le continent...

- Je n'entends rien à toutes ces alliances, maugréa Juan, les Anglais que j'ai rencontré dans les tavernes de Bristol sont tous convaincus que la couronne de France appartient à Edouard... Si celui-ci a la même envie de se revancher des Français, Philippe de Bourgogne ne devrait pas avoir trop de mal à le convaincre !

- Les pirates de Talmont qui ont attaqué l'*Anaëlle* ne sont que des malandrins sans maître, affirma Thomas. S'ils étaient complices d'Edouard, il y a beau temps que Louis leur aurait envoyé une armée... Quant à ceux qui nous retiennent ici, Cardiff est anglais malgré les rebelles qui ne renoncent toujours pas à rétablir un royaume gallois, mais le château est un fief du comte de Warwick, le protecteur de notre ami Stanton... Et Warwick est écarté chaque jour un peu plus du pouvoir par la famille de la reine...

Paula se pencha au-dessus du visage de Thomas. Malgré l'obscurité quasi totale il perçut sans mal sa rancœur :

- Es-tu en train de nous expliquer qu'après avoir été prisonniers de Lann, donc d'Edouard, nous sommes cette fois aux mains de la faction opposée ? Si tant est que nos pirates œuvrent pour Warwick...

- C'est fort possible, mais que nous veulent-ils ? Que nous reprochent-

---

17 En 1465 Louis XI était parvenu à mettre fin à la guerre civile entre lui et les seigneurs de la ligue du bien public. Néanmoins, les ducs de Bourgogne et de Bretagne continuaient à comploter contre lui. Edouard IV pour sa part, sans doute influencé par son épouse, penchait pour une alliance avec la Bourgogne qui contrariait fort le duc de Warwick en disgrâce, qui souhaitait lui un traité de paix avec Louis XI. Celui-ci, qui pour l'instant accueillait Marguerite, la reine malheureuse de l'autre faction de la guerre des deux roses (les Lancastres) pensait lui aussi qu'une alliance avec Edouard contrecarrerait les plans de son principal adversaire le duc de Bourgogne. Les missions diplomatiques de tous bords se succédaient entre Londres, la Bourgogne, Calais (encore aux mains de l'Angleterre et sous le commandement du Comte de Warwick) et la France.

ils ? Nous n'avons livré ni Hugh, ni Stanton et n'avons cessé de protéger Anaëlle, sans savoir qu'elle trafiquait pour eux il est vrai… Ce cachot est finalement moins froid que celui de Lann, continua-t-il, la jonchée y est épaisse et les couvertures ne grouillent pas de vermine. À quoi bon user notre salive ? Dormons, il n'y a que cela à faire si ce n'est prier pour que Hugh retrouve un peu de mansuétude envers nous…

* * *

Ils étaient là depuis quatre jours. Quatre jours ponctués par les visites régulières d'un geôlier qui leur portait trois repas copieux sinon raffinés, toujours chauds et accompagnés d'un pichet de vin de Bordeaux des plus convenables. Le temps leur paraissait s'étirer infiniment lentement, d'autant plus qu'une nouvelle dispute avait éclaté entre Paula et Thomas, et que depuis chacun gardait le silence. Même Juan commençait à trouver leur compagnie pesante et s'était enfermé dans un mutisme désapprobateur, enroulé dans sa couverture et ostensiblement tourné face au mur.

Morose, chacun s'interrogeait dans son coin sur l'avenir qui lui était réservé et craignait d'être indéfiniment oublié là, sans que personne, à l'extérieur, ne sache jamais ce qu'il était advenu d'eux.

Quelque chose pourtant finit par arriver. Ce quatrième soir, alors que le jour déclinait, la porte s'ouvrit sur un homme richement vêtu de drap d'un bleu profond et escorté par une suite tout aussi brillante de gentilshommes l'épée au poing. Derrière eux, un homme visiblement embarrassé se répandait en paroles débitées dans un français maladroit.

- Voyez, Messire, ils ont été bien traités tout de même, chaque jour trois repas… Ma meilleure cellule… Si j'avais su qu'ils étaient vos amis…

Amis ? Ils se regardèrent, ne connaissant pas plus l'un que l'autre le nouvel arrivant.

- Merci Sir Throkmorton, merci, jeta négligemment l'homme en français, cette fois sans que ses paroles ne soient déformées par le moindre accent, mes amis consentiront peut-être à vous pardonner si vous nous conduisez à dîner sans tarder.

L'homme était français, à n'en pas douter. Thomas et Paula par leur condition de marchand comprenaient et parlaient parfaitement la langue d'oïl, le français de la cour. Juan, pour sa part, qui écorchait déjà le gascon d'un épouvantable accent espagnol, roulait des yeux ronds complètement déconcertés.

Ils se laissèrent conduire jusqu'à une salle petite mais néanmoins agrémentée d'une cheminée ronflante. Une table garnie de victuailles fumantes les y attendait.

- Asseyez-vous, asseyez-vous ! Fit l'homme, je n'ai trouvé que ce modeste repas pour essayer de réparer la bévue de notre hôte. Sir Throkmorton, pour votre punition nous allons dévorer ces volailles sans vous : il me faut discuter avec ces honorables marchands de transactions que messire le comte souhaite garder secrètes.

Ils s'assirent autour de la table odorante quand le petit Anglais les eut quittés. La demi-douzaine de gentilshommes sans doute Français eux aussi s'installèrent à l'écart, devant une table tout aussi richement garnie.

- Sir Throkmorton est brave, j'espère que vous ne lui tiendrez pas rigueur de cette malheureuse méprise. J'avais envoyé un messager pour lui demander de vous retenir à Cardiff jusqu'à mon arrivée et il a, semble-t-il, opté pour un moyen un peu moins courtois que je ne m'y attendais pour vous garder près de lui ! Ajouta-t-il en riant, ignorant superbement les quatre jours d'angoisse vécus par les trois Bordelais…

- Qui est-il, fit froidement Paula, rappelant sa légitime rancune au Français, et qui êtes-vous vous-même ?

- Sir Throkmorton gouverne ce château en l'absence du comte, qui réside le plus souvent en son château de Warwick. Quant à moi, disons que je suis un ami du comte…

- C'est un peu imprécis ça, Messire, répliqua Thomas en piquant de sa dague un énorme quartier de canard. Il me semble que si c'est à vous que nous devons le repos involontaire que nous venons de prendre, nous sommes en droit de réclamer des explications un peu plus complètes…

- Que pensez-vous des liens qui sont en train de se tisser entre Edouard et la Bourgogne questionna le Français sans répondre aux interrogations de Thomas.

- Je n'ai rien à en penser tant que les uns et les autres ne règlent pas leurs comptes en piratant nos navires comme c'est trop souvent le cas…

- Il est vrai, il est vrai… Je sais qui vous êtes, Messire Russ… Il me faut vous confier une information de la plus haute importance… Auparavant, je dois vous avertir que vous devrez garder pour vous ce que vous allez entendre ce soir… En est-il de même pour vos compagnons ?

- Juan ne parle qu'espagnol et gascon et Paul est un second moi-même…

- Parfait, parfait… Ce que l'*on* m'a demandé de vous proposer peut mettre en péril bien des existences… Déclencher un conflit peut-être…

- Parlez, que diable ! Vos hésitations vont finir par faire tourner la cameline[18] de ce rôti…

- Êtes-vous loyal sujet de votre roi Louis ?

- Il me semble vous avoir déjà dit que je ne m'encombre pas de politique ! Cependant, si vous souhaitez m'entendre désapprouver ces grands seigneurs qui ont appelé Salut Public la défense de leurs privilèges, c'est chose faite. On dit que le roi les a roulés dans la farine et qu'ils cherchent maintenant alliance avec Edouard, au risque de voir la guerre reprendre sur notre sol, avec tous les malheurs qu'elle amènera aux pauvres gens… Si vous êtes du parti de ces rebelles, n'en dites pas plus et terminons ce repas…

- Je suis ami du comte, Messire… Il est en ce moment à Calais où Edouard l'a chargé de rencontrer le comte de Charolais, futur duc de Bourgogne, pour y discuter du mariage de sa sœur Marguerite…

- Il n'est donc pas si en disgrâce que cela ! S'exclama Paula.

- Edouard met à l'épreuve sa fidélité… Ou ne voit pas à quel point Sir Neville, comte de Warwick, est amer de voir que le roi ne suit plus ses avis… Mais sitôt sa mission accomplie il rencontrera secrètement des émissaires français pour négocier avec Louis un traité de paix qu'il ne désespère pas encore de faire accepter à Edouard à son retour. J'arrive de Westminster où j'ai rencontré des gens de l'entourage de la reine. Je dois rejoindre la France au plus vite pour rendre compte au roi et ne suis ici que sur son ordre… Sir Richard Neville s'entête à vouloir convaincre Edouard d'une alliance avec la France, mais le parti des Bourguignons est devenu trop puissant dans l'entourage du roi Edouard… Il n'y parviendra pas. Louis sait que le comte de Warwick est son plus sûr atout pour contrer l'influence de la Bourgogne auprès de la cour. Il est riche, compte de nombreux alliés parmi la noblesse anglaise, et son dépit, qui sait, peut en faire une arme puissante contre la Bourgogne. Il a conduit Edouard sur le trône, sans lui la maison d'York

18 Sauce épicée très utilisée au moyen âge : safran, cannelle, girofle, gingembre, poivre, pain détrempé dans le vinaigre…

n'aurait jamais vaincu Henri VI et la reine Marguerite. Ce que Richard Neville a fait, peut-être le comte de Warwick qu'il est devenu le défera-t-il un jour ?

- Vous me parlez encore intrigues, politique, trahisons… Ne vous ai-je pas déjà dit…

- Attendez. La nouvelle de vos mésaventures est parvenue aux oreilles du roi. Ne me demandez pas comment, mais sachez que Louis est informé presque quotidiennement de ce qui se passe de ce côté de la mer. Il suit avec intérêt vos efforts pour retrouver les meurtriers de Maître Marticot de Fins…

- En quoi la mort d'un marchand a-t-elle pu mériter l'attention du roi ? Commença Paula, à moins que… C'est donc cela ! Messire Lann avait donc raison ! L'*Anaëlle* transportait des armes !

- Le comte de Warwick craint pour sa sécurité. À moins qu'il ne commence à envisager de se dresser un jour contre Edouard. Il pourrait le faire… Il n'est pas loin de compter assez d'alliés pour s'opposer au clan de la famille de la reine, ces fichus Woodville qui ne voient que par la Bourgogne… Il a en tout cas dépêché un messager à Louis pour lui demander l'autorisation d'acheter des armes en France : c'est tout de même plus discret que de passer commande auprès d'armuriers Anglais ! Marticot était ce messager. Depuis la mort de son épouse, il commerçait avec sir Neville, et lui rendait parfois de menus services… Comme passer des messages entre Warwick et le roi Louis.

- Arrêtez là, Messire ! Nous ne sommes pas des espions. Je ne veux pour ma part aucunement entrer dans votre danse. Mon oncle, dont chacun à Bordeaux loue la sagesse, m'a toujours gardé de ces embrouillaminis. Sa seule politique concerne la bonne administration de la ville et le prix du tonneau de vin nouveau. S'il m'a demandé de faire le jour sur la mort de Marticot, c'est qu'il lui avait semblé inquiet pour son frère, drapier à Bristol…

- Le Roi m'a ordonné de vous faire confidence de tout ceci, l'interrompit l'homme en haussant à peine la voix, vous ne pouvez vous soustraire à son désir. Vous n'ignorez pas l'inflexible sévérité de sa colère : cet hiver encore, un artisan qui répandait de fausses nouvelles dans Paris fut écartelé, ses biens confisqués, sa veuve jetée à la rue, ses filles dotées et mariées de force à des archers que Louis souhaitait récompenser… Prenez garde de lui déplaire ou de ne savoir garder votre langue : il pourrait vous la faire perdre et vos têtes avec… Mais si vous le servez avec fidélité, il vous couvrira de bienfaits. Le choix est facile à faire, il me semble ?

- Soit ! Répondit Thomas sans cacher cependant son déplaisir. Paula, face à lui et tournant le dos à l'émissaire lui faisait des signes furieux, le menaçant d'une explication qui promettait d'être orageuse. Qu'attend de nous notre roi ?

- Vous allez voir, bien peu de chose. Tout d'abord, poursuivre votre enquête. Il ne peut y avoir d'entrave entre Warwick et Louis.

- Qu'importe, Marticot est mort !

- Un autre messager a déjà pris sa place. Louis veut que vous démasquiez le meurtrier de Marticot. Lui ou Sir Neville se chargera de son châtiment.

- Mais nous savons qui a tué Maître de Fins ! Ce sont les sombres brutes qui rapinent l'estuaire…

- Ne vous faites pas plus sot que vous ne l'êtes. *Ne me prenez pas pour un sot*, fallait-il plutôt comprendre. Thomas le comprit et se tut. Nous disions tout à l'heure que Marticot de Fins accompagnait un chargement d'armes. Le roi veut être sûr que la mésaventure qui vous est arrivée n'est pas due à ce chargement. Dans le cas contraire, il exige le nom du responsable. Mais c'est un peu ce que vous soupçonnez, n'est-ce pas ? Sinon, pourquoi seriez-vous venus ici au lieu de rentrer à Bordeaux ?

- Messire Thomas était très inquiet pour la petite Bretonne encroûtée de sel qui s'est improvisée maîtresse de L'*Anaëlle,* fit Paula rageusement… et trop hâtivement.

- Ne soyez pas inquiet, répliqua l'homme sèchement. Elle est partie hier pour La Rochelle, sous bonne escorte cette fois, où Louis a fait porter quelques pièces d'artillerie qu'il lui plaît d'offrir à son ami le comte. Savez-vous qu'elle ignorait tout du chargement d'arme dissimulé à bord jusqu'à ce que Stanton l'en avertisse ? Elle n'a pas hésité un instant à poursuivre la tâche de son père. Une femme étonnante, admirable. Quant à vos naufrageurs des grottes de Talmont, ils ne tarderont pas à avoir une désagréable visite.

Thomas eut grand-peine à masquer sa déception. Partie ! Manquée d'un jour seulement tandis qu'ils se morfondaient dans leur cachot par la faute du zèle imbécile de ce Gallois de malheur… La phrase du Français avait figé son geste tandis qu'il portait à sa bouche un gobelet de vin. Il se rendit compte de son immobilité et le reposa sans boire, l'éloignant de lui d'un mouvement machinal. Paula ne perdit rien de son désarroi, ayant malgré elle recherché sur ses traits une nouvelle confirmation de son infortune. Elle le vit le regard fixe perdu bien loin tandis qu'il se souvenait d'elle barrant bravement son navire le lendemain même de la terrible épreuve subie dans la grotte des pirates. Elle le vit fermer les yeux pour éloigner les images brûlantes de leur rencontre dans la grotte… Elle le vit chasser d'un clignement furtif les picotements qui montaient à ses yeux, s'arracher enfin un triste sourire pour la regarder en hochant la tête…

- Voilà qui nous apaise tous deux, n'est-ce-pas ? Lui dit-il d'une voix douce teintée de lassitude, me voici rassuré sur le sort d'Anaëlle, te voici soulagée d'une nouvelle épreuve…

Elle lui prit la main sans rien dire, le cœur défaillant, sans parvenir à savoir si l'immense tristesse qui lui serrait la poitrine venait de sa propre douleur ou de la détresse pathétique de Thomas…

- Nous cherchons aussi la vérité sur la mort de Marticot, parvint-elle à reprendre, Thomas est comme un de ces chiens de chasse dont le roi Louis est fort féru paraît-il : il ne peut abandonner une traque quand il a éventé son gibier.

- Ah ! Ah ! Vous me rassurez ! Voilà qui va plaire à Sa Majesté ! Le roi n'attend rien de plus de vous… Il m'a confié, fit l'homme, insistant légèrement sur l'importance que la confidence du roi lui conférait, il m'a confié avoir été mis au fait des circonstances qui vous ont fait déjà rencontrer messire Lann, à Bordeaux. Il ne doute pas de votre loyauté envers la France, malgré votre origine à demi anglaise… Cependant, il m'a bien demandé de vous assurer que ses intentions envers l'Angleterre ne sont pas belliqueuses. Il n'exige de vous, en somme, que d'aider un parti qui ne vise qu'à la paix entre nos deux royaumes.

Thomas avait du mal à se concentrer sur les paroles toutes diplomatiques de l'homme envoyé par le roi. Il hocha machinalement la tête à plusieurs reprises, tandis que la révélation du départ d'Anaëlle continuait à prendre place dans son esprit. La reverrait-il un jour ? Il tenta de s'accrocher à cette hypothèse, imaginant une rencontre fortuite dans quelque port étranger… À moins qu'elle ne vienne à sa rencontre à Bordeaux… Elle savait qui il était après tout… Non, elle ne viendrait pas. Il faisait partie d'un souvenir qu'elle chercherait à effacer de sa mémoire. Il jeta un regard sur Paula. Il avait Paula. Qu'avait-il besoin de s'encombrer d'un amour impossible ?

- Thomas ?

Il sursauta, arraché à ses tristes pensées.

- Messire veut être certain de pouvoir assurer le roi de notre aide dans cette affaire…

- Nous ferons notre possible, bien sûr, puisque tel est son royal désir. Dites-lui que nous ne retournerons à Bordeaux, dont nous nous languissons pourtant fort, que lorsque nous saurons ce qui a causé la fin tragique de Marticot. Et que pour son plaisir, et pour cette raison aussi, nous mettrons la plus grande célérité à le satisfaire.

* * *

- 9 -

- Je devrais vous punir pour votre traîtrise, Hugh, par votre faute... Il vit du coin de l'œil Paula qui ne perdait pas un mot de leur éclat, par votre faute nous avons passé quatre jours à nous ronger les sangs dans la prison du comte... Plus rien ne nous retient ici désormais, nous rentrerons à Bordeaux par un bateau qui est attendu pour la semaine prochaine. Pourtant je veux mettre à profit ce temps en m'assurant que l'informateur des pirates ne venait pas d'ici...

La veille, dans la plus confortable chambre qu'il leur ait été donné d'occuper de toute leur vie, Paula et Thomas avaient tenté d'oublier Anaëlle pour décider de la façon dont ils allaient exécuter les ordres du roi de France. Ils avaient à Cardiff trois alliés : Le gouverneur du château de Richard Neville, Sir Stanton et Hugh. Le premier, dûment interrogé, leur avait livré de bonne grâce et sans doute avec sincérité ce qu'il savait de l'affaire. Selon l'émissaire français, sa loyauté envers le comte ne pouvait être mise en doute, hélas il avait bien peu de choses à leur dire :

- Je n'ai plus à vous cacher qu'Edmond Stanton est notre, euh, homme, à Bristol. Un filou si j'en crois ce que m'en a rapporté Hugh. Je n'ai fait que lui transmettre un message de sir Neville priant Marticot de Fins d'attendre à Bristol un messager venant de Middleham, où réside Warwick, qui lui remettrait une bourse et des instructions plus complètes.

- Mais vous saviez ce qu'il allait transporter...

- Bien sûr ! Puisque c'est à moi qu'il devait livrer les... la cargaison. J'ai fait guetter ce maudit bateau pendant des jours !

- Vous pouvez sans crainte parler des armes, l'homme de Louis le Onzième nous a mis dans la confidence. Vous avez donc envoyé un messager à Stanton. Que savait-il ?

- Rien ! Le message était cacheté, anonyme et codé. De plus, j'étais le seul, avec sir Neville et Hugh, à savoir que le notaire était de nos partisans. Le messager lui-même ne le connaît pas : les messages sont déposés à un endroit que Hugh visite chaque jour.

- Donc pas de fuite de ce côté…

- Mais que cherchez-vous donc ? Interrogea le gouverneur, pour moi, c'est à Bordeaux que tout se joue, je ne vois pas un Anglais en affaire avec vos pêcheurs-naufrageurs, de plus, comment aurait-il pu les prévenir si vite ?

- Le messager de Londres était en retard. Marticot l'a attendu quatre longues semaines à Bristol. Cela laissait à un homme renseigné le temps de prévenir les pirates, qui sait, peut-être est-ce une riposte d'Edouard…

Le Gallois avait eu un rire nerveux.

- Cela se peut… Il est vrai que je m'attends chaque jour à devoir défendre le château…

Thomas s'était tourné vers Hugh qui assistait à leur entretien :

- Le prétendu marchand londonien qu'attendait Marticot était donc en fait ce messager ?

Hugh s'était contenté d'acquiescer.

- Sait-on ce qu'il est devenu ?

Haussement d'épaule des deux partisans du comte de Warwick.

- Et s'il était notre traître ? Insista Thomas, en faisant attendre Marticot à Bristol, il a laissé au roi plus que le temps nécessaire pour préparer le traquenard, de plus, mijoter là sans avoir les écus dont son frère avait tant besoin, a dû décupler son inquiétude…

Le gouverneur gratta pensivement une joue mangée par la barbe.

- Sir Neville est à Calais, il me paraît tout à fait impossible de rechercher cet homme avant son retour…

- Je comprends mal, dit Paula. Par quel hasard, Marticot se trouvait-il justement à Bristol pour recevoir cette périlleuse mission ? Et comment l'avez-vous su ? Enfin comment messire Neville le savait-il, lui, depuis son château du Yorkshire ?

Le gouverneur hésita un court moment avant de répondre :

- Je peux bien vous le dire, puisque l'émissaire de Louis vous a révélé les liens d'estime qui se sont peu à peu tissés entre mon maître et le roi de France. Messire de Warwick croit depuis bien longtemps que la paix entre nos deux royaumes est possible. Edouard l'a laissé toutes ses années envoyer ambassade sur ambassade auprès de Louis, tout en ne parvenant pas à se défaire d'une attirance pour le duc de Bourgogne qui ne peut que nous conduire à une nouvelle guerre. Las ! Son mariage avec Elisabeth n'a fait qu'accroître ce penchant car les Woodville sont d'ardents admirateurs de la cour de Bourgogne.

- Nous savons tout cela ! S'irrita Thomas, perdant un instant le ton de courtois entretien qu'ils avaient jusque-là, répondez aux questions de Paul, Messire, il nous faut tout savoir pour découvrir qui l'a tué. Un traître se cache peut-être ici dans ce château, vous est-il indifférent qu'il continue à œuvrer ? Demain peut-être c'est votre château qu'il livrera à Edouard !

Le gouverneur eut un frisson qu'il calma d'une lampée de vin chaud.

- Il n'y a pas de traître ici, dit-il faiblement, de toute façon j'étais le seul au courant de cette livraison d'arme… Avec Marticot bien sûr…

- Marticot était au courant ? S'étonna Paula, vous voulez dire, avant le message que vous lui avez envoyé ?

- Non, non… Après. Que je vous dise : il était convenu avec Marticot qu'il rende visite à sir Stanton à chacun de ses passages à Bristol. Sir Richard Neville utilisait ainsi ses services pour échanger des messages avec des agents que nous avons en France… Avec le roi Louis aussi parfois. Nous savions qu'il avait une cargaison de vin nouveau à livrer… Nous attendions donc impatiemment son passage à Bristol pour le charger de ce transport d'armes. Louis avait autorisé le comte à se les procurer à Bordeaux… Messire de Fins visite donc Sir Stanton, le notaire, dès son arrivée, comme à l'accoutumée. Stanton me fait prévenir, en retour je lui adresse une missive codée l'avertissant qu'il doit attendre un messager venant de Middleham avec l'argent et le sauf-conduit[19] pour son retour avec la cargaison.

- Mais celui-ci n'arrive pas…

- Si, si, il est arrivé… Je ne sais pourquoi, mais il a été retardé. Il est arrivé deux semaines plus tard que prévu. Marticot n'a pu l'attendre, il avait des épices à livrer à L'archevêque de Bordeaux avant les fêtes. Il a prévenu Stanton, et est rentré à Bordeaux. Si le messager arrivait, il devait laisser l'argent à Gaillard, son frère, qui était dans le besoin comme vous le savez… Marticot m'a fait passer un pli me prévenant qu'il avancerait l'argent et qu'il se débrouillerait pour acheter les armes et les passer sans sauf-conduit…

- Il savait donc quelles armes vous désiriez ?

- Il avait rencontré Sir Neville à Calais, il y a peu, lorsque le comte a commencé à envisager de demander à Louis de le fournir… Ils ont dû convenir à ce moment des quantités et de ce qui était disponible à

---

19 Les marchands devaient alors disposer de sauf-conduits qui garantissaient une relative sécurité vis à vis du pays avec lequel il commerçaient.

Bordeaux…

- Que vous a-t-il livré, justement ?

Le gouverneur les regarda bizarrement :

- Permettez-moi de ne pas répondre à cette question ! Je n'ai après tout aucune assurance que vous ne travaillez pas pour Edouard… Quoi qu'il en soit Marticot m'assurait dans sa lettre de ses efforts les plus diligents pour être de retour avec les armes à Cardiff dès le début de l'année.

- Je me souviens avoir entendu Aymon Tullier, l'oncle de Messire Thomas, au service de qui nous sommes, fit Paula en se tournant à demi vers les deux Britanniques, parler d'une rencontre avec Marticot deux ou trois semaines avant qu'il ne quitte Bordeaux pour aller se faire assassiner sur l'estuaire… Il devait à ce moment œuvrer à se procurer des fonds et à réunir les armes pour votre maître, elles ne manquent pas à Bordeaux depuis la fin de la guerre…

- Il a dû se faire remarquer par un complice des pirates qui doit traîner les tavernes de Bordeaux pour préparer les coups de ses congénères ! Non, moi je vous dis que la solution de votre problème est chez vous, fit l'Anglais.

Thomas avait gardé pour lui l'agacement grandissant que faisait naître en lui, même s'il rejoignait ses plus vives aspirations, le désir évident que l'homme avait de les voir partir.

- Vous avez sans doute raison. Cependant, j'aimerais en être tout à fait sûr avant de m'en retourner. Je ne voudrais pas non plus m'éloigner sans avoir rappelé à Messire Stanton qu'il lui reste à régler une bonne moitié de la somme qu'il a, "empruntée", à Gaillard de Fins…

- Laissez cela. Stanton est dans une cellule voisine de celle où je… Où vous… Bref il va y méditer quelque temps sur les inconvénients de sa conduite. Pour ses dettes, j'ai déjà fait porter, de la part du comte, à Gaillard et à sa charmante épouse de quoi largement redresser la barre. Cela fera de Stanton mon débiteur, et nous vaudra peut-être l'amitié du drapier…

Thomas inclina la tête en un remerciement respectueux :

- Mon oncle, qui nous avait justement dépêchés à Bristol pour venir en aide à ces gens, sera en tout cas fort heureux de votre générosité…

Malgré cette bonne nouvelle, ils s'étaient retirés assez mécontents de leur entrevue. Le gouverneur leur cachait-il quelque chose ? Il était pressé de les savoir loin de Cardiff, il maintenait Stanton enfermé hors de leur atteinte et ne leur avait rien révélé de nature à les aiguiller sur une piste. Comment dans ce cas satisfaire les exigences du roi ?

- Vous ne nous avez pas donné votre sentiment Hugh. Selon vous quelqu'un a-t-il trahi ? Paula l'observait avec l'œil aiguisé qu'elle utilisait pour mettre mal à l'aise ses interlocuteurs, leur donnant la sensation de voir percées jusqu'à leurs plus secrètes pensées. Il ne désarma pas :

Messire le gouverneur ne semble pas souhaiter un coupable de ce côté-ci de la mer, n'est-ce-pas ? Cependant… Il resta bouche ouverte, regardant autour de lui avec ce qui paraissait être de l'inquiétude.

- Cependant ? Parlez, Hugh, nul ne peut nous entendre ici… Fit Thomas impatiemment.

- C'est que… Des bruits courent dans les tavernes… Que je vous explique : L'*Anaëlle* est entrée dans l'embouchure d'une petite rivière près d'ici pour y être déchargée loin des regards. Seulement le comte a pris l'habitude d'y échouer ses navires lorsqu'ils ont besoin d'une petite restauration, ajouta-t-il avec un air finaud qui en disait long.

- Le comte possède une flotte ? S'étonna Paula.

- Que lui envierait plus d'un marchand ! Il y a trois ans Edouard lui a même donné en récompense licence de commercer pendant un an avec Bordeaux pour huit de ses bateaux. Le clairet a coulé à flots dans tout Cardiff cette année-là ! Voyons, où en étais-je ? Oui, l'*Anaëlle*. La voilà donc dans ce petit estuaire, le déchargement terminé. Mais pour être discret, c'est plutôt manqué : Arrive le *Mary Ann,* plutôt mal en point après avoir subi un abordage. Sitôt les blessés débarqués, les survivants vont fêter ça dans une taverne qui s'est montée là pour les charpentiers. Las ! Vos gars de l'*Anaëlle* y étaient, et ce qu'ils ne savaient pas, c'est que c'est en se frottant à un Breton que les marins de la *Mary-Ann* se sont retrouvés dans un si piteux état.

- C'est un navire du comte ? Il pirate donc, lui aussi ? Je croyais qu'il n'y avait que des petits seigneurs sans le sou pour s'adonner à la piraterie… S'exclama Paula, Louis choisit de bien étranges alliés.

- Pas si étonnant que ça, à bien y regarder, fit Thomas : Quand il s'est fait offrir la charge de capitaine de Calais, au début de la guerre entre les York et Henri VI, Neville s'est illustré en créant une petite flotte qui a semé la terreur dans la Manche. Plus d'un Espagnol ou d'un allié de Charles, le père du roi Louis, y a laissé son navire si ce n'est sa peau ! Chaque Bordelais qui commerce avec la Flandre ne sait que trop bien cela…

Paula acquiesça, jetant un douloureux regard de reproche à Thomas en se souvenant du premier voyage qu'elle avait fait à cette époque en sa compagnie sur cette dangereuse piste maritime.

-… Le comte de Warwick n'a pas oublié que sa popularité auprès du peuple s'est faite sur la mer dans ses jeunes années. Il continue à aguerrir ses marins et à maintenir sa gloire en rapinant les rivaux des marchands anglais, la hanse, et les Bourguignons dont le duc vient bien à propos d'interdire ses marchés aux draps anglais. C'est bon pour sa popularité et ça contrarie les efforts de la reine pour rapprocher Edouard de la Bourgogne.

- Et malgré cela, que chacun doit savoir je suppose, il est en ambassade en France pour Edouard ! S'exclama Paula. La politique est un bien étrange monde…

- Oh ! Rien n'est plus simple pourtant, fit Hugh, Edouard et la reine ne font rien contre lui car il est trop riche et ses alliés trop nombreux : bref il est aussi puissant que le roi. Edouard doit contenir les Ecossais au nord, contenter ses marchands perpétuellement insatisfaits depuis la perte de la Guyenne, surveiller le pays de Galles agité d'indépendantistes, et pour finir compter avec les partisans des Lancastre toujours prêts à tenter de restaurer Henri. Croyez bien qu'il ne se brouillera avec Warwick qu'en toute dernière extrémité.

- Mais ce navire, le pirate qui est arrivé lorsque l'*Anaëlle* était au déchargement, il a attaqué un Breton dans la Manche disiez-vous… Fit Thomas pour revenir sans trop en avoir l'air aux nouvelles de la Bretonne.

- Le *Mary-Ann* ? Sans doute le suspectait-il de transporter une cargaison bourguignonne… À moins qu'il n'ait pu résister à l'appât d'une prise isolée qui lui semblait facile. Voilà donc les marins de la *Mary-Ann* qui débarquent dans la taverne où ceux de l'*Anaëlle* croyaient passer une tranquille veillée à boire et jouer la généreuse solde laissée par mon maître, continua Hugh. Évidemment les choses sont très vite devenues plus gaillardes ! En une heure la taverne était, paraît-il, dévastée et vos amis refluaient vers leur bord en traînant leurs blessés. Heureusement le déchargement des armes était terminé et les vivres presque tous à bord, *l'Anaëlle* a pu lever l'ancre précipitamment et s'enfuir à la faveur de la nuit.

- Pourquoi les pirates de Warwick auraient-ils attaqué l'équipage d'un navire en affaire avec le comte ? Et qu'ils devaient connaître puisque ce n'était pas son premier voyage à Cardiff ! C'est insensé ! La crainte de la colère de Warwick qu'ils ne manqueraient pas de déchaîner en faisant cela aurait dû les en empêcher !

- Je ne vous répète que ce qui se dit dans Cardiff, quel intérêt aurais-je à vous mentir ? Protesta Hugh.

- Voyons Hugh, je ne crois pas que les marins de Warwick aient été assez bêtes pour attaquer l'Anaëlle ici même sans en avoir reçu l'ordre. Et avez-vous une raison de croire que Warwick aurait fait une chose pareille ? S'exclama Thomas, si oui dites-le-nous, je ne sais comment nous annoncerons la nouvelle au roi, du moins ne moisirons-nous pas ici, ce qui satisfera grandement votre maître !

- Je ne sais, Messire… Peut-être un malheureux hasard, les pirates sont gens hors de contrôle, pourvu qu'ils ramènent des prises…

- Il y a là un mystère de plus. Paula secoua la tête avec découragement. Il y avait en face d'elle un garçon au regard buté qui ne quitterait pas cette terre sans avoir vengé Marticot, pas le moindre doute là-dessus, que cela soit pour prouver sa loyauté à son oncle, le bon Aymon Tullier, ou pour pouvoir annoncer fièrement à Anaëlle qu'il l'avait vengé des sévices qui lui avaient été infligés, si toutefois il la revoyait un jour… Il lui fallait reprendre le rôle qu'elle tenait auprès de lui avant. Endosser de nouveau l'habit d'adjoint efficace et attentif pour l'aider à résoudre cette affaire au plus vite. C'était décidé : à partir de cet instant elle cessait toute tentative de regagner son amour. Finis les reproches, les disputes, les étreintes rapides et mécaniques qui les laissaient silencieux et accablés de remords, de regrets, malades de frustration. On verrait après. D'ailleurs, que pouvait-elle faire d'autre ?

- Tu peux rentrer si tu veux, fit doucement Thomas, lisant sa lassitude sur ses traits. Un bateau part demain pour Bordeaux…

Elle raffermit sa posture, esquissa un sourire qu'elle voulait volontaire et confiant.

- Que dirait Aymon, me voyant revenir seule ? Je sais où est mon devoir, Messire.

Il comprit. L'observa un instant avec un regard surpris. La force de caractère de Paula, mêlée à la finesse de sa réaction glissa un voile attendri sur ses yeux. Il se tourna brusquement vers Hugh peut-être pour ne pas voir la larme qui s'apprêtait à rouler sur la joue de la jeune femme.

- Le capitaine de la *Mary-Ann*… ?

- Déjà reparti avec tout son équipage, répondit Hugh. Les avaries subies lors de l'accrochage ne devaient pas être bien sérieuses et on signale un convoi dans la Manche…

- Voilà un départ qui survient bien à propos pour soustraire l'équipage à nos questions, fit Thomas, néanmoins merci Hugh. Cette nouvelle attaque me conforte dans l'impression que les malheurs de L'Anaëlle ont leur source ici, à Cardiff, quoi qu'il en déplaise à messire le gouverneur.

Hugh s'inclina discrètement :

- Je suis à votre service. Cependant, si vous le permettez, je pense vous être plus utile en continuant à glaner de mon côté les bavardages imprudents...

- Faites, Hugh, nous avons besoin de vos oreilles. Lorsque nous entrons quelque part, nos mines de Français ferment toutes les bouches et ne nous attirent que provocations et regards haineux.

- La paix n'est pas même signée et nombreux sont ceux dont un proche n'est pas rentré de France... Et isolés sur notre île nous avons pris l'habitude de considérer comme des intrus ceux qui nous font pourtant l'honneur de nous visiter...

- Ce qui est un doux euphémisme, Hugh, fit Paula, les Anglais sont si fiers de la prospérité de leur île et si convaincus de leur supériorité sur le reste de la chrétienté qu'on a parfois l'impression qu'ils pensent que le monde se borne à leurs côtes.

- Ne l'écoutez pas, Hugh, Paul qui donne si belle leçon ne pense qu'à rentrer chez lui...

- Je me demande, il est vrai de plus en plus souvent, si je ne ferais pas mieux de rentrer chez moi, fit-elle, laissant clairement comprendre à Thomas qu'elle n'excluait pas de retrouver sa Flandres natale.

- Si vous permettez... Fit Hugh, en sortant à reculons, vous pourrez me joindre en me faisant demander au château.

- Attendez Hugh, j'aimerais que vous nous conduisiez à l'endroit où nous avons été capturés par vos amis il y a quelques jours.

- Rien de plus facile, Messire, c'est une grange adossée à la muraille qui cache une poterne traversant le mur du château. Venez.

Ils le suivirent à travers la large esplanade rectangulaire qui entourait le donjon érigé au sommet de son tertre pour atteindre les constructions adossées à la muraille de la forteresse. Au fond d'un entrepôt, une large et solide porte, gardée par deux hommes pour l'heure occupés à jouer aux dés, donnait sur une autre grange de l'autre côté du mur.

- C'est bien ici, fit Thomas. Avant d'être assommé, j'ai remarqué ces tonneaux en bien piteux états, et le ruisseau de vin qui a dû laisser ces coulées rouges entre les pierres... Avez-vous coutume de faire traverser la mer au vin pour le simple plaisir de le répandre à son arrivée ? Que s'est-il passé ? Je comprends maintenant que ces tonneaux étaient sur le point d'entrer dans le château, alors pourquoi les détruire ici ?

- Vous n'aviez nul besoin de m'amener ici comme un criminel sur le lieu de son crime pour le savoir, fit Hugh en baissant la voix. Je vois bien que vos soupçons vous ont presque livré une vérité que l'on peut bien maintenant vous dévoiler : Les tonneaux de l'*Anaëlle*, hormis ceux déchargés à Bristol contenaient les armes, épées, piques, haches, armures, que sais-je encore, achetées par Marticot à Bordeaux. Les armuriers étaient légion là-bas pendant la guerre et sans pareil hormis ceux d'Espagne. Quand nous sommes partis, la ville était assiégée et nous avons laissé quantité d'armes qui furent tout bonnement stockées au palais de l'Ombrière. Ce sont ces armes, nos armes ! Que Louis nous a revendues. Soigneusement graissées puis noyées dans des tonneaux de vin pour échapper au contrôle des miliciens des ports de Bordeaux et Blaye, sur instruction de Louis, votre roi, qui a insisté pour que tout cela se fasse dans le plus grand secret : il n'est pas encore temps pour la France d'afficher son appui au comte de Warwick contre Edouard.

- C'est donc l'origine des fûts éventrés et du vin répandu dans cette cour, conclu Thomas, je m'en doutais un peu. Cependant, quelque chose m'intrigue, fit-il, examinant distraitement les débris de tonneaux entassés là : pourquoi avoir déchargé L'*Anaëlle* dans ce discret mouillage éloigné, si les armes étaient de toute façon si bien dissimulées ? Vous auriez tout aussi bien pu approcher l'*Anaëlle* presque au pied des murailles dans ce cours d'eau, fit-il en montrant une rivière en contrebas.

- Vous oubliez les espions d'Edouard qui rôdent alentour. L'*Anaëlle* est signalée comme probablement transportant des armes, la relier ouvertement au château nous attirerait immédiatement un siège du roi.

- Hum... Peut-être, fit Paula, à moins que l'arrivée de la *Mary Ann* ne soit pas si fortuite que cela et que le petit estuaire discret ait été l'endroit idéal pour que l'on n'entende plus jamais parler d'eux... Qui a indiqué ce mouillage à L'*Anaëlle* ?

- Stanton peut-être... Il est le seul qu'elle ait vu avant de quitter Bristol... Elle devait connaître cet endroit, son père était venu plusieurs fois à Cardiff avec Marticot... Répondit Hugh, et pourquoi vouloir se débarrasser d'eux ? Les armes étaient déjà livrées !

- Merci Hugh, continuez tout de même à ouvrir grand vos oreilles...

Le complice de Stanton s'éloigna rapidement dans la ruelle menant au port. Quand il fut hors de vue, Thomas appela Paula près de lui :

- Qu'en penses-tu ? Il s'est écoulé onze jours depuis que L'Anaëlle a quitté Bristol. Lorsque nous sommes arrivés ici, ils étaient encore mouillés près de ce chantier de réparation, à deux doigts de la plage où nous avons été nous-même déposés. Par un bien malheureux hasard nous sommes attirés dans un traquenard par Hugh et emprisonnés quatre jours, le temps de faire venir le *Mary-Ann* et son équipage de crapules pour les faire disparaître…

- Il ne fait pas de doute que Hugh nous a conduits ici pour que nous y soyons capturés. Mais il obéissait aux ordres du gouverneur puisque nous avons ensuite été menés dans son cachot… Si nous avons été retirés du circuit pour laisser le champ libre aux pirates, qui sont sous ses ordres d'ailleurs, c'est lui que nous devons suspecter… Et dans ce cas cet homme jouissant d'assez de confiance du comte de Warwick pour gouverner ce château et pour recevoir, pour lui, cette importante livraison d'arme, ressemble fort à un traître… À moins que Warwick lui-même ait décidé de faire disparaître toute trace de cette opération…

- Et se prive de l'atout de ce navire, breton donc peu suspect d'alliance avec Louis[20] et si utile à ses échanges secrets avec le roi de France ? Interrogea Thomas. Il nous va falloir innocenter l'un après l'autre les acteurs de ce drame… Gémit-il, à moins d'un miracle nous passerons le printemps ici…

- Commençons par Stanton, le gouverneur ne peut nous refuser une entrevue avec ce foutu notaire sans paraître entraver la recherche que nous a confiée l'émissaire du roi Louis.

* * *

Stanton ne leur apprit rien. En tout cas rien de nouveau. Mais c'est peut-être en cela que leur rencontre avec lui leur fut profitable. Le pauvre homme faisait peine à voir. Le régime de la prison l'avait rapidement amaigri et il nageait dans ses vêtements devenus trop grands. Il était d'une saleté repoussante et ses yeux rougis semblaient prêts à déverser à tout moment des torrents de larmes. Il passa le premier quart d'heure à leur

---

20 Le duc de Bretagne, au côté du duc de Bourgogne épousait la cause anglaise d'Edouard IV dans le but d'affaiblir Louis XI.

demander des nouvelles de Margery et à tenter de justifier, d'une voix cassée par son refroidissement, ses errements passés. Ils acquirent rapidement la conviction qu'il n'y avait nulle traîtrise à chercher dans la conduite de l'imposant Don Juan. Juste un petit emprunt de l'argent laissé par le messager venu du Yorkshire pour Marticot, emprunt pour séduire sa belle, qu'il semblait bien avoir eu l'intention de rembourser à Gaillard de Fins dès que possible. L'amour avait été plus fort que l'honnêteté dont il avait fait preuve jusque-là et curieusement, malgré les désagréments qu'il leur avait causés, il les attendrissait plus qu'il ne les fâchait et ils se retrouvèrent bientôt en train de le réconforter.

- L'abordage n'a aucun rapport avec la disparition des écus, fit Paula comme ils traversaient les douves avant de grimper l'escalier escarpé conduisant au château haut perché au sommet de l'antique butte romaine.

- Ce gros imbécile nous a fait courir la campagne tout ce temps sans nous rapprocher d'un pouce des meurtriers de Marticot, haleta Thomas qui peinait à la suivre dans un nouvel escalier menant à leur chambre.

Moqueuse, elle se retourna pour l'attendre sur un palier supérieur :

- Vous manquez cependant un peu d'exercice, Messire Thomas ! Il est temps de reprendre l'entraînement…

- Ce climat ne me vaut rien, et… Bon sang tu as raison, j'en ai plus qu'assez de perdre mon temps à m'amollir ici ! Nous n'avançons pas d'un pouce et je ne sais ce qui m'oblige à continuer cette stupide quête !

- L'obéissance à ton souverain peut-être ? Cette fois ce n'est plus ton bon oncle Aymon qui t'a chargé de découvrir la vérité, c'est ton roi. Tu ne peux t'y dérober par caprice sans t'attirer sa rancune… Mais voyons, fit-elle alors qu'il s'écroulait sur le confortable lit qui occupait une part respectable de leur chambre, il me semble que si l'on exclut Stanton de la liste de nos suspects l'affaire prend une toute autre tournure…

- Comment cela ? Fit-il distraitement en se décrochant la mâchoire d'un bâillement gigantesque, il me semble au contraire que Stanton écarté, plus aucune piste ne s'offre à nous…

- Stanton n'est jamais venu à Cardiff, contrairement à son compère Hugh, il ne peut avoir conduit L'*Anaëlle* dans cet estuaire où les marins de la *Mary Ann* l'ont attaquée. C'est donc Anaëlle elle-même qui s'y est rendue, sans doute parce que son père y mouillait habituellement. Il n'y a donc pas eu de piège prémédité. Tout de même, ne trouves-tu pas que les marins de la *Mary-Ann*, s'ils arrivaient comme on le raconte d'un combat meurtrier avec un autre navire breton, devraient plutôt avoir eu envie de panser leurs plaies au lieu d'aller chercher querelle aux premiers venus ?

- Sans doute as-tu raison… Et pourtant ils y sont tout de même allés ! Et avec la ferme intention d'en découdre. Ils se sont rendus dès leur arrivée à l'auberge où se trouvaient les marins de l'*Anaëlle* et il n'y a rien d'anormal à ce qu'ils cherchent le réconfort de l'auberge. Ce qui est moins normal, tu as raison, c'est qu'un équipage déjà bien éprouvé trouve encore l'envie de se quereller…

- C'est ce que je crois. Mais lutte encore quelques instants contre le sommeil, fit-elle le voyant fermer les yeux, la question est : qui les y a envoyés ? Qui, ici, a le pouvoir de contraindre un équipage épuisé à un combat inégal ?

- Serais-tu en train d'accuser le gouverneur ? Ou pire encore messire Warwick ?

- Celui qui les y a envoyés était en tout cas bien mal renseigné sur leur capacité à se battre…

- Et sur la combativité de l'équipage réuni à la hâte par ton oncle à Royan ! Mais tu ne m'as pas répondu : Qui a bien pu…

- Comment veux-tu que je le sache ! Ne peux-tu donc t'étendre et te reposer de temps en temps ? Je suis fatigué de cette quête. Marticot a été tué par des naufrageurs qui ont vu en *l'Anaëlle* une proie isolée facile, pourquoi aller chercher plus loin… Le roi se contentera de cette explication, et Aymon aussi. Je ne vois pas par quel miracle nous pourrions leur en apporter une autre.

Surprise par une lassitude qui ne ressemblait guère au Thomas auquel elle était accoutumée, Paula le regarda un instant, attendant l'éclat de rire qui ponctuerait une plaisanterie. Il se retourna brusquement face au mur pour ne plus bouger, feignant un sommeil soudain.

Elle haussa les épaules avec fatalisme en quittant la chambre. Il n'avait nul besoin d'elle pour se lamenter sur le départ d'Anaëlle. En attendant, elle allait devoir satisfaire seule la curiosité du roi.

* * *

Il était encore tôt, les cloches venaient tout juste de sonner la moitié de la journée. Haussant les épaules sur le soudain épuisement de Thomas,

Paula attrapa rageusement la poignée de la porte et s'en fut en tentant de laisser derrière elle ses préoccupations. Elle aperçut une silhouette disparaissant lestement à l'extrémité du couloir. Instinctivement elle eut la certitude qu'elle venait de devant leur porte. Elle se lança à sa poursuite. Au bout du couloir, un escalier descendait vers l'étage inférieur où se tenaient les appartements du gouverneur et plus bas les communs et l'entrée du donjon.

Elle dévala les marches. Convaincue de talonner sa proie, elle s'arrêta net devant la porte fermée du donjon. Si la silhouette qu'elle tentait de rejoindre était passée par-là elle aurait dû entendre la porte grincer, claquer derrière elle. Elle se retourna brusquement, arrachant sa lame dans un déchirement métallique, brusquement persuadée de s'être ruée dans un piège grossier. Personne. Le hall où elle se trouvait desservait, au-delà d'une courte mais large voûte, la vaste salle commune où le gouverneur les avait somptueusement reçus la veille en compagnie de l'émissaire de Louis XI. Désert. Sur le côté, l'escalier qui menait vers les étages était lui aussi silencieux. Elle avança prudemment dans la grande salle aux murs garnis de riches boiseries. Le rare mobilier, quelques coffres, la chaise de bois du maître, ne pouvait dissimuler personne. Elle hésita, remonta quelques marches, s'immobilisa à mi-hauteur, indécise. Elle ne pouvait décidément pas s'aventurer à l'étage réservé au gouverneur. La silhouette entrevue était-elle là, dissimulée derrière quelque porte donnant sur le long couloir sombre dont le sol allongeait la perspective de ses dalles grises au ras de son regard ? Sans doute. Des voix, des rires de jeunes filles lui parvinrent. Paula haussa les épaules avant de redescendre sans prendre la peine cette fois de masquer ses pas : en fait d'espion menaçant il n'y avait là que quelque servante aguichée par le regard clair de Thomas… Elle franchit la lourde porte du donjon, et s'arrêta pour profiter d'un rayon de soleil inattendu. Le panorama était splendide. Le donjon au sommet de sa butte d'une dizaine de mètres entourée d'un large fossé était situé à l'arrière d'un quadrilatère, presque un carré, délimité par les murs de l'ancienne forteresse. À sa gauche, l'éclat de rire d'une servante interpellée par un petit groupe de soldats attira un moment son attention. La fille disparut dans le bâtiment neuf occupé par le comte lors de ses visites, une construction de pierres grises appuyée contre la muraille ouest. Paula reporta son regard devant elle, ses sens éveillés cette fois par un mouvement sous la porte sud, au bout du chemin. Un garde, dans l'ombre de la voûte, se dégourdissait les jambes avant de s'affaler de nouveau sur le tabouret qu'il venait de quitter. " Il est temps que cette affaire cesse, se murmura-t-elle, ces Gallois vont finir par me rendre aussi craintive qu'une pucelle…" Elle ne voulait pas s'avouer que la soudaine défection de Thomas était la cause du sentiment de vulnérabilité qu'elle ressentait. "Allons ma fille, c'est le moment de lui montrer que ses leçons t'ont été profitables…" Belle résolution, mais par quel bout commencer ?

Elle longea le mur jusqu'à la porte sud et laissa ses pas la mener droit devant elle. Le soleil avait fait sortir les villageois et la ruelle qu'elle descendit était grouillante d'activité. Elle se rangea contre le mur pour laisser passer un chariot de poisson, escorté d'une nuée de gosses rieurs. Elle décida qu'une promenade sur le port lui amènerait peut-être l'inspiration. Le gamin à qui elle demanda son chemin en utilisant les rudiments d'anglais que lui avait appris Thomas la regarda avec effronterie sans lui répondre. Il interpella ses camarades, dans une langue qui lui sembla ressembler à celle des marins bretons qui traînaient les tavernes des quais bordelais mais qu'elle ne comprit pas. L'escorte railleuse du chariot changea de victime et se mit à la suivre de loin comme elle se remettait en chemin dans la ruelle. Elle dut poser sa main sur le pommeau de son épée, captant au passage quelques regards hostiles de passants, pour qu'ils cessent enfin de l'importuner.

- Mister Paul !

Elle se retourna vers la voix qui l'interpellait. Hugh, sortant d'une échoppe, s'avança vers elle avec le reste d'un sourire qui trahissait l'amusement qu'il avait eu à suivre ses démêlés avec la bande de gosses.

- Venez, je vous invite à boire un pichet de bière ! Il me semble que nous avons omis de vous délivrer quelques mises en garde ! C'est la première fois que vous venez au pays de Galles, n'est-ce pas ?

Ils arrivèrent assez vite à la muraille, une enceinte de pierres massives qui semblait effectivement à peine patinée par le temps. Ils franchirent une porte tout aussi manifestement récente et Paula reconnut, adossée à la muraille, la taverne où Hugh les avait installés à leur arrivée. En fait, maintenant que le brouillard avait laissé la place à un étonnant soleil, elle découvrait à quelque distance, au-delà d'un fouillis de cabanes de pêcheurs, le quai bordant la rivière qui tenait lieu de port à Cardiff.

- Vous admirez notre port, ironisa Hugh, peut-être le trouvez-vous plus modeste que celui de Bordeaux, bien que je n'y sois jamais allé, s'empressa-t-il d'ajouter. Venez, je vais vous faire visiter… C'est la rivière

Taff, continua-t-il un peu plus loin alors qu'ils s'engageaient sur un quai de bois, la mer n'est pas bien loin, on l'aperçoit là-bas où quelques navires sont à l'ancre… Les marchandises viennent jusqu'ici transbordées sur la flottille de canots qui sont amarrés à ces pontons…

- Des pontons merveilleusement bien conservés d'ailleurs, ils semblent avoir été construits hier…

- Un peu plus peut-être ! Répliqua Hugh en riant, mais vous avez raison, ils n'ont en tout cas pas plus de quelques décennies : le dernier Prince de Galles qui soit un vrai Gallois et non pas un de ces foutus Anglais est venu jusqu'ici lors de la guerre qu'il a menée au début du siècle pour chasser les Anglais. C'était il y a plus de soixante ans, il n'y a plus guère de vieux pour s'en souvenir, mais nos poètes et nos conteurs ne sont pas près d'oublier Owain Glyndwr… Voyez-vous, il a foutu le feu à la ville et n'a pas laissé debout un bastaing de notre enceinte de bois mais y a pas un Gallois qui le lui reproche, à Glyndwr… Il a vengé le meurtre de Llywelyn Bren, un prince gallois qui s'était lui aussi révolté un siècle avant lui ! Pour sûr on ne lui en veut pas d'avoir réduit en cendre les échoppes et les maisons des bourgeois anglais qui nous laissent à peine de quoi manger… Savez-vous que, maintenant, les Anglais seuls ont le droit d'acheter des biens ici sur notre propre terre ?

- Pourtant vous êtes au service du comte de Warwick… Il est Anglais me semble-t-il…

- Et je suis gallois, descendant de prince… Ce qui me vaut la chance de vivre au château lorsque je reviens à Cardiff au lieu de pourrir dans une masure en ruine hors des murailles… Que puis-je faire ? Les Anglais tiennent tout, les châteaux, le commerce, les terres, nous avons retenu la leçon de la répression de la révolte d'Owen. Sans armes et sans armée nous ne pouvons rien, sinon accroître encore le joug que nous y avons gagné…

- Qu'est-il devenu ?

- Les choses ont vite mal tourné… Les Anglais ont pris son château, emprisonnés sa femme et sa fille. Après avoir perdu une dernière bataille il a tout simplement disparu… C'est du moins ce que racontent nos poètes… Mais un jour, le royaume gallois retrouvera son indépendance… Et vous savez pourquoi ? : Bien avant Glyndwr, bien avant Llywelyn Bren même, Geraldus Cambrensis, le fils d'un seigneur normand et d'une princesse galloise, l'avait compris :

"The English fight for power ; the Welsh for liberty ; the one to

procure gain, the other to avoid loss. The English hirelings for money ; the Welsh patriots for their country[21] "

Tout en parlant, ils étaient revenus à l'hostellerie où Hugh les avait conduits pour leur première nuit à Cardiff.

-Dites-moi, Hugh, il y a quelque chose que je ne comprends pas :

Nous passons une nuit ici, au cours de laquelle vous disparaissez, sans doute pour prendre vos ordres au château, le lendemain vous nous conduisez dans ce guet-apens où nous sommes capturés. Nous passons quatre jours enfermés au château et l'émissaire du roi de France arrive spécialement pour nous rencontrer semble-t-il. Comment a-t-il pu être là si vite ?

Hugh éclata de rire :

- Il n'y a là aucune diablerie ! Il était à Londres, officiellement pour négocier avec Edouard des arrangements commerciaux. En fait, il attendait confirmation de l'arrivée des armes et devait rejoindre Marticot ici pour lui donner une nouvelle mission et repartir avec lui. Je l'ai averti de l'arrivée de l'Anaëlle à Bristol, puis plus tard de votre séjour mouvementé. Il s'est mis en route dès qu'il l'a pu et est arrivé à Bristol le lendemain de notre départ ! Ce qui explique les quatre jours pendant lesquels vous avez dû patienter inconfortablement. Que savions-nous de vous ? Rien. Les espions de Louis avaient eu le temps d'informer notre visiteur français, fort heureusement pour vous !

- Voilà un point éclairci, qui ne m'avance guère hélas, fit Paula en s'asseyant à une table graisseuse de l'auberge. En revanche… en revanche, continua-t-elle, connaissez-vous les habitants du donjon ?

- Vous y logez, non ? Vous devez bien savoir que le donjon est pour l'heure habité par le gouverneur et sa famille… Il s'arrêta, ne comprenant pas bien où Paula voulait en venir.

- Le gouverneur était seul au dîner que nous avons partagé avec l'émissaire français…

- Pas tout à fait… Vous y avez aussi vu la nurse qui tient son ménage… ce fut au tour de Paula de lever sur lui un regard interrogateur, la solide matronne qui menait le service de main de maître… Ah ! Vous ignorez le malheur qui le frappe… Peu après l'arrivée du gouverneur et de sa famille

21 Les Anglais se battent pour le pouvoir, les Gallois pour la liberté; Les premiers pour le gain, les autres pour ne rien perdre. Les Anglais œuvrent pour l'argent, les patriotes gallois pour leur terre.

ici, l'aîné d'une famille dévouée au comte depuis bien longtemps, un Anglais bien sûr, venant d'un village près de Warwick, peu après son arrivée donc avec son épouse et ses deux filles, lady Throkmorton a brusquement été frappée de démence. Elle ne quitte plus ses appartements, set n'a plus prononcé le moindre mot depuis que cela lui est arrivé, d'après les domestiques… S'il n'était Anglais je dirais que le gouverneur est bien à plaindre, pour sûr ! Susan aussi a bien du mérite…

- Sir Throkmorton n'est pas un maître facile ?

- On en a vu de pire… Répondit Hugh évasivement, non, je veux parler des crises de démence de Lady Throkmorton qui obligent Susan à dormir près d'elle chaque nuit, et surtout des filles que le gouverneur gâte bien trop et qui lui font la vie dure…

- Cela lui est arrivé comment ?

- Cela date de plus de dix ans, j'étais encore au château comme qui dirait homme à tout faire, les premières semaines qui ont suivi leur arrivée, elle se plaignait sans cesse, un coup le château était trop humide, un coup c'était la ville qui ne lui plaisait pas… Bref elle regrettait le Warwickshire. Comme s'il pleuvait moins là-haut ! Elle aurait pourtant dû se sentir chez elle, sa mère était galloise, et de la plus noble famille, chambrière de l'épouse du comte de mère en fille depuis l'époque où les Despensers[22] étaient les lords de Cardiff : vous imaginez ça ? Sa grand-mère était princesse galloise, contrainte à être au service de Lady Despensers, ici même au château ! Et la voilà qui revient, femme du gouverneur à peine un demi-siècle plus tard… Belle ascension pour une petite Galloise ! Elle aurait dû être fière, mais non, la voilà qui se peint la cervelle en noir à tel point qu'un matin on la retrouve assise sur son lit, les yeux ronds comme des prunes et muette comme une carpe… Mais pourquoi toutes ces questions Messire ? Fit-il, nous sommes bien loin de l'abordage de l'*Anaëlle* !

- Qui sait… Paula se donna un moment pour réfléchir à la brusque folie de Lady Throkmorton avant de poursuivre : le gouverneur nous a donné une chambre dans le donjon, juste au-dessus de l'étage où il loge sa famille. En la quittant tout à l'heure, j'ai aperçu une silhouette qui s'engouffrait

---

22 Diverses nobles familles "tinrent" successivement le château et le lordship (gouvernement de la ville) de Cardiff. Depuis la conquête du pays de Galles par les Anglais Il y eut successivement les De Clares, puis les Despensers, puis au XVème siècle les Beauchamps et enfin les Nevilles. A la mort de Richard Neville, le château de Cardiff devint propriété de la Couronne.

précipitamment dans l'escalier. Je suis convaincu que l'intrus écoutait notre conversation, l'oreille collée à la porte. Voilà pourquoi je vous demandais qui habite le donjon…

- Je vous ai répondu : La famille de Lord Throkmorton, Susan, et trois domestiques dans deux petites pièces attenantes à la cuisine, en bas. Mais pourquoi ne pas l'avoir rattrapé pour lui demander qui il était, fit-il, affichant un début de sourire narquois ? Peut-être l'avez-vous perdu entre votre étage et le hall ?

- Il n'avait pourtant pas le temps de traverser l'entrée avant que je ne voie la porte depuis le tournant des marches, fit Paula, vexée, a moins que…

- À moins ?

- À moins qu'il ne soit entré dans une pièce à l'étage du gouverneur…

- Ou bien… L'encouragea Hugh.

- Ou bien… Je ne sais pas moi, que cherchez-vous à me faire dire ? Il y a un passage secret dans l'escalier ? À moins que les Gallois ne soient capables de traverser les murailles ?

- Vous n'êtes ni Anglais ni Gallois, vous ne pouvez savoir : Il y a bien des années, Hugh Despenser le premier du nom à tenir le château, a emprisonné ici un rebelle gallois, Llewelyn Bren, celui dont je vous parlais tout à l'heure et que Glyndwr a vengé au début du siècle en mettant le feu à la ville et au château. Sans ordre du roi il fut affreusement battu puis assassiné par son geôlier, son corps traîné pour l'exemple derrière un cheval à travers toute la cité…

- Ne me dites pas que j'ai vu le fantôme de ce martyr gallois, Hugh ! Que voulez-vous qu'il ait à faire de deux Français égarés à Cardiff ! Cela dit, Paula se signa néanmoins furtivement avant de continuer : peut-être était-ce un invité qui cherchait le chemin du sommet du donjon…

- Ne me croyez pas si cela vous chante… On dit pourtant que c'est lui qui a égaré l'esprit de Lady Throkmorton pour la punir d'avoir épousé un Anglais… La nuit où cela est arrivé, d'étranges bruits ont terrorisé les domestiques, tandis qu'un messager que personne ne retrouva jamais attirait son malheureux époux dans la lande où il s'égara dans le brouillard le plus épais qu'on ait jamais vu…

- Ne jouez pas avec ça, Hugh, ce n'est pas drôle… Chercheriez-vous, vous aussi, à précipiter notre départ ? C'est votre maître qui vous a suggéré de nous raconter cette lugubre histoire ?

Hugh écarta les bras en signe d'impuissance :

- Ne me croyez pas si cela vous chaud… Tenez, décrivez-moi l'indiscret, n'avait-il pas un long manteau brun sombre ?

- Si, mais…

- Serré à la taille par un ceinturon de cuir…

- Il me semble, je ne l'ai qu'entraperçu…

- Ceux que Llewelyn a effrayés le décrivent ainsi habituellement.

- Un fantôme écoutait nos conversations ? Dans quel but ?

Hugh haussa les épaules et Paula aurait juré que s'il avait brusquement croisé ses mains derrière son dos, c'était pour cacher quelque signe superstitieux :

- C'était un avertissement, et vous auriez tort de le prendre à la légère !

- Et de quoi m'avertirait-il, s'il vous plaît ? D'un danger ? Ce n'est pas le premier que nous affrontons. Ah ! Je vois, ce Llewelyn nous menace ? S'il est un esprit, en quoi le dérangerions-nous, là où il est ? Nous n'avons porté préjudice à aucun Gallois, et les Français étaient alliés d'Owain Glyndwr contre les Anglais je crois…

- Ne vous en vantez pas trop… C'est leur retrait qui a précipité l'échec de la rébellion…

- Je l'ignorais… Si vous pensez que même au-delà de la mort, Llewelyn Bren continue la lutte contre les Anglais, il a mieux à faire qu'à nous harceler, Thomas et moi, pour le simple tort d'être Français ! À moins qu'il ne craigne que notre enquête ne nous conduise à porter ombrage à quelque rebelle de ses amis…

Les bras croisés sur la table en une attitude masculine qui était devenue pour elle une seconde nature, Paula ne perdait pas une miette, derrière le rideau de ses longues boucles rousses, des réactions de Hugh. Le soleil commençait à être bas sur l'horizon et l'obscurité envahissait la salle de l'auberge. Les lèvres qu'il pinça comme se reprochant d'avoir laissé échapper une parole de trop, puis le regard inquiet qu'il sembla s'adresser à lui-même, même brefs et rapidement réprimés furent éloquents. Le silence s'installa.

- Je serais ravi de vous offrir à mon tour un ou deux pichets de bière… Savez-vous ce qui me ferait plaisir, Hugh ? Que vous nous emmeniez à l'auberge où se sont affrontés l'équipage de la Mary-Ann et celui de l'Anaëlle, je…

- N'y pensez pas, Messire Paul, l'auberge est à près d'un lieu et la nuit nous surprendra avant que nous ne soyons arrivés…

- Vous sembliez moins douter de votre connaissance de la région lorsque nous avons débarqué…

Hugh se croyant protégé par la pénombre qui les noyait petit à petit se laissa aller à une nouvelle grimace. Paula, qui scrutait la moindre expression sur le visage de ses adversaires, se vantant d'y lire mieux qu'en un livre, douta un peu de la prudence de sa requête : entre fatalisme, exaspération et détermination à affronter les conséquences du choix qui lui était imposé, Hugh, en un clignement d'œil et un imperceptible soupir, confirmait qu'elle se rapprochait du but… Et du danger. Paula eut à peine le temps de regretter l'absence de Juan, disparu depuis le début de la journée. Déjà Hugh se levait avec une brusquerie cachant mal sa mauvaise humeur, arrachant quelques grognements aux cooccupants de son banc, bousculés sans vergogne.

- Allons-y sans tarder alors, bougonna-t-il.

* * *

À ce moment précis Juan rentrait au château. Après quelques pichets de bière, que ne faut-il pas faire pour laisser traîner ses oreilles dans les tavernes, las de n'entendre parler qu'un gallois auquel il ne comprenait pas un traître mot, il avait résolu de descendre jusqu'à l'embouchure de la Taff. Profitant du retour du soleil, assis au bord d'un ponton, il avait pris quelque temps un peu de chaleur en observant mine de rien l'activité du port. Mais il avait fait chou blanc, seuls deux ou trois bateaux flottaient mollement dans la baie et hormis le passage de quelques barques de pêche, rien n'était venu troubler la quiétude de l'estuaire. Il se releva en maugréant. Ce n'était pas en attendant ainsi qu'il avancerait. Si ici, à Cardiff, quelqu'un était responsable de la mort de Marticot, il allait soigneusement éviter de se faire remarquer tant qu'il les saurait là. Leur seule chance de le débusquer était de faire assez de bruit pour qu'il prenne peur et sorte de son trou. Un coup de pied dans la fourmilière. Et quelle fourmilière ! Il y avait les protagonistes Yorkistes et Lancastres de la guerre civile, la haine qui opposait Gallois et Anglais et plus largement encore l'alliance entre Louis le onzième et Warwick qui menaçait le trône d'Edouard aussi bien que la puissance de ses alliés Bourguignons qui comptaient sur lui pour combattre la France et affaiblir Louis… Plus qu'une fourmilière, un beau nid de serpent ! Et eux, trois petits Français bien loin de leur Gascogne, espéraient découvrir lequel de ces serpents avait massacré un équipage breton et un bourgeois bordelais plus espion que marchand… Il avait fini par décider de traîner un peu dans la ville avant de retourner au château. Au moins la connaissance de la ville leur serait-elle utile si cela se mettait à bouger. Près des quais, une jeune femme à la profession sans équivoque, l'avait accosté tandis qu'il empruntait une étroite ruelle. Cardiff comme tous les ports avait son lot de ribaudes. La femme, sans doute encore jeune, avait le visage prématurément ravagé par l'alcool et la malnutrition et il s'esquiva maladroitement, mal à l'aise. Il régnait à Cardiff une atmosphère lourde de misère et d'abattement, de rancœur et de suspicion, qui commençait à affecter son humeur. Entre les Gallois qui s'étaient résolus à tenter de grappiller quelques menus avantages pour survivre en collaborant avec l'oppresseur anglais, et ceux plus touchés par la misère dont la fierté soutenait encore la volonté de ne rien devoir aux Anglais, il planait une tension pas encore tournée en rivalité ouverte, mais que l'on sentait prête à s'envenimer, et qui enlaidissait les rues de la ville d'une pesante atmosphère.

Tout en évitant les ornières boueuses de la rue reliant le pont sur la Taff au château, il dressa un bilan plutôt maussade de sa journée : Il avait arpenté tout l'après-midi les rues de la ville qu'il trouvait encore plus puantes que celles de Bristol, l'absence d'activités laborieuses comme les forges ou les tanneries de Bordeaux, était hélas contrebalancée par une odeur quasi intenable de poisson que le vent ne parvenait pas à dissiper. La ville, bien que la plus grande du pays de Galles, était plus petite que Bristol, un gros millier d'habitants lui semblait-il, et la présence de Français au château devait alimenter les conversations. Pourtant, étrangement, personne ne semblait prêter attention à lui. Quelque chose n'allait pas. Que leur fréquentation des Anglais en fasse des ennemis potentiels pour les Gallois était compréhensible. Mais tout se sait vite dans une si petite ville. Leur arrestation et leur séjour dans les geôles du comte auraient dû les rendre sympathiques aux Gallois de même que le souvenir de l'aide apportée par la France, il y avait à peine plus d'un demi-siècle, à la révolte de Owain Glyndwr. Mais non, rien. Pas plus d'hostilité que de sympathie. Ils l'évitaient, voilà tout. Peut-être "la racaille aux pieds nus" comme les Anglais appelaient les Gallois ne voulait-elle tout simplement pas se mêler d'une affaire scabreuse ne concernant que les seuls Anglais… Le souvenir des combats opposant Lancastriens et Yorkistes était encore bien proche, six ans à peine qu'Edouard avait subtilisé le trône à Henry VI… Et le pays n'avait pas manqué d'être déchiré par la lutte entre seigneurs anglais des deux camps. Il se demanda ce que le petit peuple qui traînait sa misère autour de lui savait de la discorde entre le roi et son seigneur, Warwick. Le moins que l'on puisse dire était que la richesse immense de ce dernier ne semblait guère rejaillir sur eux ! Sans doute la plupart d'entre eux mêlait-elle les Anglais, nobles et marchands venus dans leur sillage, Yorkistes et Lancastriens, soldats et chevaliers dans la même engeance indésirable sur leur sol, sans chercher à dénouer les fils de leur rivalité pour le pouvoir. "C'est plutôt eux qui ont besoin d'armes" pensa Juan, "pourquoi faire encore souffrir ces enfants des rêves d'indépendance d'un prince disparu cinquante années plus tôt ? Et si… Si justement c'étaient des rebelles Gallois qui avaient attaqué l'*Anaëlle* dans l'embouchure de la Gironde ? Pourtant, dans les cavernes de Talmont il n'y avait pas le moindre Gallois, ni Thomas ni Anaëlle n'en avaient vu. Il se hâta vers la forteresse, pressé de partager ses réflexions avec Thomas. Comme il arrivait devant la porte sud du château, il aperçut au loin deux silhouettes aux vêtements nettement différenciables des pauvres hardes des passants, qui de plus semblaient s'écarter sur leur passage. Il s'arrêta si brusquement qu'un homme le bouscula, murmurant un juron en s'éloignant. Le soir grisait déjà les toits de pierre des maisons bordant la rue. Que faisaient Paul et Hugh, sortant de la ville alors que les portes allaient bientôt être fermées ? Il s'apprêtait à reprendre son chemin quand trois silhouettes, fendant, elles aussi, le courant des villageois qui regagnaient la ville pour la nuit, attirèrent son attention. Pas de doute, Paul et Hugh étaient suivis. S'assurant que tout ce petit monde s'éloignait bien sur la route qui partait vers l'est, en fait la seule voie menant vers Newport en longeant la côte. Il se rua à l'intérieur du château chercher l'aide de Thomas.

* * *

- Les voilà ! Les trois hommes qui les suivaient ! Paul et Hugh ne doivent être bien loin ! Chuchota Juan.

Ils avaient dépassé depuis longtemps les quelques maisons qui bordaient encore la route au-delà des murs de la ville. Une nuit épaisse était tombée, les arbres généreux et les haies qui ensevelissaient le chemin leur donnaient l'impression de se mouvoir dans un tunnel isolé du reste du monde. Impression fort pesante, renforcée par les flaques et les fondrières dans lesquels ils pataugeaient à loisir. Loin devant eux, les trois silhouettes longeaient tout comme eux le bord du chemin pour ne pas être aperçus de ceux qu'ils poursuivaient, se découpant pourtant par intermittence sur une lueur qui éclairait ce qui devait être l'extrémité du chemin.

Juan n'avait pas perdu de temps. Bien qu'ayant sillonné les rues et les abords de Cardiff depuis le matin, il avait pourtant traversé la cour du château en un temps record, appelant Thomas sitôt franchie la porte du donjon. Il avait dû le déloger de sa chambre où il l'avait trouvé planté devant la fenêtre, plongé dans la lecture d'un gros manuscrit. Sur le moment il n'avait pas pris la peine d'interpréter l'attitude de Thomas, lisant bien au chaud tandis que Paul et lui-même erraient en ville. Pas plus qu'il n'avait pris le temps de s'interroger sur la forme grise mouvante entraperçue en parvenant à l'étage de la chambre de Thomas. D'ailleurs, maintenant qu'il pouvait y repenser (si tant est que progresser sur un chemin défoncé dans une obscurité quasi totale lui en laissait le loisir) il lui semblait bien qu'ils étaient repassés devant la même forme grise, d'une immobilité de pierre dans un renfoncement du couloir, en repartant précipitamment.

- Messire… Excusez mon indiscrétion, mais veniez-vous de recevoir une visite lorsque je suis arrivé tout à l'heure ?

- Tu as bien vu ce que j'étais en train de faire, bougonna Thomas, je suis resté seul la journée, continua-t-il avec amertume, Paul a sans doute préféré la compagnie de Messire Hugh.

Juan se garda de prendre parti. Il se contenta de garder un silence désapprobateur, de plus en plus agacé par les "langueurs de pucelle" de Thomas.

- Où nous mènent-ils ? À notre retour, je me chargerai de dire son fait à cette écervelée… N'a-t-on pas idée de s'éloigner ainsi à la nuit… Accompagnée d'un seul guide… D'ailleurs que sait-elle de ce Gallois ? S'il l'entraînait dans un piège ?

Juan fit mine de ne pas avoir remarqué la bourde de Thomas qui venait de lui révéler le véritable sexe de Paul, révélation qui n'était qu'une confirmation tant, à les côtoyer jour et nuit, leur secret n'en était plus du tout un pour lui.

- Je sais où ils vont, fit-il, il y a, à une lieue du château, l'estuaire d'un autre petit cours d'eau. C'est là que l'*Anaëlle* a jeté l'ancre le temps de décharger les armes. C'est aussi là que Warwick a son chantier pour réparer discrètement ses navires pirates. La taverne où ils se sont battus est à un quart de lieue maintenant, au bord de cette route, près du pont. J'y suis allé ce matin, sans pourtant m'en approcher, ceux que j'y ai vu entrer n'avaient pas la mine d'honnêtes paysans, j'ai pensé que ma présence n'y serait pas des mieux accueillie.

Thomas soupira.

– Un repaire de brigands... contrebandiers, pirates ou que sais-je... Voilà qui est encore mieux. Tout à fait l'endroit que l'on se doit de visiter à la nuit tombée.

Les trois silhouettes s'immobilisèrent, se concertant avant de se décider à suivre Paul et Hugh dans la taverne enfin atteinte.

- Si nous y allons à leur suite, ils nous reconnaîtront immédiatement... et nous risquons de contrarier quelque plan échafaudé par Paul...

- Il y a un étroit chemin qui longe l'eau. Et une porte de derrière pour y accéder depuis le logis de la patronne, Il nous faut essayer d'entrer par-là.

Ils restèrent un moment à observer la taverne. Tout était calme. Un croissant de lune miroitait faiblement sur le flot boueux du petit cours d'eau. Les premiers cris des oiseaux de nuit rompaient seuls le silence. Les trois hommes se décidèrent à entrer, échangeant visiblement leur apparence de coupe-jarret en chasse pour celle de trois joyeux compères avant de franchir la porte. Ils ne semblaient pas porter d'épée, Paul aurait facilement raison d'eux en combat loyal, mais trois dagues utilisées par traîtrise lui laisseraient fort peu de chances... Juan, inquiet, se tourna vers Thomas, attendant avec impatience que celui-ci prît l'initiative de porter secours à Paula.

- Messire... Commença-t-il, il faut y aller sans tarder...

Thomas sembla s'arracher péniblement à la lassitude qui engourdissait ses sens. Cette affaire n'avait que trop duré, il eut soudain l'impérieux désir d'en finir avec ce qui le retenait ici. Affronter l'agitation du monde et la compagnie de ses semblables lui était devenu un douloureux effort : il n'aspirait plus qu'au silence et à la solitude, mais une rage puissante le prit, comme si un ultime réservoir d'énergie s'était ouvert en lui.

- Allons-y, Juan, conduis-nous à cette entrée plus discrète...

Progressant à l'abri des arbres bordant la route ils gagnèrent le pont d'où ils purent, longeant la berge, glisser silencieusement jusque sur l'arrière de la taverne. Ils restèrent un court instant plaqués dans le renfoncement de la porte, essayant de se préparer à toutes les éventualités. Des voix, apparemment paisibles, leur parvenaient de l'intérieur.

- Et si ce ne sont que d'innocents villageois venus boire un pichet entre amis ? Fit Thomas, nous aurons l'air malin, surgissant comme des beaux diables du logis de l'aubergiste…

- Le pensez-vous vraiment ? Ce n'est pas ce dont ils avaient l'air un instant avant d'entrer…

Thomas poussa doucement la porte :

- La barre est mise à l'intérieur… Nous n'entrerons pas silencieusement par ici, fit-il avec dépit.

- C'est là qu'il est utile d'avoir avec soi un mauvais garçon, laissez-moi essayer, fit Juan.

La porte plaquait mal. Le petit Espagnol glissa la lame de sa dague dans l'interstice, soulevant la planche qui condamnait l'ouverture. Il parvint même à accompagner sa chute en se glissant prestement à l'intérieur.

- Venez, chuchota-t-il, tandis que des voix plus fortes leur arrivaient de la salle, c'est une remise…

Ils s'approchèrent de la toile grossière qui faisait office de porte et s'y placèrent de part et d'autre. La voix de Hugh leur parvint, apostrophant semblait-il sèchement quelqu'un en gallois. Des voix furieuses lui répondirent.

- Que veulent-ils, entendirent-ils Paula questionner, dites-leur que je ne suis ici qu'à la recherche d'Anaëlle, mentit-elle…

La réponse d'un des Gallois tomba, agressive :

- Ils veulent que nous quittions la taverne…

- S'ils sortent, ils n'arriveront pas à Cardiff sans combattre, chuchota Juan à l'oreille de Thomas…

- Et s'ils restent, ils combattront ici… Ces hommes sont là pour tuer…

Hugh recommença à parlementer dans sa langue natale.

- Bon sang, je les comprends, murmura Thomas, ça ressemble au breton que parle Anaëlle ![23] En accompagnant les navires de son oncle il avait appris à comprendre la plupart des langues parlées au bord de l'Atlantique. Je ne crois pas qu'ils veuillent les tuer… Continua-t-il… Ils ne

---

23 Le breton parlé sur le continent a été introduit au Vème siècle en Bretagne par des émigrants Gallois fuyant l'invasion saxonne et aussi une famine endémique au Pays de Galles.

sont pas d'accord entre eux… L'un voudrait leur donner une rossée qui nous dissuadera de nous mêler des affaires galloises… Les deux autres veulent parlementer…

Comme les Gallois se taisaient, Hugh s'adressa de nouveau à Paula :

- Ils se sont mis d'accord. Ils disent savoir pourquoi vous êtes ici. Ils disent que votre roi est ami du comte de Warwick et que celui-ci est un Anglais qu'ils chasseront des terres qu'il occupe au pays de Galles. Vous êtes par voie de conséquence leur ennemi et si vous ignorez leur avertissement votre vie sera en danger tant que vous resterez… Quant à moi…

- Quant à vous ? Questionna Paula.

- Je suis un traître qui sert les Anglais et en tant que tel… Il fit le signe d'une lame devant sa gorge, il va me falloir retourner à Bristol… Mon pays ne veut plus de moi, fit-il tristement ironique.

- Dites-leur qu'au contraire je puis intercéder pour eux auprès de mon roi… Du moins lui présenter une offre d'ambassade.

Les trois Gallois parurent cette fois désarçonnés. Manifestement ils se demandaient comment celui qui les envoyait accueillerait la proposition de Paula. Ils s'éloignèrent pour deviser entre eux à voix basse.

La voix du porte-parole du groupe se fit de nouveau entendre :

- Quelqu'un vous contactera le moment venu si nous décidons que votre proposition a quelque mérite… En attendant cessez de nous importuner, visitez nos vallées et surtout préparez votre départ, finit-il sèchement.

- Nous n'avons plus rien à faire ici, fit Paula tout aussi rudement, ces messieurs ne nous permettront pas de bavarder avec la directrice de cet établissement… Venez Hugh. Mesdames, Messieurs, peut-être nous reverrons-nous dans de plus aimables circonstances ?

La porte se referma. Les trois Gallois se mirent à parler et à rire fort, laissant s'échapper la tension de la confrontation. Des voix de jeunes femmes muettes jusqu'alors se firent entendre, commentant elles aussi l'événement. Toujours cachés derrière leur tenture, Thomas et Juan tendaient l'oreille, Thomas surtout, Juan avouant ne pas comprendre le moindre mot de gallois.

Thomas hésitait. Il était inutile d'attendre le départ des trois sbires pour interroger la patronne et ce qui devait être une brochette de ribaudes attendant là des visiteurs plus librement qu'au cœur de la ville : Les rebelles l'apprendraient à coup sûr et il leur faudrait quitter le pays sans tarder.

Cependant son instinct lui soufflait de profiter de la chance qui leur était donnée de tenir ces trois-là à l'œil.

Ceux-ci devaient être connus des filles car ils s'assirent près d'elles et s'apprêtèrent à finir la soirée en galante compagnie.

L'une d'entre elles pourtant rechigna à la compagnie des trois hommes. Sourde aux menaces de la tenancière, qui devait faire aussi un peu maquerelle, elle déclara sans détour ne pas vouloir être mêlée à leurs histoires et préférer rentrer. L'un des hommes chercha à la retenir. Il l'accusa tout d'abord de vouloir rattraper le Français pour "ouvrir sa grande g.", puis tenta de l'asseoir de force sur ses genoux. S'ensuivit une dispute extraordinairement bruyante, conclue par une gifle qui claqua jusque dans la remise où Thomas et Juan étouffèrent un rire. Le Gallois n'en resta pas à ce camouflet et jeta la fille dehors, non sans lui rendre au quintuple la monnaie de sa pièce.

La porte de la taverne claqua sur une dernière malédiction de la fille.

- Allons-y, rattrapons là, fit Thomas, peut-être sera-t-elle disposée à obtenir réparation des coups de ce rustre…

Ils quittèrent en silence leur cachette et contournèrent prudemment l'auberge.

Appuyée à un arbre, la fille remettait de l'ordre dans ses vêtements, massait ses côtes douloureuses des coups reçus.

Ils attendirent qu'elle se remette en route. Quand elle fut assez loin de l'auberge et engagée sous le tunnel sombre que formaient les arbres, ils traversèrent d'un bon l'espace à découvert et se lancèrent sans bruit à sa poursuite. Les sanglots de la fille prenaient une dimension infiniment triste sous la voûte menaçante bordant la route. Elle s'assit sur une borne de pierre et mêla ses plaintes à de furieuses menaces contre l'homme qui l'avait battue.

Thomas et Juan choisirent ce moment pour l'aborder. La tentation était trop grande de se venger des coups et de l'humiliation reçus, elle parla sans retenu dès qu'ils la questionnèrent.

- Je vais vous raconter ce que je sais d'eux, fit-elle, mais il faut me promettre de rendre à ces ordures les coups qu'ils m'ont donnés…

- S'ils croisent à nouveau mon chemin, soyez-en assuré… Sont-ils de Cardiff, interrogea habilement Thomas, où pourrons-nous les trouver ?

- À la taverne, comme chaque soir ou presque… Elle parlait un curieux sabir à base de gallois, mêlé de quelques mots français entendus chez le marchand anglais où sa mère était servante, d'anglais populaire et même de latin. Le tout donnait un charabia curieusement des plus compréhensibles. Accroupis à ses pieds, ils écoutèrent sans l'interrompre le récit des vicissitudes qui l'avaient conduit là : quand elle eut douze ans, l'homme chez qui sa mère travaillait voulut ajouter la fille aux turpitudes qu'il entretenait depuis longtemps avec la mère. Gwen refusa de se plier à ses exigences malgré les suppliques résignées de sa mère qui ne savait que trop bien la toute-puissance des Anglais. Cela se passait dans un village à l'autre bout du comté. Une bande de garnements gallois à peine plus vieux qu'elle se chargea de calmer définitivement les ardeurs sexuelles du bourgeois anglais. Accusées de rébellion contre l'Angleterre, elles durent fuir, et quel métier reste-t-il à deux femmes en fuite ?

Elle se remit à pleurer. Thomas la calma en glissant une pièce d'or dans sa main tremblante. Incroyable ce que l'or pouvait guérir comme inquiétudes !

- Je vous ennuie avec mes histoires, c'est l'autre nuit que vous voulez m'entendre raconter, n'est-ce pas ?

Thomas dressa l'oreille :

- Comme mon ami l'a dit tout à l'heure, je cherche des nouvelles du bateau breton qui a mouillé près de la taverne il y a quelques jours…

- Et que lui voulez-vous, à ce bateau ? Depuis l'histoire que je vous ai racontée, je ne veux plus me mêler de politique. Les Anglais sont là, nous n'y pouvons rien, ils sont les plus forts…

- Même si vous renonciez à les chasser, il ne faut pas renoncer à les convaincre de vous traiter humainement… Fit Thomas. Il se tut un moment avant de poursuivre, réfléchissant au possible lien entre les rebelles gallois et ce bateau breton qui livrait pour le comte de Warwick. C'est une affaire entre Anglais à coup sûr, reprit-il, je ne serais pas étonné que les Lancastriens soient…

- Sauf votre respect, Messire, vous faites fausse route. Il n'y a plus de Lancastre dans le comté. Vous cherchez qui a ordonné à la bande du *Mary-Ann* d'attaquer l'*Anaëlle* ? Pas le comte, ni le gouverneur qui lui est tout dévoué, *l'Anaëlle* est venue trois fois l'an passé et chaque fois son capitaine a été reçu au château… Pas de Lancastre, ils ont tous péri au combat où étranglés. Alors, personne ? Bah ! P't'être que l'équipage de la *Mary-Ann* a eu un coup de folie, après tout… Mais c'était perdre à coup sûr leur emploi…

- Vous voulez dire que ce sont ceux de l'*Anaëlle* qui ont attaqué les premiers ? Je n'y crois pas.

- J'y étais, fit la jeune femme, enfin, j'étais à la taverne avec quelques marins de votre *Anaëlle*. Un marin est arrivé en hurlant je ne sais quoi, Ils sont tous partis en courant et en vociférant. Nous les avons suivis. C'était le soir, mais le fanal de la tour n'était pas encore allumé autant dire qu'il faisait plein jour ou presque. Le *Mary-Ann* était là, il devait être arrivé dans la journée car on n'avait pas encore vu ses gars à la taverne : C'est ainsi, faut commencer par remettre le bateau en ordre avant de prendre du bon temps ! Je ne sais pas ce qui s'est passé avant notre arrivée ; en tout cas le *Mary-Ann* et l'*Anaëlle* étaient bord à bord et ça chauffait dur ! Bon, voilà ceux de l'*Anaëlle* venus de l'auberge avec nous qui prennent les autres à revers et en moins de temps qu'il n'en faut pour le dire, les Gallois passent pour la plupart par-dessus bord et votre Bretonne en profite pour hisser les voiles et disparaître dans la nuit qui tombait !

- Rien ne s'est donc passé à l'auberge ? S'étonna Thomas, rien du tout ?

- Non, c'est comme je vous l'ai dit, Messire. Si, pour finir les Gallois ont repêché leurs gars et ont levé l'ancre. Quand la nuit est tombée on aurait dit que rien ne s'était passé là !

- Ils ont poursuivi l'*Anaëlle* ? Demanda-t-il vivement, inquiet.

- Je ne crois pas. En tout cas ils devaient être déjà loin et la nuit tombait…

- On doit bien le savoir, qu'ont-ils dit quand ils sont revenus ?

-… Sont jamais rev'nus ! Ni sur la Rhymney ni sur la Taff… En tout cas pas à c'jour ! Et entre nous, Messire, ça m'étonnerait qu'on les revoie…

- Mais, on m'a parlé d'une querelle à la taverne qui aurait dégénéré… On m'a dit aussi qu'ils étaient repartis pirater je ne sais quel convoi…

- Celui qui vous a affirmé cela est un menteur… Fit-elle, semblant regretter ses paroles sitôt prononcées, qui vous l'a dit ? Ajouta-t-elle avec une touche d'hésitation dans la voix, cela ne se peut… Nul n'a entendu parler d'eux depuis, leurs familles sont d'ailleurs mortellement inquiètes, ne les avez-vous pas rencontrées au château, venues s'enquérir d'eux ?

- Peut-être, fit Thomas, se souvenant d'un attroupement, de femmes surtout, effectivement croisé dans l'enceinte sans qu'il y prête attention. Thomas se donna le temps de réfléchir à ce que les révélations de la ribaude impliquaient : Hugh avait-il menti ? Ou seulement répété les fausses informations qu'on lui avait données ? Il était gallois lui-même ; Si la ribaude disait vrai, il était forcément tout aussi bien informé qu'elle. Il avait donc soit menti sur ordre du gouverneur anglais au service duquel il était, soit il mentait pour des raisons personnelles qu'il allait falloir comprendre...

- Il ne faut pas que l'on sache que je vous ai parlé, s'inquiéta la fille, pressentant soudain qu'elle avait posé le pied dans une affaire plus dangereuse qu'une simple rixe de marins. Je n'aurais pas dû vous dire tout cela...

- Je vais devoir interroger Hugh et peut-être le gouverneur... Personne ne peut savoir que vous nous avez parlé. Il lui glissa une seconde pièce d'or dans la main. Cachez-les bien, n'hésitez pas un instant à vous en servir pour quitter la ville si vous vous sentez menacée, mais pour l'heure retournez sans tarder à l'auberge, amadouez les fiers à bras, je connais ce genre d'homme, leur fureur ne résistera pas longtemps à votre joli minois ! Ils ne peuvent deviner que nous étions là et vous ont jeté dehors trop longtemps après le départ de nos amis pour que vous les ayez rattrapés. Allez ! Votre rapide retour là-bas est le gage de votre innocence.

Elle se leva en séchant ses larmes, éblouie tout de même par la petite fortune qu'elle tenait serrée dans le creux de sa main. Ils la regardèrent partir, inquiets pour elle tout de même, mais que faire de mieux ? Ils n'avaient nul endroit où la cacher jusqu'à leur départ et les filles comme elle avaient appris à déployer des ressources insoupçonnées quand il s'agissait de convaincre un homme...

* * *

Ils passèrent la nuit dans une masure à demi ruinée, découverte au pied de l'épaisse muraille du castel romain qui entourait encore l'actuel château.

Ils ne dormirent guère, luttant contre le froid et l'humidité.

- Hugh, lui, nous a fait passer les murailles à la nuit sans alerter le guet... Regretta Juan.

- Ce Gallois a, c'est certain, des ressources étonnantes... Plus j'en apprends sur lui, plus je pense qu'il est plus "gallois" qu'il n'y paraît...

- Malgré tout, le gouverneur n'a rien dit de ces prétendus pirates... Ils ont pourtant bel et bien attaqué Anaëlle... Lui aussi ne joue pas franc-jeu, reprit l'Espagnol.

- C'est par lui que nous commencerons. Il est Anglais et a la confiance du comte, il ne peut avoir grand-chose à dissimuler… Peut-être une faute qu'il cherche à réparer avant que Warwick ne soit de retour…

- Si Hugh trahit, comment le gouverneur peut-il l'ignorer ? Il a semé assez d'indices pour que nous-mêmes soyons alertés…

Thomas secoua la tête avec accablement :

- Quelque chose me dit pourtant qu'ils ne peuvent jouer le même jeu contre nous. Un je-ne-sais-quoi quand ils sont ensemble… Ils doivent avoir des raisons différentes de nous décourager d'accomplir la tâche que le roi nous a imposée… Ah ! Si le comte de Warwick était ici, il en serait sans doute autrement !

* * *

De son côté, Paula passait presque une aussi mauvaise nuit. Elle était pourtant à l'abri, après avoir regagné sans encombre le château en compagnie de Hugh. Mais la nuit s'était écoulée sans que Thomas et Juan ne réapparaissent, ce qui ne manquait pas de l'inquiéter, surtout avec le peu d'empressement à enquêter dont Thomas faisait preuve quand ils s'étaient quittés. Elle avait passé un long moment à tourner en rond dans la chambre, du lit à l'étroite fenêtre, scrutant l'obscurité de la cour. Que faire ? Les portes étant fermées pour la nuit, rien. Elle ne pouvait pas même demander l'aide de Hugh qui seul possédait la clef de la poterne par laquelle il les avait fait rentrer : Il s'était évanoui vers elle ne savait où dans le château, et elle se refusait à alerter le gouverneur. Elle finit par s'allonger sans se déshabiller, posant son ceinturon et son épée près d'elle, toujours un peu étonnée de se voir ainsi accompagnée de cet apanage plutôt masculin.

La cloche égrena les services de nuit sans bien sûr que Thomas ne réapparaisse. Qu'avait-il pu faire ? Qu'avaient-ils pu faire ? Juan lui aussi avait disparu. Une pensée en entraînant une autre, elle en vint à s'interroger sur les informations laissées par Hugh. L'ascendance galloise de l'épouse du gouverneur… Les filles trop gâtées… Puis la réticence de son guide à l'accompagner à l'auberge, et les trois assassins qui les y rejoignent. Comme si Hugh avait pressenti que l'auberge allait leur être fatale. Pressenti ou su ? Dans ce cas pourquoi les y avait-il laissés aller sans rien dire ? Et surtout comment l'avait-il appris ? L'évidence lui sauta au visage : Hugh savait des choses sur les marins qui avaient attaqué le navire d'Anaëlle et les gardait pour lui. Elle résolut d'en avoir le cœur net dès le lendemain. Elle en était à ces réflexions, qui la menaient sans qu'elle le sache à la même conclusion que Thomas, quand un bruit ténu, à peine le glissement d'une souris l'alerta. À la lueur vacillante de la chandelle qui repoussait faiblement les ténèbres de sa chambre, elle vit la clenche de sa porte se soulever lentement. Elle moucha prestement la bougie.

La porte s'entrouvrit lentement, sans même grincer comme à l'accoutumée. Entre ses yeux presque clos, Paula chercha à percer le mystère de l'obscurité du couloir au-delà de l'entrebâillement. Il lui sembla distinguer une silhouette plus sombre encore, elle sentit surtout un long regard posé sur elle. Elle se prépara à saisir son épée posée sur le lit à son côté, calculant le temps précieux qu'elle perdrait à l'extirper de son ceinturon. Elle resta ainsi immobile infiniment longtemps, feignant le sommeil, guettant l'attaque ou la dague qui fondrait vers elle. Longtemps après, elle eut le sentiment que la présence s'en était allée, que le regard n'était plus posé sur elle et se risqua à rouler de l'autre côté du lit, empoignant son arme au passage. Rien ne se passa. Elle bondit vers la porte qu'elle claqua, s'adossant aux épaisses planches de chêne pour enfin souffler. Une feuille de parchemin s'envola du coffre près de la porte où elle l'attendait. "On vous remettra demain un message pour votre roi. Ensuite quittez Cardiff. Que valent vos vies pour le dragon rouge?"

Le dragon rouge. L'emblème des patriotes gallois. La menace était claire, l'avertissement d'autant plus sérieux que les Gallois montraient une indéniable puissance en venant les menacer ici même, au cœur du donjon du Château de Cardiff. Cela faisait deux fois ce soir que des Gallois faisaient d'elle leur gibier. Cela commençait à bien faire. Elle envisagea un instant de sonner l'alarme, de réveiller le gouverneur et sa maisonnée : le porteur de la lettre était à coup sûr encore dans les murs. Mais qui qu'il soit, serviteur ou maître, il était sans doute déjà dans son lit, jouant à son tour le plus innocent des dormeurs. Elle préféra n'en rien faire, ne voulant prendre une initiative que Thomas lui reprocherait peut-être par la suite. D'autant qu'elle avait maintenant la furieuse envie de s'amuser à son tour. Et une petite idée pour ça.

* * *

Thomas et Juan la réveillèrent au lever du jour, dès que les portes de la ville et du château furent ouvertes. Transis et épuisés par leur nuit inconfortable, ils avaient découvert en se levant qu'un monastère où ils auraient trouvé un asile moins glacial était à quelques pas de la ruine traversée de courants d'air qu'ils avaient investie pour la nuit. Autant dire qu'ils étaient de méchante humeur, et les éternuements répétés de Thomas n'étaient pas pour adoucir sa fureur. Juan, vexé de ne pas avoir repéré le monastère lors de son exploration de la ville, la veille, était muré dans le silence, habituelle façon pour lui de contrôler les excès d'humeur qui auraient pu résulter de son irritation.

Paula éclata de rire en les voyant si défaits. Thomas laissa libre cours à sa rage.

- Sais-tu seulement les dangers que tu as courus cette nuit ? Ton ami Hugh ne t'a pas dit que les trois Gallois de l'auberge voulaient te rosser pour nous inciter à quitter Cardiff ! Ils auraient aussi bien pu t'occire tout de go et te jeter dans la Rhimney sans que nul n'entende plus jamais parler de toi !

- Je sais tout cela, je comprenais leurs palabres, répondit-elle calmement, il se trouve que le gallois ressemble fort au breton, et que les marins bretons sont nombreux à Bordeaux…

- Et tu parles aux marins bretons à Bordeaux, toi ? Fit-il, indéniablement jaloux, ce qui fit de nouveau sourire Paula, mais laissons cela, nous étions de toute façon Juan et moi cachés dans l'auberge et prêts à te secourir, ajouta-t-il avec un brin de fatuité.

Décidément de bonne humeur, Paula eut bien du mal à retrouver son sérieux pour le questionner :

- Vous étiez à l'auberge ? Comment avez-vous su ? Et pourquoi ne pas nous avoir rejoints lorsque nous sommes partis, Hugh et moi ?

- Nous avions mieux à faire… Répondit-il mystérieusement, nous avons découvert que le *Mary-Ann* et tout son équipage se sont volatilisés depuis leur attaque de L'*Anaëlle* près de l'auberge. Ton Hugh nous a menti ! Comprends-tu pourquoi tu étais en danger hier ?

Il entreprit de relater leur rencontre avec la fille de la taverne, Juan grognant de fort inquiétante façon lorsque le nom de Hugh était prononcé.

- Il est temps que nous montrions à ces drôles ce dont un Gascon est capable, conclut-il, il me tarde de quitter cette ville de malheur, mais pas avant d'en avoir terminé avec cette bande de comploteurs !

- J'ai moi aussi passé une nuit enrichissante, bien que plus confortable que la vôtre, fit Paula, agréablement surprise de la transformation qui s'était opérée en Thomas, lis cela, fit-elle en lui tendant le parchemin.

- Qui t'a donné cela ?

- Cette nuit, la porte s'est entrebâillée… J'ai crû ma dernière heure arrivée ! J'ai trouvé ceci ensuite, posé sur le coffre… Le plus curieux est que cette lettre répond à ma proposition d'ambassade faite à l'auberge… Soit un des trois Gallois est entré au château cette nuit me porter cette réponse, soit…

- Soit Hugh en est l'auteur… Ce qui est le plus probable termina Thomas. Mais je ne crois pas que l'interroger soit une bonne chose. Il continuera à nous assurer de son indéfectible amitié, sans rien nous apprendre. Descendons déjeuner, peut-être aurons-nous la chance de rencontrer le gouverneur, je me demande comment il réagira à ce billet…

* * *

Ils déjeunèrent sans rencontrer le moindre habitant du donjon, excepté une servante entre deux âges qui se cantonna à leur servir un roboratif bol de bouillie de céréales, accompagné d'une profusion de fruits secs et de pommes fripées. Aucun bruit ne venait de l'étage occupé par le gouverneur. Ils firent traîner le repas plus que de raison sous le regard réprobateur de la femme.

- Ce n'est pas lui ! S'exclama Juan, alors qu'ils retardaient le moment de quitter la chaleur de la cuisine, ce n'est pas Hugh ! Cela ne peut être lui !

Ils sursautèrent avec un bel ensemble, levant sur lui des regards interrogateurs.

Juan se tourna vers Thomas :

- Hier soir, lorsque je suis venu vous quérir pour secourir Paul, il nous fallait faire si vite que je n'ai qu'à peine entrevu une silhouette, nichée dans un recoin du couloir, devant notre chambre… Elle y était toujours lorsque nous sommes partis, Messire, l'avez-vous vue ?

Thomas fronça les yeux, cherchant à se souvenir, secoua la tête :

- Désolé, Juan, il faisait sombre…

- Il y avait quelqu'un, que mon arrivée brusque a surpris… Souvenez-vous, Messire, je vous ai demandé si vous aviez eu une visite !

Thomas bougonna une réponse indistincte où il était question de l'indiscrétion des serviteurs.

- L'habitant du donjon qui nous surveille était donc dans ce couloir. Ce ne pouvait être Hugh, qui, à ce moment, était en train de sortir de la ville en compagnie de Paul ! Continua-t-il, tout fier de sa découverte.

- Bien sûr que ce n'est pas Hugh, répliqua Paula, c'est le fantôme !

- Un fantôme ! Maintenant il y a un fantôme ! Comme si tout n'était pas assez compliqué depuis que nous avons quitté Bordeaux ! Peut-on savoir qui est ce fantôme que tout le monde semble connaître à part moi ? Est-ce l'âme en peine du pauvre Marticot qui nous a suivis jusqu'ici pour y venir tourmenter ses meurtriers ?

- J'ai aussi vu une ombre dans ce couloir, expliqua Paula, Hugh m'a raconté hier qu'il s'agissait du fantôme d'un Gallois au nom imprononçable qui fut emprisonné et assassiné au château par un précédent seigneur anglais… Il y a un ou deux siècles, je crois.

Ils réfléchirent un bon moment, l'esprit encore embrumé par le manque de sommeil.

- Je ne crois pas aux fantômes, fit Juan d'un ton qui se voulait assuré. Pour moi, si ce ne peut être Hugh, c'est qu'il y a un autre patriote gallois au château.

- Cela n'innocente pas Hugh. Sitôt rentré au château avec Paul, il peut avoir averti ce "fantôme" de la proposition d'ambassade de Paul, puis l'un ou l'autre est venu l'effrayer en portant la réponse.

- Hugh semblait pourtant sincèrement croire à ce fantôme… Fit rêveusement Paula, il me l'a même décrit : il ressemblait trait pour trait à ce que j'ai vu…

- C'est que les deux complices n'en sont pas à leur premier coup, voilà tout, trancha Thomas. Quoi qu'il en soit, il ne nous reste qu'à attendre la lettre que nous devons transmettre au roi de leur part, en priant Dieu que nos amis anglais ne découvrent pas que nous nous entremettons entre le roi de France et les rebelles gallois !

- Je vais interroger le gouverneur sur ce fantôme, insista Paula. Nous ne pouvons nous permettre ce double jeu. Il faut lui montrer ce parchemin et lui dire qu'un traître vit sous son toit.

- Ce qui ne va assurément pas plaire à nos amis gallois !

- Qu'importent les rebelles ! Répliqua-t-elle, ils voulaient bien me rosser, eux, hier ! Oublies-tu pourquoi nous sommes ici ? Le roi, *ton* roi, nous a ordonné de trouver par qui le chargement d'armes destiné à Warwick a été attaqué. Et je te rappelle que c'est toi qui nous as mis dans ce guêpier en voulant découvrir les meurtriers de Messire de Fins. Alors finissons-en sans perdre de temps en hésitations !

- Tu as promis hier de transmettre les offres des partisans gallois au roi…

- Sous la menace !

- En faisant cela, nous allons causer la perte de ces pauvres gens qui luttent pour donner une meilleure vie à leur peuple. Nous sommes marchands et qui plus est étrangers, nous n'avons pas à prendre parti pour l'un ou l'autre camp.

- Thomas, ils ont peut-être assassiné Marticot ! Et tout l'équipage de l'*Anaëlle*… Il y a quelques jours encore des Gallois l'ont de nouveau attaqué… Cela ne te suffit-il pas ?

Il prit un air buté :

- Et si ce fantôme n'était pour rien dans cette histoire ? Si c'est Edouard, le duc de Bourgogne ou qui sais-je encore qui a attaqué l'*Anaëlle* ? Tu auras la mort inutile de ces Gallois sur la conscience… Y es-tu prête ?

Elle se tut, arborant à son tour la trogne renfrognée qu'avait Juan à son arrivée. En elle-même, elle reconnaissait la justesse des arguments de Thomas. Elle était d'ailleurs secrètement ravie de constater en lui le retour d'un semblant de lucidité.

- Qué faisons-nous, alors ? Questionna Juan… Pas de gouverneur, pas de Hugh…

- On attend. Lorsque les patriotes gallois nous remettrons la missive pour le roi de France, on exigera en échange des informations sur l'attaque de l'*Anaëlle*...

- S'ils sont les auteurs du coup, ils ne te diront rien…

- J'ai une petite idée pour en savoir de toute façon plus qu'ils ne sont disposés à en dire, commença Paula, écoutez…

* * *

A midi, le gouverneur n'était pas reparu, et un serviteur un peu plus loquace que la cuisinière les avait informés du retour de Hugh à Bristol. "En voilà un qui se sort bien aisément du jeu" avait pensé Thomas avec un brin d'envie.

Les Gallois se manifestèrent enfin par leur habituel messager alors que le soleil était déjà haut dans un ciel uniformément bleu pâle.

Paula flânait sur les remparts du château, près de la porte sud, profitant ostensiblement de la douceur du soleil printanier et du panorama paisible de la petite ville nichée entre ses solides murailles de ce côté du château. Un méandre de la Taff s'incurvait juste à l'ouest des murs, puis la rivière s'élargissait pour mêler ses flots limoneux au bleu profond de la baie. Les légions romaines ne s'étaient pas trompées en établissant là l'imposante forteresse dont subsistaient les épaisses murailles après plus d'un millénaire : la large baie abritée des vents d'ouest, la rivière pour pêcher et communiquer avec les mines de l'intérieur du pays, la légère déclivité exposée au sud, Cardiff était un lieu privilégié et il était tout naturel qu'elle soit devenue la plus importante cité du Pays de Galles.

Un mouvement à sa gauche lui fit tourner la tête. Jusqu'à l'étroite ouverture de la tourelle d'accès, le chemin de ronde était désert. Elle chercha à percer l'obscurité de l'escalier qui descendait vers une petite salle des gardes ouvrant sur l'entrée de la cour du château. Il lui sembla apercevoir une forme sombre, juste en retrait de la clarté du jour.

- N'essayez pas de vous approcher, fit une voix exagérément grave aux inflexions contrefaites, l'aide que vous portez à sir Neville m'irrite assez pour que je n'aie aucun scrupule à vous précipiter du haut de ces murs…

Paula fut tentée de lui dire son étonnement d'entendre un fantôme gallois vieux de deux siècles si bien parler français mais se ravisa. Mieux valait attendre, le laisser dégoiser tout son saoul, peut-être laisserait-il échapper une information qui enfin leur permettrait d'avancer. Elle recula au contraire de quelques pas comme saisie d'effroi.

- Est-ce votre roi qui vous a chargé de prendre contact avec nous ? Ne me mentez pas… Je peux percer le moindre de vos secrets…

- Vous n'avez donc point besoin de ma réponse, Messire…

- Répondez ! Rugit la voix, montant cette fois dans les aigus. En même temps, une étrange lueur grisâtre éclaira un visage lisse et blême, sans expression, comme suspendu au-dessus du vide des marches plongeant vers le sol.

- À la vérité, non. Mais nous voyons chaque jour depuis notre arrivée votre misère. Vous ne pouvez plus rien contre Edouard, le temps des princes gallois est passé, leur puissance a été réduite à néant. En revanche, le comte Warwick peut contraindre le roi à adoucir les rigueurs qu'il vous inflige… Et vous n'ignorez sans doute pas son amitié avec notre roi Louis… Convainquez celui-ci de l'iniquité de votre sort et il plaidera votre cause…

- Nous ne combattons pas pour obtenir des faveurs, mais pour notre liberté. Nous chasserons les Anglais d'ici !

- Vous devriez un peu quitter ce château… Partager la faim de ces petits mendiants, s'emporta-t-elle en désignant une poignée d'enfants vêtus de pauvres hardes qui attendaient à la sortie du château. Sortez de votre trou et venez les voir ! Regardez aussi ces femmes vieillies avant l'âge par la faim et l'alcool, tant que les gens comme vous entretiendront la haine, les Anglais maintiendront leur joug…

- Qu'ils se révoltent au lieu de s'apitoyer sur leur sort ! S'ils se complaisent dans leur malheur c'est qu'ils ne méritent pas mieux !

- Ils n'en ont plus la force, Messire le fantôme, ironisa-t-elle, quelle révolte sont-ils en mesure d'opposer aux armées anglaises ?

- Tenez, voici la lettre pour votre roi, coupa-t-il court, soyez à bord du prochain bateau pour Bordeaux, sinon… Nous renoncerons sans regret à vous laisser rejoindre votre roi.

- Vos menaces ne nous impressionnent pas plus que votre mise en scène, dites à vos amis gallois que nous ne serons pas toujours aussi amicaux qu'hier soir. J'oubliais, il me reste à mon tour une condition : L'équipage de l'*Anaëlle*, de braves marins bretons à mille lieues de vos querelles insulaires a été assassiné dans l'estuaire de la Gironde, alors qu'ils étaient en route pour Cardiff. Notre roi veut savoir qui est cause de ce malheur. Il est clair maintenant que la cargaison transportée excitait bien des convoitises. Si quelqu'un, à Cardiff, a manigancé ce massacre, aidez-nous à le démasquer. Nul doute que Louis interprétera votre contribution comme un geste amical méritant récompense… Elle tira son épée et la brandit en l'air en un geste plein de fureur. Il y a quelques jours, l'*Anaëlle* a été encore une fois attaquée, vous le savez sans doute : rien n'échappe à un fantôme aussi bien informé que vous semblez l'être, cette fois c'est un bateau pirate appartenant à messire Warwick en personne, et à deux pas d'ici, dans le petit estuaire de la Rhimney que l'on aperçoit là-bas derrière les marais. Brandissant toujours belliqueusement son épée, elle menaça à son tour : Mais priez dieu que nous ne vous découvrions pas responsables de cette violence !

- Lord Richard Neville est un Anglais qui tient ce château depuis moins de vingt ans par son mariage avec Ann Beauchamp, Anglaise elle aussi. Son domaine ici n'est qu'une miette parmi ses immenses richesses. Cardiff ne l'intéresse que parce qu'il peut y mener ses petites affaires loin des yeux du roi. Nous ne cesserons la lutte que lorsque ce château sera redevenu gallois. Tant que le royaume de France complotera avec Warwick, même contre Edouard, il sera l'allié d'un ennemi, sachez-le et n'espérez pour l'heure aucune aide de notre part.

- Dans ce cas nous ne transmettrons pas votre lettre à Louis, vous pouvez le dire à vos amis gallois. Les liens entre notre roi et Warwick peuvent apporter la paix entre la France et l'Angleterre ; pourquoi les mettre en péril si vous ne nous apportez rien en échange ?

Le silence seul lui répondit. Elle s'avança prudemment vers l'ouverture. L'escalier qui s'enfonçait vers la cour ne lui renvoya que le son ténu de pas légers s'éloignant. "J'imaginais les spectres glissant silencieusement à quelques pouces du sol" pensa-t-elle, "celui-ci est plus ordinaire, c'est un peu décevant". Une porte grinça au rez-de-chaussée. Elle dévala les marches, le plan sommaire établi par Thomas pour piéger "le fantôme", le traître installé au cœur même du château comportait trop d'inconnu ; pour qu'il réussisse, il était primordial qu'ils ne perdent pas de vue leur proie.

Elle déboucha sous la porte sud. Hormis deux gardes lui tournant le dos, elle ne vit âme qui vive. Nul ne descendait la rue principale de Cardiff, en tout cas personne d'assez proche pour sortir à l'instant du château. Rien non plus dans la cour. Paula recommençait à croire que le fantôme était bien ce qu'il prétendait être, quand un cavalier déboucha des écuries toutes proches. Elle n'eut que le temps de se jeter contre le mur pour éviter ce qui lui sembla être un formidable cheval noir, si grand que la silhouette dont elle ne put distinguer le visage lui parut minuscule. Cheval et cavalier franchirent la porte ouverte pendant la journée et dont les gardes ne contrôlaient que les entrées, jetant vers eux par-dessus son épaule un objet blanc qui se fracassa sur les pavés du seuil. Paula ramassa machinalement le plus gros morceau :

"un masque de plâtre…" murmura-t-elle, "voilà qui met fin à l'existence du fantôme…" Encore tétanisée pas la surprise et le péril auquel elle venait d'échapper, elle regarda le cavalier s'éloigner. Il venait délibérément de jeter sa monture sur elle. Sans son réflexe elle aurait sans doute péri sous les sabots du cheval. Les dés étaient jetés, le choix des Gallois était fait.

- Vous connaissez cet homme, demanda-t-elle aux gardes, eux aussi pétrifiés par la soudaineté de l'agression.

- Pas eu le temps de voir son visage… Tu l'as vu, toi, Will ?

- C'était un des chevaux du gouverneur… Mais à part ça… Tout ce que je sais c'est que ce n'était pas lui, il est parti tôt ce matin pour Newport et ne rentrera que dans trois jours à ce qu'on dit…

- Bon que se passe-t-il encore ? Reprit le premier.

Paula se tourna vers la cour. Thomas arrivait en courant, elle lui fit signe de ne pas tant se presser.

- Inutile, il est déjà loin. Ne m'as-tu pas vue te faire le signal et agiter mon épée comme si je cherchais à décrocher les astres ? Notre ami a dû penser que les Français combattaient de bien étrange façon…

- Il aurait fallu être aveugle pour ne pas te voir ! Tout Cardiff doit s'interroger sur tes mœurs étranges ! En fait, je suis resté à guetter à notre fenêtre. Je m'étais persuadé qu'il viendrait au donjon… Nous l'aurions pris en tenaille, il ne pouvait nous échapper ! Peut-être après tout nous sommes-nous trompés et notre fantôme n'habite-t-il pas le donjon…

- Ton piège a fonctionné à merveille ! Notre fantôme a profité de ma solitude sur le chemin de ronde pour me remettre le message convenu, sans se douter de mon rôle d'appât.

- Si Juan a eu la patience d'attendre comme moi la moitié de la matinée en t'admirant en haut de ton rempart, nous avons une chance d'en savoir plus à son retour…

Thomas l'attrapa brusquement par le bras :

- Vite, suis-moi ! Fit-il en l'entraînant vers l'escalier.

- Regarde, ils sont là ! Ils sont là ! Il lui désigna deux cavaliers, à quelque distance l'un de l'autre qui s'éloignaient, au-delà du pont sur la Taff. Redescendons, s'il reste des chevaux on peut encore rattraper Juan !

Ils dévalèrent de nouveau l'étroit escalier, foncèrent vers les écuries sous le regard déconcerté des gardes. Ils perdirent un temps précieux à seller et harnacher, dérobèrent deux épaisses pelisses de drap abandonnées là fort à propos par les palefreniers, et franchirent la porte sud au galop, laissant aux soldats de quoi s'interroger pour le reste de leur garde.

Les voyageurs étaient rares sur la route qu'avait empruntée Juan à la poursuite du "fantôme". À un embranchement, un pêcheur de saumon en train de poser ses paniers d'osier dans le cours de la Taff leur indiqua complaisamment que deux cavaliers se suivant à quelque distance remontaient le chemin longeant la rivière. Ils éperonnèrent leurs montures. Très peu de temps après, ils rejoignirent Juan qui trottait calmement, semblant profiter du soleil toujours étonnamment chaud pour la saison.

Juan accueilli ses deux "pays" avec un large sourire :

- Je suis bien content de votre présence... La solitude me pesait malgré ce paysage bien paisible... Je vous envie de comprendre le langage de ces gens... Je vous avoue que je m'inquiétais du moyen de retrouver mon chemin si ce cavalier m'avait distancé un peu trop loin de Cardiff...

- Où est-il ? Demanda Thomas, tout à sa poursuite.

- Devant, je lui laisse la bride sur le cou. Il y a eu si peu de passage ici que les traces de son cheval sont immanquables, regardez, là, ce sont les seules fraîches dans ce sens... Pas un cheval n'a dû passer ici depuis hier...

- Bravo ! Une fois encore Juan tu es un compagnon précieux, le complimenta Paula.

Thomas leva un sourcil mais préféra penser qu'il ne s'agissait pas d'une agression :

- Bravo surtout de m'avoir réclamé un cheval pour attendre à l'extérieur du château, le félicita-t-il à son tour...

- Où avez-vous trouvé ces chevaux ? Demanda Juan, que tant de compliments mettaient mal à l'aise.

- "Empruntés" au château. Je ne sais qui remplace le gouverneur en son absence, mais si nous tardons trop à revenir, il va lancer une armée à nos trousses et s'ils nous attrapent avant que nous ne rentrions de nous-même à Cardiff, nous allons goûter de nouveau au cachot... Prophétisa Paula avec un air sinistre.

- Cesse de t'inquiéter et profitons de cette promenade... Ce pays est magnifique... Et ce soleil, n'est-ce pas une belle journée pour battre la campagne ?

Ils tombèrent peu à peu dans un mutisme rêveur, Juan le regard rivé au sol, pistant les traces de leur prédécesseur, ses deux employeurs veillant à ne pas être découverts en se rapprochant trop.

Les terres cultivées se firent plus rares, les villages s'espacèrent, le temps passa. La vallée de la Taff se creusa, les collines autour d'eux se firent plus escarpées, le jour commençait à tomber. Ils obliquèrent vers le nord-ouest dans une vallée plus étroite encore.

- Où nous mène-t-il donc, maugréa Thomas, nous voici encore partis pour une nuit sous les étoiles.

- Et les nuages qui cachent le sommet de ces collines ne me disent rien de bon… Ce bougre va-t-il continuer ainsi toute la nuit ?

- Je ne pourrais suivre ses traces à la nuit, déplora Juan, s'il quitte le chemin alors, nous le perdrons…

Ils commençaient à redouter d'avoir chevauché la moitié du jour pour rien quand Thomas leur fit silencieusement signe d'arrêter.

- Il y a un cheval attaché derrière une espèce de masure basse… Une bergerie peut-être… Chuchota-t-il, heureusement qu'il a henni, il s'en est fallu de peu que nous ne soyons découverts.

Ils reculèrent d'une distance suffisante pour ne pas risquer d'alerter leur proie, s'organisèrent pour une deuxième inconfortable nuit.

- Restez près des chevaux. Je vais m'approcher suffisamment de la bergerie pour être réveillé par le bruit qu'il fera quand il partira, décida Juan.

Il s'éloigna, enveloppé dans un des manteaux volés à l'écurie, tandis que Paula et Thomas tentaient de s'endormir serrés l'un contre l'autre sous un petit surplomb rocheux à deux pas du chemin. Rassurés par leur proximité, les chevaux un instant inquiétés par la nuit en forêt cessèrent de broncher. Immobiles, ils parvinrent à garder un peu de chaleur et s'endormirent d'un sommeil sans cesse interrompu par les cris des animaux nocturnes.

* * *

À l'aube, une aube glaciale et noyée dans la brume, Juan surgit alors qu'ils menaient les chevaux boire au petit cours d'eau rapide qui bruissait un peu plus bas.

- En selle, Messire, elle s'en va !

- Elle ?

- C'est une fille, Messire, à n'en point douter. Elle n'avait pas sa capuche lorsqu'elle est sortie de son gîte. Ensuite, elle a fait ce que chacun fait en se levant… Fit-il, un peu rouge de confesser son voyeurisme involontaire.

- Qui peut-elle bien être… S'étonna Paula, les servantes que j'ai vues sont trop âgées pour ce genre d'équipée…

- Peut-être reste-t-elle à l'étage du gouverneur et de sa famille, fit Thomas en se jetant en selle, s'il en est ainsi, elle est un allié fort bien niché pour fournir aux rebelles gallois des renseignements de la plus haute importance…

Ils se mirent en route, tenaillés par la faim, leur dernier repas remontant à vingt-quatre heures.

- Il nous va falloir trouver de quoi nous nourrir, ronchonna Juan, si cette donzelle nous promène ainsi encore longtemps nous allons en être réduits à brouter les feuilles des arbres tout comme nos chevaux !

Ils restèrent sans échanger une parole pendant plusieurs lieues, perdus dans leurs pensées, inquiets de la tournure étrange et incertaine que prenait leur chevauchée. À quoi rimait cet étrange voyage ? Quelle en était la destination ? Ils se sentaient de plus en plus isolés et vulnérables à mesure qu'ils s'enfonçaient dans cette contrée inconnue. Pas un village au creux des sombres vallées occupées par la forêt, pas un château sur les sommets pelés des collines parfois escarpées qu'ils gravissaient pour passer d'une vallée à l'autre. Seulement cette route qui allait on ne savait où.

- Celle que nous suivons semble savoir où elle va… Songea à voix haute Paula… Et ce voyage a tout l'air d'être sans retour pour elle : elle ne pourra reprendre son service auprès du gouverneur après une fugue de plusieurs jours…

Un chemin plus large semblait croiser le leur un peu plus loin. Ils allaient le rejoindre lorsqu'un bruit confus qui leur parut un incroyable remue-ménage les fit se jeter dans le sous-bois. Un groupe important et hétéroclite de cavaliers, de chariots et de piétons déboucha presque sous leur nez.

- Ils sont armés, fit Juan, et parlent leur langue de barbares… Ils sont maintenant entre la fille et nous, il ne va plus être possible de suivre ses traces…

Ils laissèrent s'éloigner le convoi, écrasés par la malchance qui les frappait après une si longue course.

- Suivons-les. Ils ne semblent pas être un groupe de paysans de retour du marché, peut-être vont-ils au même endroit que notre amie fantôme.

Ils reprirent leur chemin à bonne distance. Un peu plus loin ce sont deux piétons qui apparurent sur le chemin, venant d'on ne sait où ; puis d'autres cavaliers encore, ceux-ci revêtus d'un mantelet de cuir et coiffés d'un curieux calot de cuir cerclé de fer. La matinée continua ainsi, le chemin devenant aussi passant qu'aux abords d'une ville.

- Étrange… Si nous étions près d'une ville les fermes et les cultures devraient être plus nombreuses… Or, nous semblons toujours perdus au milieu d'une lande déserte.

- Et tous ces gens vont vers la même destination… Aucun ne nous a croisé, tous se dirigent maintenant vers le nord.

- Où sommes-nous ? Questionna Juan avec un soupçon d'angoisse, perdus dans cette brume glaciale qui étouffe même le son de ma propre voix, j'ai l'impression d'être descendu en enfer…

Un petit groupe de masures apparut enfin à la croisée d'un chemin, leur redonnant la rassurante impression d'être toujours parmi les vivants. Ils s'arrêtèrent pour observer les lieux. Aucun signe de présence. Ils frissonnèrent en découvrant derrière la plus importante des chaumières l'étalage sanglant d'une sinistre foule de pièces de gibier, écorchées et ouvertes, écartelées sur des planches. Des oiseaux aussi avaient été immolés par dizaines et tourbillonnaient suspendus en pitoyables grappes aux poutres d'une grange. À peine à l'écart, un vol de corbeaux croassant se disputait un tas de viscères.

Cet étalage de dépouilles, qui avait pourtant quelque chose de l'évocation du soir d'une féroce bataille, loin de les horrifier, ne fit qu'attiser leur fringale.

Ils jugèrent pourtant peu prudent de demander de quoi garnir leurs estomacs tenaillés de crampes.

- Ils ont là de quoi nourrir ce hameau pour le reste de l'année et plus encore… Si c'est pas malheureux, je ne sais ce qui me retiens de foncer dévorer tout cru l'un de ces coqs de bruyère ! Gémit Juan, retenez-moi mes amis !

- Je crois comprendre, fit Thomas, tout ce beau monde va à un formidable banquet, et nous sommes en train de saliver devant leur menu… Ces gens doivent se rendent à un hameau quelque part par-là…

- Dans ce cas, pourquoi tout cela est-il ici et non dans les cuisines de ce mystérieux village ?

- Qu'importe, et tant mieux ! Fit Juan, mon estomac me dit que si ces rôtis sont ici, cette chaumière doit receler d'autres miracles : miches dodues et fromages bien gras ! Par pitié, Messire, laissez-moi tenter ma chance, je serai prudent !

Tout aussi affamés que lui, ils le laissèrent se glisser silencieusement vers le village. Il revint très vite, si vite qu'ils crûrent qu'il avait renoncé et leurs ventres se tordirent plus douloureusement encore de déception. Mais il brandit victorieusement un sac bien enflé dès qu'il fut hors de vue des maisons.

- Il n'y a que deux vieillards qui semblent surveiller la route, il va nous falloir faire un détour... Puis il ouvrit le sac et exhiba triomphalement le fruit de son larcin, conformément à leurs espoirs, voilà de quoi rattraper le temps perdu ! Il y a là-bas tant et tant qu'ils ne s'apercevront même pas de mon prélèvement.

Ils dévorèrent une part substantielle de la prise de Juan, riant de leurs airs féroces, sentant leur volonté et leur optimisme revenir avec leurs forces.

- Il y avait quelque chose d'étrange dans la chaumière que j'ai visitée, raconta Juan entre deux bouchées, l'intérieur en était plus riche et cossu que je ne m'y attendais... Confortables tentures et meubles ouvragés, un coffre renfermait de la vaisselle d'étain et une armure complète était dans un autre, aussi brillante que si un écuyer venait de la sabler...

- Un membre de la gentry[24] galloise doit vivre là, loin des vexations des barons anglais qui ne s'éloignent guère de leurs forteresses sur la côte...

Sans plus s'attarder, ils entreprirent de contourner le hameau, les abords dégagés de celui-ci les contraignant à une longue et pénible progression au-delà de la lisière de la vaste clairière.

- Regardez ! Le château ! Tu avais raison, Thomas, c'est là qu'ils se rendent, regarde cette file qui gravit le chemin... Tu avais tort aussi, les Anglais ont des forteresses même par ici...

Thomas observa les murailles de pierre grise qui se dressaient en haut d'un à-pic impressionnant au-dessus de la petite rivière.

- Cette forteresse est impressionnante... mais en ruine ! Regarde ces tours effondrées, ces toits béants... Il n'y a guère que cette muraille à laquelle on n'a pu accéder aisément qui soit intacte...

---

24 Gentry : petite noblesse.

- Ce banquet m'a tout l'air d'une réunion de Gallois loin des regards anglais… Que mijotent-ils ? Ils ne peuvent espérer réussir à chasser Edouard du Pays de Galles…

- Il nous faut trouver le moyen d'entrer si nous voulons le savoir…

Juan gémit :

- La pente est dépourvue d'arbres et le chemin fourmille de monde… C'est impossible ! Avez-vous pensé à ce qu'ils feront de nous lorsqu'ils nous auront pris ?

- Ce que racontent les chroniqueurs romains des Gallois que les légions romaines ont affrontés fait certes réfléchir… Les guerriers attaquaient en poussant des hurlements qui glaçaient d'effroi les légionnaires, leurs femmes combattaient à leurs côtés plus terribles qu'eux encore, tandis que leurs druides sans arme lançaient des imprécations terrifiantes mêlées aux combattants… Mais ils ont sans doute changé, peut-être nous tueront-ils sans hurler ! Ironisa Thomas, rassure-toi, nous irons à la nuit, cela doit être un tel champ de ruine là-haut que nous devrions parvenir à entrer et nous cacher sans être pris. Nous attendrons ensuite leur départ pour rentrer à Cardiff.

- Toute la nuit à côté de ces barbares ! Nous sommes perdus ! Et s'ils restent plusieurs jours ?

- Allons, es-tu devenu couard ? Attends-nous ici caché avec les chevaux s'il en est ainsi ! S'emporta Thomas.

- Le courage ne m'abandonne pas, Messire, se justifia le petit Espagnol, c'est que mourir si loin de chez moi me désole…

- Tu ne mourras pas… Et la chance que nous avons eue de suivre cette fille jusqu'ici va nous permettre de rentrer à Bordeaux la semaine prochaine, cela ne mérite-t-il pas quelques efforts ?

- Cela ne sera pas trop tôt, maugréa-t-il en réponse.

- Cesse de ronchonner et trouve plutôt un bon endroit où cacher les chevaux… Le morigéna gentiment Paula, et attache les bien, il ne manquerait plus que nous soyons obligés de rentrer à pied !

Ils passèrent le reste de la journée, cachés dans un bosquet isolé à observer la formidable bâtisse. De ce côté, la pente, bien que fort raide était praticable sur une assez grande largeur. Au centre, sur un espace dégagé, le chemin vers la poterne à demi effondrée sinuait entre des groupes de rochers. De chaque côté de cette pente, là où elle rejoignait le surplomb de la rivière, deux zones de roches déchiquetées descendaient jusqu'à la rivière.

- Nous passerons par-là. Une fois au pied de la muraille, il y a de ce côté une brèche par laquelle nous nous glisserons à l'intérieur.

Ils s'accordèrent enfin un court repos. La brume qui ne s'était pas levée de la journée précipita la tombée d'une nuit d'un noir d'encre. Le moment était venu de lever le voile sur cette mystérieuse réunion.

* * *

Ils n'atteignirent la brèche qu'au prix d'une difficile et interminable progression dans un fouillis de rochers, prenant mille précautions pour ne pas alerter les guetteurs qui fort heureusement n'avaient été placés qu'aux abords du chemin qui accédait à ce qui restait de la poterne.

- Regarde, la démolition est toute récente… Il reste partout des fragments de boiseries et de mobilier à peine attaqués par la pourriture…

- Oui… Et les traces des piques qui ont servi à éventrer ces murs sont encore si nettes qu'elles ne doivent pas remonter à plus de cinq ans… Qu'a-t-il bien pu se passer ? Il a dû falloir des centaines d'hommes pour démolir si méthodiquement une telle forteresse…

- Soit des rebelles gallois l'ont investie, soit il s'agit de combats entre partisans des York et des Lancastre… Les barons Anglais de cette moitié ouest du Pays de Galles étaient plutôt Lancastre, Hugh m'a parlé d'une bataille il y a quelques années où la plupart ont péri… Leurs châteaux ont été ensuite démantelés ou confisqués…

- Ne trouves-tu pas ce calme étrange ? Un banquet de dizaines d'hommes devrait faire plus de bruit, non ?

Ils dressèrent l'oreille. Ne leur parvenait qu'un brouhaha discret de conversations, surmonté d'une voix forte et du son paisible d'une harpe.

Les restes d'un escalier les conduisirent à une plate-forme assez grande pour eux trois, loin du banquet, mais constituant un poste d'observation parfait. Allongés sur le dallage que la mousse commençait à peine à coloniser, tapis derrière un tas de gravats, commença pour eux la plus étrange expérience de leur vie.

À l'autre extrémité de ce qui fut la cour du château, les tables du banquet avaient été dressées sous des auvents de bois recouverts de paille et de fougères. Un peu partout autour, de grands feux dressaient vers le ciel des langues de flammes. À l'écart, dans les ruines d'une pièce dont ne subsistaient que des pans de mur noircis, les cuisiniers s'affairaient autour de carcasses entières tournant sur des lits de braises rougeoyantes. Au centre du fer à cheval formé par les tables, un début d'escalier en colimaçon menait à une autre plate-forme, moins élevée que la leur celle-là, soigneusement débarrassée de tout décombre. Sur cette scène dominant légèrement le banquet, un homme en longue robe de lin clair récitait un poème au rythme envoûtant, accompagné des notes discrètes d'une harpe. Quand il eut fini, des exclamations de plaisir et des murmures admiratifs accompagnèrent son retour vers les convives. Il s'assit à une table où de nobles hommes le congratulèrent, semblant le traiter avec un grand respect.

Un autre poète monta sur la scène improvisée. Un autre poème nostalgique commença.

- Quelle étrange ambiance, murmura Paula, d'une voix nouée par l'émotion. Voilà les terribles barbares écrasés sans pitié par les Anglais, maintenus sous le joug d'une main de fer… Ils font des lieues sur des chemins malaisés, bravant les terribles châtiments que les Anglais ne manqueront pas de leur infliger s'ils sont découverts, pour se réunir et écouter des poèmes…

- J'ai entendu parler de ces réunions, souffla Thomas, c'est un Eisteddfod… Tout prince gallois se devait d'être protecteur d'un ou de plusieurs poètes… Régulièrement, de château en château des fêtes se tenaient pour couronner le meilleur poète… J'ignorais que leurs descendants, même privés de leurs cours princières continuaient ces concours…

Un nouveau poète scandait presque un texte qui cette fois déchaînait rires et exclamations réjouies dans l'auditoire. Thomas tendit l'oreille :

- Si je comprends bien, celui-ci règle leur compte aux habitudes anglaises… Les quelques mots de breton que je reconnais ne sont pas flatteurs à leur égard !

Les poètes se succédèrent, parfois seuls, parfois accompagnés de musiciens. Les convives mangeaient avec appétit, vidaient tonneau de bière après tonneau, mais restaient attentifs et calmes, sauf lorsqu'un barde déchaînait les rires ou quelques exclamations belliqueuses à l'égard des Anglais.

- Cette équipée ne nous mène à rien, fit Juan, lassé de ces voix auxquelles il ne comprenait goutte, cette fille a fait tout ce chemin pour écouter déclamer son poète préféré, voilà tout. Quand bien même nous la retrouverions dans cette foule, comment cela pourrait-il nous éclairer sur le meurtre de Marticot ?

- Je l'ai, moi, retrouvée, fit Paula. Regardez, la table la plus proche de la scène, toujours vêtue de son manteau brun sombre... Les femmes sont d'ailleurs peu nombreuses... Mais toi qui l'as vue sans capuche ce matin, tu dois bien la reconnaître...

- Vous avez raison, Messire, c'est elle, ce gras moine me la cachait...

- Il faut nous approcher d'eux... Je veux la voir d'assez près pour savoir si je ne l'ai pas rencontrée au château, graver dans ma mémoire les visages de chaque personne à qui elle adresse la parole, ensuite, nous la suivrons quand elle quittera cet endroit : elle ne peut retourner au Château ? Elle ira donc droit chez ses complices...

Depuis un moment déjà, la scène était restée vide. Les conversations entre convives par contre allaient bon train. Soudainement la cérémonie prit une autre tournure qui retint toute l'attention des participants au banquet. Quatre vénérables vieillards aux longs cheveux blancs gravirent cérémonieusement les marches.

Profitant des regards unanimement tournés vers la scène, les trois intrus glissèrent de leur poste d'observation et progressèrent sans bruit vers un amas de décombres au sud de la cour, juste dans le dos de la fille. Ils étaient maintenant à quelques mètres d'elle, tapis dans les décombres de ce qui avait dû être une cave ou une citerne, maintenant à demi comblée.

Sur la scène, l'un des officiants commença un long discours. Il parlait lentement, comme pour mieux pénétrer son auditoire. Si lentement que Thomas et Paula, qui ne possédaient pourtant qu'un breton rudimentaire, comprirent qu'il retraçait l'histoire du château. Il commença par sa destruction après le siège d'un seigneur du parti Lancastrien par des partisans du duc d'York comme Thomas s'en doutait, puis remonta siècle après siècle jusqu'à la construction à cet endroit d'une toute première citadelle, lorsque les chevaliers d'Arthur luttaient contre les forces obscures. Un des chevaliers d'Arthur, sinon le roi Arthur lui-même, révéla le vieillard, attend, endormi dans un souterrain du château, d'être réveillé pour rendre leur liberté aux Gallois. Un des officiants fit alors signe à quelqu'un dans l'assistance. La fille qu'ils pourchassaient depuis deux jours se leva, laissant tomber à ses pieds son triste manteau de laine. Elle apparut vêtue d'une blanche robe diaphane qui cachait bien peu sa longue silhouette. Un silence religieux se fit, même les oiseaux de nuit semblèrent un instant retenir leurs cris lugubres. La fille se dirigea vers la table d'un des poètes, qu'elle prit par la main pour le guider lentement vers la scène.

Elle le conduisit ainsi jusqu'à l'extrême bord de la plate-forme, entre les quatre druides qui s'étaient écartés sur leur passage. Les feux des flambeaux d'argent qu'ils tenaient dévoilaient les formes parfaites de la fille, assurément nue sous le fin tissu ; pourtant, il n'y avait nulle remarque grivoise, nul éclat lubrique dans le regard des hommes. C'était comme si une fée leur était apparue, et les trois Français, eux aussi saisis par l'émotion, avaient l'impression d'être plongés dans un rêve. La fille s'adressa aux convives d'une voix à la fois puissante et mélodieuse :

- Mes amis ! Je suis Sian Ap Gryffydd, princesse galloise. Par la faute de ma mère et de ma grand-mère qui ont accepté le joug des envahisseurs, du sang anglais coule dans mes veines ! Ceux d'entre vous qui me connaissent savent que je suis la fille du gouverneur du château de Cardiff...

- Bon sang ! Laissa échapper Thomas qui avait au moins compris cette dernière phrase.

-... Mais la vitalité du sang gallois qui coule en moi a aujourd'hui eu raison de ce sang maudit ! Je quitte Cardiff pour lutter ici, au cœur du Pays de Galles, parmi vous. C'est mon ancêtre le prince Rhys Ap Gryffydd qui construisit ce château, continua-t-elle. Aujourd'hui, je devais vous porter en présent un important chargement d'armes qui ont été livrées au comte de Warwick. Hélas, nous avons échoué. Mais ce n'est que partie remise. Jamais, comme vient de le dire le poète Guto'r Glyn, que je couronne ce soir vainqueur de cet Eisteddfod, jamais nous ne renoncerons car cette terre est notre terre ! Conclut-elle en posant la couronne sur la tête du poète.

- Elle vient bien de dire que c'est elle qui a essayé de s'emparer des armes de *L'Anaëlle* ? Questionna Paula, j'ai bien compris, c'est bien ce qu'elle vient de dire ?

Thomas hocha la tête, comme assommé par ce qu'il venait d'entendre.

- Il faut se saisir de cette damoiselle, la ramener à son père pour qu'elle reçoive la punition qu'elle mérite, gronda Juan, Ah ! Jeunesse ! Plaise à Dieu que ma fille m'épargne une épreuve comme celle-ci...

- Il la fera enfermer dans un couvent, fit Paula pensivement...

- Ou pendre s'il est homme de justice ! Ajouta Thomas. Il resta lui aussi silencieux très longtemps, fixant d'un regard désespéré la jeune femme au milieu de ses amis qui laissaient maintenant s'épancher un enthousiasme belliqueux. Je vous avoue que l'idée de cette jeune beauté tressautant au bout d'une corde m'est odieuse, quoi que ses amis pirates aient commis…

- Que faisons-nous, fit Paula, la narration de cette étrange soirée suffira-t-elle à satisfaire notre roi, rentrons-nous ainsi sans châtier les coupables ?

- C'est cela, rentrons, répondit Thomas d'un air las, personne n'exige de nous que nous rendions la justice. D'ailleurs où est la justice dans cette affaire ? Je suis marchand et non juge, et ce soir plus qu'un autre bien heureux de pouvoir m'éviter d'avoir à désigner un coupable…

* * *

- 10 -

Les Gallois quittèrent les ruines au lever du jour. Thomas, Juan et Paula retrouvèrent leurs chevaux paissant paisiblement près de la rivière. Ils mangèrent sans appétit, loin d'éprouver la joie que la fin de cette éprouvante aventure aurait dû leur procurer. Ils décidèrent de dormir un peu, cachés dans un fourré. La silhouette massive des ruines de pierre grise, nimbée d'un rayon de soleil perçant la brume, accompagna leur endormissement d'un peu de sa magie. Ils ne se réveillèrent que lorsqu'un chaud soleil perça le feuillage. Ils se mirent en route sans se retourner. Ils étaient silencieux, pas encore débarrassés des reproches qu'ils imaginaient entendre les victimes de *l'Anaëlle* leur adresser.

- Pensez-vous vraiment que cette fille a pu organiser l'attaque menée contre *l'Anaëlle* depuis le château de Cardiff ? Questionna Juan, j'ai peine à l'imaginer traitant avec les naufrageurs de Talmont...

- Il faut pourtant bien croire qu'elle avait des complices qui l'ont fait à sa place... Il est maintenant clair pour moi qu'elle seule pouvait en savoir assez sur la livraison d'armes pour organiser ce mauvais coup... Répondit Thomas.

- Nous devons avertir son père, il doit être mort d'inquiétude, réfléchit tout haut Paula un peu plus loin.

- Il va lancer ses hommes à ses trousses... Crois-tu que cela soit bien nécessaire ?

- Toi qui ne rêvais que vengeance ! Se moqua Paula... Passe que tu redoutes de te tromper sur le camp des justes, mais les marins innocents massacrés, les souffrances endurées par ta Bretonne, les oublies-tu ? Es-tu prêt à les jeter aux orties ? Je n'oublie pas, pour ma part l'étranger que tu es devenu par la faute de cette fille... De ces filles devrais-je dire !

- Paul, Juan est à nos côtés, ne crois-tu pas que cette conversation...

- Et Paul ceci, et Paul cela ! Allez-vous cesser à la fin, explosa Juan, me prenez-vous pour un demeuré ? Vous êtes si discrets et vous chamaillez sans cesse comme des enfants ! Je sais depuis longtemps qui est Paul, ou plutôt Paula. Me croyez-vous borné au point de ne pas comprendre pourquoi Paula endure cette mascarade ? Enfin, me jugez-vous incapable de garder, de protéger même, votre secret si cela vous chante d'offenser Dieu de vos cachotteries ? Maintenant, allez-y, disputez-vous tout votre saoul, vos querelles m'attristent même si je devais jusqu'alors paraître ne pas les entendre. Je m'en vais finir cette route un quart de lieue en avant de vous car, voyez-vous, je suis las de vous voir souffrir l'un et l'autre.

Thomas et Paula restèrent sans voix, plus surpris de la brusque révolte de Juan que de se savoir découverts.

Lorsque Thomas reprit la parole, plusieurs lieues après, ce fut pour continuer leur conversation comme si l'interruption de Juan n'avait jamais existé :

- Tu as raison. Notre devoir est de lui conter cette curieuse soirée… C'est à lui de trancher entre ses sentiments de père et son devoir d'Anglais, fit-il en soupirant…

- D'autant que s'il venait à l'esprit de celle-ci de réapparaître au château sans que le gouverneur ne soit au fait de ses sentiments gallois, elle pourrait sans crainte continuer ses traîtrises…

- Allons, rattrapons Juan, il ne mérite pas de finir la route esseulé…

Ils éperonnèrent leurs montures, pour un court galop qui ne laissa pas derrière eux la mélancolie de Thomas.

* * *

Averti, le gouverneur sembla se ratatiner sous leurs yeux.

- Je redoutais depuis longtemps quelque chose comme cela… Fit-il sans autre commentaire avant de se retirer auprès de sa malheureuse épouse à l'esprit égaré.

Ils ne le revirent pas avant le lendemain. À l'heure du petit-déjeuner, il les fit chercher tous trois dans leur chambre pour les convier à manger avec lui. Il les fit asseoir à sa table et attendit qu'ils soient servis pour chasser les domestiques.

- Je vous prie d'excuser le manque de gratitude dont j'ai fait preuve hier… C'est que c'était une bien rude nouvelle… Quoi qu'il en soit je suppose que je dois vous en remercier…

Ils attendirent, mangeant en silence. Le pauvre homme avait encore à leur dire, mais ne parvenait pas à débuter.

- J'ai pris ma décision, fit-il enfin, mais j'ai encore besoin de votre mansuétude… Je ne peux me résoudre à faire pourchasser mon enfant comme un malfaiteur… Elle se croit galloise, qu'elle vive donc parmi ces paysans plus ou moins barbares, je souhaite ne plus jamais entendre prononcé son nom… Dit-il avec une brisure dans la voix. C'était là le vœu d'un père déjà durement éprouvé… Cependant, je comprendrais fort bien que vous demandiez réparation du malheur dont mon sang a été cause, et si vous l'exigez, je mettrai immédiatement sa tête à prix, finit-il encore plus difficilement.

Ils se consultèrent du regard rapidement, leur choix à eux était fait depuis déjà longtemps :

- Nous n'exigeons rien, Messire, ni du père ni du gouverneur…

- J'ai lancé dès hier tous les navires du comte le long de la côte, à la recherche de la *Mary-Ann*. Je ne peux, en plus, me permettre de lui annoncer qu'un de ses navires est maintenant pirate gallois !

Quand à ce Hugh, les sornettes avec lesquelles il a tenté de vous endormir pourraient bien elles aussi porter la signature de ma fille… Je ne sais s'il était son complice, aux regards énamourés qu'il lui adressait et que je comprends maintenant, je crois plutôt qu'il était prêt à croire n'importe quelle bêtise venant de sa part… Quoi qu'il en soit, il devra s'en expliquer s'il ose reparaître devant moi… Il se leva, vacillant. Son apparente énergie cachait mal le fardeau qui pesait sur ses épaules.

* * *

La *Mary-Ann* fut repérée le soir même dans une crique non loin de Swansea. Les marins capturés ne tardèrent pas à passer aux aveux:

Tout avait commencé par l'arrivée d'un poète Gallois, hôte du comte au château jusqu'à ce que ce dernier ne découvre que ses penchants nationalistes ne se limitaient pas à la poétique nostalgie des royaumes gallois.

Quand il lui demanda courtoisement, mais fermement, de quitter le château, il était trop tard. Jane avait appris ses origines princières gaéliques et ne se faisait plus appeler que Sian.

Le poète continua à alimenter le rêve gallois de la jeune fille. Très vite, elle dépassa le maître et prit sur lui un ascendant dont son charme n'était pas étranger. Quand elle apprit la livraison d'arme, ils résolurent de s'en emparer pour les offrir triomphalement aux rebelles lors de l'Eisteddfod.

Peu auparavant, le poète avait fait la connaissance d'un aventurier français à la longue et inquiétante silhouette de rapace, un émigré sans le sou vivant à Newport d'expédients… Et de son épée.

Renseigné par Sian, bien placée pour espionner les affaires du comte, l'homme suivit Marticot jusqu'à Bordeaux, empruntant le même navire, et eut tout le temps là-bas de préparer le malheur de *l'Anaëlle* grâce aux accointances qu'il avait tissées avec la racaille qui terrorisait l'estuaire.

Pendant ce temps, l'équipage de la *Mary-Ann*, en grande partie gallois, avait été lui aussi gagné à la cause des rebelles. Dès qu'ils sortirent croiser dans la manche, les Gallois jetèrent à l'eau leur capitaine et les quelques marins anglais du bord, puis se dirigèrent droit sur la Gironde pour y prendre possession des armes qui devaient les attendre à Talmont. Ils arrivèrent devant l'estuaire juste pour voir *l'Anaëlle* filer bonne brise vers L'Angleterre. Ils se mirent en chasse. La nuit tomba. Trompés par l'escale faite à La Rochelle par le navire breton, ils se crurent distancés lorsqu'ils découvrirent l'océan vide de toute voile au matin. Ils foncèrent vers le pays de Galles. Quand ils arrivèrent à Cardiff, Anaëlle passait, juste derrière eux, le Bristol Channel et s'engageait dans l'estuaire de la Frome en direction de Bristol. Sian fit reprendre la mer à ses pirates avant que son père le gouverneur, absent à ce moment ne s'aperçoive de leur retour. Elle les envoya tirer des bords dans le bristol Channel à la recherche de *l'Anaëlle*. Par malchance, ils rencontrèrent un autre navire breton, pirate lui aussi, qui leur infligea de sévères avaries. C'est en rentrant réparer qu'ils tombèrent sur *L'Anaëlle*, hélas, cette fois encore trop tard : les armes étaient depuis quelques heures à peine en sécurité dans une cave du château. Désemparés, attendant désespérément un improbable maître gallois, ils commirent l'erreur, en fuyant après leur bagarre avec l'équipage de *l'Anaëlle*, de mouiller à quelques heures seulement de Cardiff et de s'y trouver encore quand Paula et Thomas eurent informé le gouverneur de son infortune.

Sans autre forme de procès, jugés coupables de trahison et de meurtres, ils se balancèrent bientôt aux gibets dressés dans la cour du château…

* * *

- Nous voilà responsables de la mort de ces hommes… Leur seul tort était de lutter contre la dureté des conditions que leur imposent les Anglais.

- Ils étaient des meurtriers, Thomas, et nous n'avons fait que les livrer à la justice. Ce sont les Anglais qui les ont jugés et pendus…

- Ils étaient des soldats, en guerre pour chasser les envahisseurs de leur terre…

- Les soldats perdent parfois la vie en perdant la bataille… C'est leur destin, du moins celui qu'ils encourent. Les Bretons de l'*Anaëlle* ignoraient tout de ce qu'ils transportaient, ils n'étaient que de pacifiques marins qui gagnaient durement leur vie… Leur mort n'est-elle pas plus injuste et plus digne de ta pitié ?

- Bien sûr… Mais je ne peux m'empêcher de penser que la cause des Gallois est juste, elle aussi…

- Ainsi vont les états… Louis peut continuer à comploter avec Warwick, celui-ci a ses canons et pourra tenir tête à Edouard qui hésitera à trop s'engager avec la Bourgogne, ce qui est en définitive le principal souhait de Louis… Peut-être avons-nous évité une guerre…

- Peut-être, peut-être… Reconnut-il, songeur. Sais-tu à quoi je pense ? Les plus coupables dans cette histoire sont peut-être Marticot et Maître le Cloarec qui ont causé la mort de leur équipage en les mêlant à un trafic que ces pauvres gens auraient peut-être eu la sagesse de fuir… Passe encore Le Cloarec : les bénéfices devaient être grands, mais Marticot quel besoin avait-il de jouer les espions ?

- Nous avons fait l'expérience de l'implacable volonté de Louis, peut-être en a-t-il été de même pour lui…

- C'est hélas ce qui a dû se produire. Pour mon oncle, Marticot était un brave homme. Aymon pense que la mort de son épouse l'a conduit à cette vie aventureuse. Je crois comme toi qu'il est tombé entre les mains de Louis qui ne l'a plus lâché, trop content de la couverture que lui offrait sa situation de marchand à la réputation sans tache. Et sais-tu à quoi je pense ? Louis ne me lâchera pas : je fais un remplaçant idéal de Marticot... Je crois qu'il ne me reste plus qu'à aller me cacher au fond d'un monastère quelques années le temps qu'il m'oublie !

- Toi, moine ? Fit-elle, pour ne pas avoir à te défendre des caprices d'un homme, fut-il roi ? Abandonnant ton oncle, tes amis ? Elle hésita un instant mais sa colère fut la plus forte : Et moi, que fais-tu de moi ? Je m'en retourne à Bruges ? À moins que je ne me fasse religieuse, moi aussi ?

Thomas allait répliquer mais Juan survint à point :

- Ne me dites pas que vous êtes encore en train de vous quereller ! Le voyage de retour va être bien long, fit-il avec un air si affligé qu'ils ne purent s'empêcher l'un et l'autre de sourire, nous avons un problème plus sérieux que vos chamailleries d'enfants ; Il reste un coupable à châtier, l'homme qui a organisé l'attaque de l'Anaëlle par les naufrageurs de Talmont... Hugh, qui se cache sur le port en attendant un bateau qui lui permettrait de se faire oublier loin de Cardiff, m'a donné quelques pistes pour le retrouver... Qu'en pensez-vous ? Peut-être notre "bon Roi" nous saurait-il gré de débarrasser le royaume de cet individu... Ensuite, je crois qu'il nous faudra nous en faire oublier quelque temps si nous ne voulons pas finir comme ce pauvre Marticot : la vie d'espion est trop dangereuse pour moi...

- Thomas et moi songions justement à rejoindre quelque pieuse retraite, fit Paula, mi-vindicative, mi-moqueuse, viendrais-tu avec nous Juan ?

- Si je peux m'y faire accompagner d'Ysabeau et si vous promettez de cesser vos incessantes disputes...

Thomas prit maladroitement la main de Paula :

- Tu peux tenter de continuer à être Paul à mes côtés dans un monastère, lui dit-il, mais je doute qu'Ysabeau ait ton goût des déguisements... Il va nous falloir abandonner cette idée...

- FIN -

Liens

Merci d'avoir vécu cette deuxième aventure à nos côtés, j'espère que vous avez passé un bon moment à découvrir l'Angleterre et le pays de Galles d'Edouard IV.

J'espère également pouvoir bientôt vous inviter à rejoindre de nouveau Paula et Thomas, en tous cas j'y travaille !

N'hésitez pas à laisser un commentaire sur la page Amazon des Pirates de l'Estuaire, vos encouragements sont précieux, je vous en remercie sincèrement par avance.

Nous pouvons aussi dialoguer via ma page Facebook :
https ://www.facebook.com/al1.bosc

Et pour finir, n'hésitez surtout pas à utiliser mon adresse mail :
alain_bosc@orange.fr

À bientôt !

Editions A. Fournier
33360 Carignan de Bordeaux

12,50 €

Dépôt légal juin 2015

10950313R00128

Printed in Great Britain
by Amazon.co.uk, Ltd.,
Marston Gate.